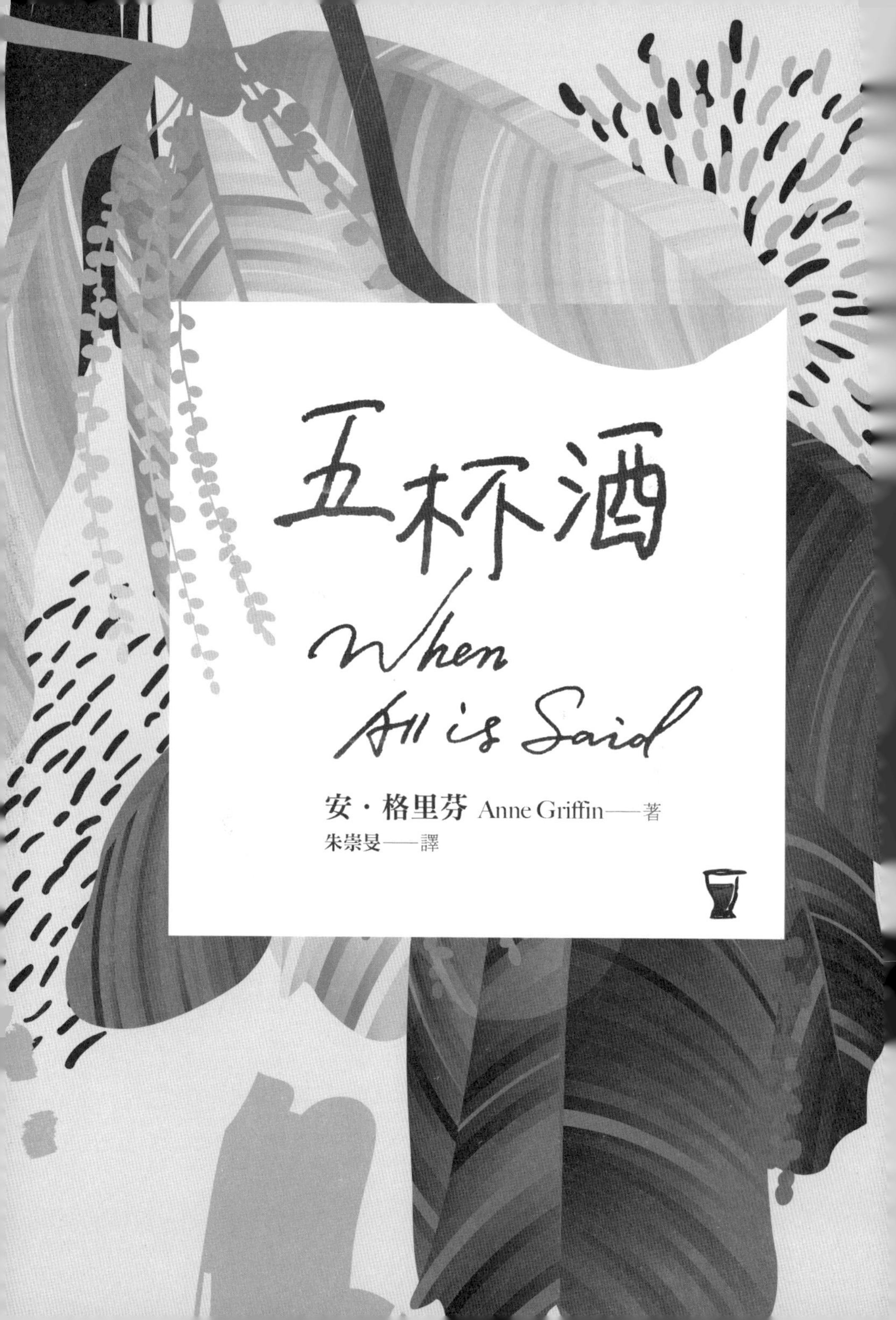

五杯酒

When All is Said

安・格里芬 Anne Griffin——著
朱崇旻——譯

各界好評

讀著一位老人叨唸著過去的高潮和低潮，雖然充滿哀傷與悲嘆，卻是無悔人生裡最眞切的自我，尤其適合在昏黃燈火下，啜飲一杯帶著「秋季的顏色，好像包含了泥土、樹木、落葉和傍晚天空顏色」的老酒，沉湎並細細品嚐人生諸多況味。

——《威士忌學》作者　邱德夫

我不知道該不該推薦這本書，因爲看完之後可能會讓你心碎。所以最好你讀的時候人在酒吧或是手邊有酒，而不管是司陶特啤酒或愛爾蘭威士忌都好，因爲你可能需要不止一杯。人生走到最後，能用一杯酒紀念一個人，想來其實也滿奢侈的，最後，我們眞正能記得的人有多少？一邊看，最想要的，就是倒上一杯、兩杯或數杯威士忌，敬所有還記得的記憶。

——《馬力歐陪你喝一杯》podcast 節目主持人　楊士範

格里芬令人驚豔的處女作。充滿了難以抗拒的愛爾蘭風味，這本小說是一首關於愛情、失落和生命複雜性的詠嘆調。

——時人雜誌

愛爾蘭文學的明日之星。

——《穿條紋衣服的男孩》作者　約翰・波恩

大師級的說書人。

——《諾頓秀》主持人　葛拉翰・諾頓

心痛與詩意並存，如此精簡又如此美好的故事。

——紐時榜暢銷作家　露意絲・佩妮

驚人的自信之作……莫里斯是個讓人深深共感、共鳴的角色。

——衛報

救贖之書，讀完帶來極大喜悅。

——週日鏡報

敏銳且多層次地呈現哀傷與追悔……太驚人了。

——明尼亞波利明星論壇報

莫里斯很討人喜歡，卻又複雜難解，他的故事讓讀者深深入迷。

——出版人週刊

本書刻畫出脆弱的樣貌。作者以工筆描繪我們熟知的情緒癱瘓狀態。

——週日獨立報

高度推薦；這本令人難忘的處女作，讓格里芬名列重要關注作家之列。

——圖書館週刊星級好評

催淚極品，但最後仍給我們留下了希望。

——Grazia 英國女性雜誌

這本小說無懼於呈現往事的無孔不入，以及祕密與謊言不可逆的破壞力道。

——愛爾蘭觀察報

這本書太迷人，我深受它的結構與概念吸引，在五杯酒之間說一個故事，竟然這樣就能訴盡一生，總結這個人與他的決定，這書牢牢抓住了讀者。文字的不疾不徐與細膩，很眞實地鍛造出一個孤獨男人，一個你會喜歡的角色，儘管他有如此多缺陷。

——暢銷作家　基特・德瓦爾

這故事把世界的一瞬捕捉了下來。莫里斯這角色太棒了，他苦甜參半的思緒會久久縈繞讀者心懷。

——曼布克獎得主　約翰・班維爾

閱讀本書帶來巨大的滿足，使人全心全神傾注其中。莫里斯這角色太棒，連缺陷也很吸引人，他說話如此眞實又有熟悉感，濃重的哀傷懊悔，外加挑釁之餘，竟也有親切柔軟之處。

——衛報第一圖書獎得主　唐諾・雷恩

愛爾蘭老人莫里斯悠長多舛的一生已到暮年時分，他仍保有低沉醇厚、「足以讓冰山融化」的聲音——這聲音也讓格里芬的處女作洋溢著智慧、風采，並且難以抗拒。讀《五杯酒》有如與老友共敘一夜，既喜悅又溫暖，滿滿的故事與訝異聲，你會暗暗希望這一晚永不結束，當然，其中的酸甜苦辣，是人生必備的況味。

——暢銷書《Lillian Boxfish Takes a Walk》作者　凱瑟琳·魯尼

莫里斯是個會讓人銘記在心的角色，讀者以短短讀一本書的時間進入他的生命，卻經歷了深刻的改變。

——國家書卷獎入圍者　珍妮·派瑞

莫里斯的每一杯酒都帶出他人生的一個新切面，逐步暴露他寧願深埋心底的事物……我眞心覺得，如能有幸去那間酒吧、到那位老人身邊，我會非常享受有他爲伴的時光。

——衛斯里書店　比爾·卡奧

來坐在莫里斯身邊，聽聽他的故事，陪他乾一杯。他眞誠分享自己的失敗與錯誤，同時印證了生命的美好。

——亞馬遜網路書店讀者

我愛這個故事，淒美又感人，但不時又被這老傢伙逗笑。我很喜歡莫里斯，看著他的告白，我不禁想這段生命歷程在其他人眼中是何樣貌。推薦大家讀這本，別擔心裡面有死亡、哀傷、分離和疾病，作者自信之筆穩穩敘說，我非常喜歡這段生命故事。

——GoodReads 書評網讀者

給詹姆斯和亞當

誠徵

一九三六年
愛德華八世索維林金幣

願高價收購，狀態不拘。
欲出價者請洽倫敦芬奈路三號的托瑪斯·多拉德先生。

——節自《國際錢幣收藏誌》一九九七年五—六月號，第五十一期，分類廣告版。

第一章

晚間六點二十五分

二〇一四年六月七日，星期六

蘭斯福旅館附設酒吧

愛爾蘭，米斯郡，蘭斯福鎮

是我的錯覺嗎？酒吧的高腳椅是不是變矮了？也許是我縮水了。都過了八十四年，身體縮水是理所當然，耳朵長毛也沒什麼好大驚小怪的。

兒子，美國現在幾點了？一點，還是兩點？我猜你坐在辦公室吹冷氣，雙手黏在筆記型電腦上，不停打字。你也可能坐在自家陽臺那張扶手壞掉的躺椅上，讀你爲報社寫的新聞，那家報社叫……？嘖，一時想不起來。我可以想像你專心讀報紙的神情、額頭的皺紋，還可以想像亞當和凱翠娜在一旁吵著要你陪他們玩。

這邊很安靜，什麼人都沒有，只有我一個人在酒吧自言自語。我邊等第一杯酒邊用手指敲吧檯，像打鼓一樣……我開始懷疑自己究竟喝不喝得到酒了。忘了有沒有跟你提過，凱文，我父親生前是很厲害的手指鼓手。他桌子也敲，我的肩膀也敲，只要是食指碰得到的地方他都要敲上一敲，那動作算是幫襯他的論點，也能引人注目。相較之下，我瘦骨嶙峋的手指沒什麼天分，無法引起任何人的注意——反正我也沒想引起誰注意，這裡就只有一位櫃檯小姐，她知道我在這，卻非常努力無視我。在這地方，客人乾渴致死也不奇怪。

這當然是因爲他們正忙著爲米斯郡體育活動獎頒獎典禮作準備。頒獎典禮是蘭斯福鎮小小的政變，這場活動歷來辦在有兩間旅館的敦卡舍爾鎮，這回蘭斯福硬生生將風頭搶了過來。這都要歸功於旅館經理艾米莉，或者該稱她爲旅館老闆才對。她只要鼓動三寸不爛之舌，任誰都會被唬得一愣一愣的，把這地方當作人間仙境，不過這些年來，我來這裡享樂的次數其實屈指可數。

話雖如此，我今天還是坐在這裡。兒子啊，我這麼做是有原因的，不騙你。眞想讓你看看我眼前的這面大鏡子。它由巨大吊環掛起，長度有整個吧檯那麼寬，下方擺了一排酒瓶。不確定它是不是這棟宅子原來就有的東西。要把這個大傢伙弄上牆，至少得要十個壯漢吧。鏡中映出我背後的沙發和椅子，每張椅子都渴望有客人來坐，但客人們此刻正努力把屁股塞進花稍服裝裡。鏡子角落的那人是我，模樣活像是別人在拍照，卻有個笨蛋偏偏要讓腦袋入鏡。還眞是顆壯觀的腦袋啊。我這幾年很少照鏡子了，你母親在世時，我算是比較注意儀容，可是對現在的我而言，有差嗎？直視自己相當困難，我不想看到那些稜角——從小到大和它們打過那麼多次照面，你應該知道我說的是什麼吧？

總之，我今日照樣是襯衫潔白、衣領挺立，搭配深藍領帶，而且沒沾到半點湯汁。西裝外套底下的綠毛衣是你媽去世前送我的聖誕禮物，我腳下則是擦得雪亮的皮鞋。現在還有人在擦皮鞋的嗎？還是只有我一個了？莎蒂要是看到我這麼體面的模樣，肯定會很驕傲。都八十四歲了，我頭上還是一根頭髮也沒少，下巴的鬍碴也沒變稀疏，只是摸上去有些粗糙……嗯，有些粗糙。我何苦每早刮鬍子呢？反正到中午，它又會變得和鋼絲刷沒兩樣。

我知道自己年輕時稱不上英俊，不過即使當年有那麼一點好看，現在也全沒了，皮膚好像在比賽往地上墜似的。但我告訴你，我的嗓子還好得很，一如當年。

「莫里斯，」你祖母以前常說。「就是冰山聽了你的聲音，也會融化。」

時至今日，我的嗓音還是像大提琴一樣，低沉又平穩，讓人不由自主地認眞聽。只消對外頭裝忙的櫃檯小姐喊一聲，她就會立刻過來幫我倒酒，但我還是別惹不必要的麻煩來得好，畢竟這一夜還漫長得很，我晚些還有事情得做。

那股味道又飄來了。眞希望你在這裡，你聞了這股亮潔先生清潔劑味兒，肯定會想起從前。還記得嗎？每週六你媽打掃家裡，我們整棟屋子都是這個味道，我一走進後門那膩人的清潔劑味就撲鼻而來，一整晚我都打噴嚏打個沒完。至於週五呢，週五是給地板打蠟的日子，蠟油、自製薯條與煙燻鱈魚的味道，總是令我心底暖洋洋的，讓我露出笑容。勤奮和食物是最棒的組合。這年頭，我也很少聽說誰在給地板打蠟了，我有時會好奇，那到底是怎麼回事？

終於有人從吧檯後方的門走出來，終結我的乾渴與痛苦。

「妳終於來了，」我對完美體現出美麗與效率的艾米莉說。「我差點就要不顧顏面，自己拿酒喝了。我還考慮出去請那位樂於助人小姐幫忙呢。」

「看樣子我來得恰恰好呢，漢尼根先生。」她微帶笑意說完，把一疊紙放到吧檯上，還看了疊在最上頭的手機一眼。「可千萬別用你的魅力騷擾我們家員工啊。」她抬眼看我，雙眼再次落在電話螢幕之前，閃過一絲光采。

「唉喲，我只是來安靜地喝一杯，這樣的熱情款待我可受不住。」

「我們剛剛只是花了點時間討論今晚的活動，絲薇拉娜馬上就來。」

「妳還眞有瑞安航空大老闆麥克・奧利里[1]的架子。」

「你心情不錯嘛。」她邊說邊走到我面前，視線終於聚焦在我身上。「我都不曉得你今天會來，是什麼風把你給吹來了？」

「我也不是每次都會提前通知你們。」

「是沒錯，不過事先打通電話還是比較好，這樣我們才能對員工發布紅色警戒。」

就是這個笑容——唇角捲曲，可口得像溫熱蘋果塔上一大朵鮮奶油，還有那雙好奇得閃閃發亮的眼眸。

「要來杯波希米爾嗎？」她的手伸向平底酒杯。

---

① Michael O'Leary（1961-），愛爾蘭富豪、瑞安航空執行長，常有驚人的狂傲發言。

「先來一瓶司陶特啤酒好了。別拿冰箱裡的啊。」

「『先』來一瓶？」

我裝作沒聽見她語調中悄悄成形的擔憂。

「晚點要不要陪我喝一杯？」我岔開話題。

她停下動作，仔細盯著我瞧了許久。

「你還好嗎？」

「艾米莉，我只是喝點酒罷了。」

「我今晚要辦頒獎典禮，別告訴我你沒聽說。」她叉腰說道。「還有個神祕嘉賓要入住，所以我們一切都要做到完美。我花了這麼多心血，可不想——」

「艾米莉，艾米莉，今晚沒有驚喜，我只是想坐下來和妳喝一杯而已。我跟妳保證，這次我不會再告解些有的沒的了。」

我以滑過吧檯的手許下承諾。考慮到以往的紀錄，她不相信我也是情有可原，我看著不信任的神情盜走她的笑容。我是不是從沒對你和你媽完整解釋過多拉德家的事？某方面而言，那件事就是今晚的重點。

「我們今天應該會很忙，」她站在我面前，狐疑地瞅著我說。「我會儘量抽空來陪你。」

她微微彎腰，一隻手熟練地從下方擺滿酒瓶的櫃子取出一瓶好東西。任誰看到櫃子裡整齊排列、標籤全都傲然面向客人的愛爾蘭酒瓶，都會忍不住多欣賞幾眼。那是艾米莉的功勞，是她把這地方經營得井然有序。

一名身形纖細的年輕女孩走進門，來到她身邊。

「很好，」艾米莉對她說。「這裡交給妳了。來，在漢尼根先生昏倒前把這個給他。還有你，」她漂亮的長指甲直指著我。「給我當心點，絲薇拉娜是新來的。」警告完畢後，她又搬著那疊紙消失了。

絲薇拉娜接過酒瓶，在我的指點下找到吧檯下的開瓶器，將酒杯與開了蓋的酒瓶放在我面前之後默默躲到吧檯角落。我倒了點啤酒，直到綿密的泡沫碰到傾斜的杯緣，然後讓它靜置片刻。我環顧四周，重新檢視少了你媽的這一天、這一年——不對，已經兩年了——總覺得疲憊不已。老實說，除了疲憊之外，還有一股恐懼。我又摸了摸下巴的鬍碴，看著氣泡漂到最上層，然後用咳嗽與低哼驅逐煩惱。兒子啊，現在已經回不去，回不去了。

往左手邊望去，酒吧的落地窗前一輛輛車子駛過，有幾輛我認得：奧迪A8是敦卡舍爾鎮水泥廠老闆——布雷南——的車；缺了左輪轂的Skoda Octavia屬於米克・莫蘭。拉文的老爺車停在他的報攤門外，是輛紅色的古董級福特Fiesta；趁他的車不在，把車停在那裡占他的空位，是我的一大娛樂。

「漢尼根，你不能停那邊。」他每次不知從哪回來，總是會把頭探出車窗，對我大喊。「我總不能載著一大堆報紙在鎮上到處開吧？」他那顆頭和頭上狂亂的頭髮總是搖來晃去，並排停在路邊的車子總是阻礙了全鎮交通。「沒看到告示牌嗎？那個位子白天和晚上都不准停車。」

這時候，我當然是靠著他的店面外牆看報紙。「你緊張什麼啊，拉文，」我總是故意抖一抖報紙。「這是緊急狀況嘛。」

「這年頭買早報也算緊急狀況了？」

「不然我去別地方買報紙算了。」

「好啊，漢尼根，你去別地方買啊。」

「聽說敦卡舍爾的報攤現在有咖啡機了。」

「那你去啊，順便把你那該死的吉普車給我移走。」

「我個人不怎麼愛喝咖啡。」我向來邊說邊開車門，這才上車、倒車。

兒子啊，有時候我們必須從小事中找到快樂。沒錯，從小事中找到快樂。

看來購物人潮準備回家了，外頭的人忙著揮手，喇叭聲此起彼落。一些人搖下駕駛座車窗，手肘靠在窗口，在帶著滿車廂商品回家看電視前，和朋友再聊一會兒。可想而知，有些人晚點又會蛻變成耀眼的生物後出門晃盪，興高采烈地向人展現新服裝與新髮型。

我舉杯倒滿，最後再靜置一會，生了暗色硬皮與皺紋的手指敲了敲杯側，催動氣泡往上浮。我又看了鏡子一眼，對鏡中的自己舉杯，灌下美妙的第一口。

沒有什麼比得上司陶特啤酒奶油般綿密的口感與底蘊，一方面可以爲身體提供能量，同時也滋潤了我的聲帶。我的聲音還有個特色，就是讓我顯得年輕一些——沒錯，和我講電話的人聽不出我身上有一百條枯槁的皺紋，也聽不出我嘴裡有不聽話的假牙。嗓子裝得好像我是個英俊瀟灑、不容小覷的男人，不過在這方面它並沒有錯。我也不曉得這份天賦是哪來的，全家只有我生得好嗓子。這是我吸引鎮外那些房地產仲介的生財工具，不過他們其實也不需要我多費唇舌，畢竟我們家農園就在米斯郡與都柏林邊界，而且是在比較高貴的那一邊，是人人豔羡的一片土地。

但那些繫著時髦領帶、穿著閃亮皮鞋的小伙子聽我描述農園占地有多遼闊，總是聽得津津有味，像待在車子後座的小狗一般。你放心，我充分考驗過他們了，那些人要想賺我的錢，就得用心血換得每一分、每一毫，我讓他們踏過我的每一寸土地，直到鞋子都蒙上一層塵土。他們每個人都積極地想辦法接下我這筆生意，父親要是看到了，肯定會說他們是群機靈的傢伙。最後，我選擇讓安東尼·法瑞負責把我小小的帝國賣給出價最高的買家。你問我為什麼選他，我只能說不是因為他話術出眾——在這方面，那群仲介全都一個樣；也不是因為他精明的微笑，答案純粹是因為他的名字和你東尼伯伯一樣。那男人早在七十年前就死了，我卻到現在還是無可救藥地崇拜他。事實證明我選對人了，年輕的安東尼接到案子後持續努力，直到房子和公司賣了個好價錢。昨晚，我正式搬出了那棟屋子。

這一年來，我一一打包了每個房間裡的東西，每天包一點。每個箱子我都標了名字，這樣你才好分辨：莫里斯、莎蒂、凱文、諾琳、茉莉——她的那一箱最小。裝箱和搬運幾乎要了我的命，要不是安東尼派了幾個年輕小伙子來幫忙，我肯定做不來。我忘記他們叫什麼名字，是德瑞克還是德斯，還是……算了，這不重要。大部分時候我只有裝模作樣地協助他們，實際上更像是監工，不過他們倒是挺能幹的，現在這種年輕人不多見了。

生活必需品我留到最後，等安東尼開著他的車來載最後幾箱東西時，我才把它們裝箱。凱文啊，放開這一切的感覺真的很怪。看著最後那一箱放上安東尼的副駕駛座，那小巧的模樣讓我一時回不過神，但其實裡頭也沒什麼貴重物品，只有水壺、收音機、我的幾件衣服、刮鬍刀那類的小雜物。剩下的東西我找垃圾車搬走了，最後丟掉的是《米斯紀事報》，我雖然週日都會看蓋爾運動協會②的比賽——對當地和郡內的比賽尤其感興趣——但還是會買一份報紙看賽事結果和當地的商業新聞。沙發上大概堆了六個月的報紙，到最後全亂七八糟散在那兒，要是莎蒂還在，我肯定要挨罵。如果把報紙疊得好好的，那個高度在我坐沙發時很適合放茶杯，但我絕不能有突然的動作，免得茶杯翻倒。幸好我現在沒以前靈活了，從沙發起身也慢吞吞的，不用怕打翻茶杯。

安東尼會把箱子放在離他辦公室不遠的某個地方。現在都柏林的生活實在是……實在很不可思議。剩下一些重要的東西我都帶在身上，皮夾放在外套內側胸前的口袋。這些年我越來越健忘了，口袋還得放一枝筆與記事用的幾張紙。外側口袋放了沉甸甸的旅館房間鑰匙，以及我父親棕與黑色相間的菸斗，我從沒用過它，拇指倒是把它摸得又滑又亮。除此之外，還有幾張照片、幾張收據、我的眼鏡、你媽裝髮夾的小包包、我的手機，以及一些橡皮筋、迴紋針與安全別針，這些東西也許哪天能派上用場也說不定。當然，還有用鄧恩超市袋子包好，放在我腳邊的威士忌——你送的威士忌。

你應該會好奇那條名叫排檔桿的狗怎麼樣了？我讓清潔工貝絲把牠帶走了。亞當和凱翠娜知道了可能會有點兒傷心，畢竟他們回老家都愛和牠玩，兩個帶著狗鍊來的孩

---

② Gaelic Athletic Association（GAA），愛爾蘭傳統運動推廣組織，項目包括蓋爾足球、板棍球、手球等等。

子，找上一隻以前從沒被拴過的老狗。儘管如此，牠還是大方地讓孩子給牠套上狗鏈，你們回來那一、兩個星期，牠默默讓孩子們牽著牠散步，性子眞是溫和得不可思議。

還記得我和你媽剛開始養狗那段日子嗎？啊，那時候你已經離家很久了。你媽口口聲聲說：「你怎麼可以給這個可憐的小東西取名叫『排檔桿』？」但開車回家那一路上，牠就是咬著排檔桿啃個不停。

我對你媽說：「牠哪會管這麼多？」

那天牠是第一次，也是唯一一次進屋子。近幾個月我不時打開後門，鼓勵牠進屋，牠老是不情願地踏進後門走廊，從廚房門口探頭進來，只爲了讓我知道牠在。牠可能會喘著氣在那兒等我帶牠出門，即使我用卡洛牌切片火腿，甚至是燻肉的肥油誘惑牠，牠也不肯再進來一點了。如果牠肯在我看電視時坐在我身旁，或單單在我吃飯時趴在桌下，那也不錯，但牠就是叫不動。大概是過去幾年被我用木杖打怕了吧，牠說什麼也不肯冒險，最後乾脆趴在沾滿泥濘的踏墊上，隔著幾層門和牆聽我日常生活的聲音，然後靜靜睡著。

貝絲帶牠走那一天，全家人都來了，她和丈夫還有三個孩子都站在那裡對彼此微笑，我也儘量擺出類似笑容的表情，點頭裝出我們雙方能互相理解的模樣。他們是菲律賓來的，至少，我猜他們是菲律賓人，總之是外國人就對了。三個孩子在院子裡和排檔桿跳上跳下鬧了一陣，牠也配合著孩子又跑又跳。

「牠吃什麼？」貝絲問道。

「剩菜牠都吃。」

「剩菜？」

「晚餐剩的。」

「還要餵牠晚餐？」

「是吃剩的菜啦，你們也可以給牠吃一點泡過牛奶的麵包。」

她看著我，像是聞到我放屁似的皺起眉頭。我感覺到意志力逐漸離我而去。

「都可以啦，牠什麼都吃。」我受夠了。我摸摸排檔桿的耳朵，看著牠最後一次歪著頭，最後一次對我閉上眼睛。

「好小子，去吧。」我邊說邊把牠往貝絲推，但牠不肯動。我拍拍牠滑順的頭頂，一隻手放在牠下巴。牠抬起頭來，興奮地喘著氣，舌頭掛在嘴邊。那一瞬間，所有人都在我眼前一閃而逝：你、亞當、凱翠娜、莎蒂，還有你們和牠在一起的片段記憶。我還看到自己——看到這些年來，牠每次跟在我腳後，我們一塊兒走在我的農園裡。我差點反悔，差點叫貝絲開車離開，讓我和這條老狗待在一塊兒。我用眼神哀求排檔桿別讓我更難過了，然而我每次偷偷移開，牠還是跟了過來。老傢伙這麼忠誠，我難道以為牠會像我拋棄牠那般，直接拋棄我？背叛哽在我喉頭，吞不下也咳不出。最終，我只能走進屋裡關上門，靠著門，背對就在門板另一邊的牠，不去看還抬頭等著門把轉動的排檔桿。我逼自己走進廚房，雖然聽得見他們想辦法把牠弄進掀背車的騷動，但硬是壓下了往窗外望的誘惑。我繼續走動、繼續碎唸，試著忽略又一個終點添加的重量，我這疲憊的一生又再一次的失去。

我沒問他們住哪裡，只曉得他們住在城裡，說不定是後院有圍牆的小房子，甚至是公寓。我也不曉得貝絲明不明白收養工作犬有多麻煩，但狗不是給她養就是送去收容所，有時候我覺得送收容所可能還仁慈一些。我當然可以把牠送給這附近隨便哪一個男孩子。這麼好的一條狗，誰不想收養呢？不過這麼一來，他們就知道事情不對勁了。貝絲的車終於開走後，我在起居室閉上眼睛坐下，聽著引擎聲逐漸遠去，想像排檔桿困惑的心情。我用手抹過自己的臉，嘴巴張得老大，驅散眼皮下的酸熱。

不過話說回來，這也是你第一次聽說我要賣房子、賣土地。我這是……我不能讓你阻止我啊，兒子。我不能冒這個險。

絲薇拉娜在檢查吧檯，一一檢視酒瓶、查看冰箱，手指點過一張張酒標、手掌掠過不同品牌的酒瓶，嘴唇無聲背誦，頭默默地點了又點。她環顧酒吧時，視線偶爾會與我相交，她嘴唇繃緊對我微微一笑，我往她的方向微微舉杯。她離開吧檯，拿抹布又把每一張桌子擦過一次。難道她沒聞到光潔先生清潔劑的味道嗎？我看著鏡子裡的她用抹布在桌上畫一個又一個圓，擦亮本就乾淨的桌面，高腳椅往一個方向挪幾公分之後又挪回去。這女孩還眞是忙碌的小蜜蜂。

今早安東尼走了之後，我去了小羅伯特・提莫尼的辦公室一趟。我總說他是值得信賴的事務律師，不會在酒吧散布謠言，和他父親簡直一個樣。老羅伯特明白，做生意的原則就是要謹守保密與少管閒事。我當然沒把事情全盤托出，這次安東尼是找都柏林的事務律師，我就不必請羅伯特出馬，免得他聽到我要賣房時起疑心，打電話通知你。目前爲止，我只請他幫我處理訂旅館的事兒。

「他在嗎？」先前走進辦公室時，我問他的接待員。她是西尼家的孩子，你也認識她，我記得你以前和她哥哥唐納是好朋友。

「應該很快就會回來了，你可以先在這坐著等。」

我低頭看著那四張排成一排的椅子，四個黑坐墊，坐這裡可以隔著窗戶看到大街。

「那不是全世界都知道我有事找他了？我進他的辦公室等。」話還未說完，我已經開始爬樓梯。

「漢尼根先生，那是私人區域！」接待員跟了過來，腳步聲像是我的回音。樓梯很窄，沒空間超車，我平靜、穩定地往上爬。

「門鎖上了。」到了樓上，她一臉得意地補充道。

「別擔心。」我伸手取下藏在門框上的鑰匙，拿給她看。「我自有辦法。」我告訴她，並且露出最燦爛的笑容，關上辦公室的門，她那張氣呼呼的臉消失在門後。

「你這是在非法入侵，我要叫警察了！」她隔著門板高呼。

「太棒了，」我坐在羅伯特的椅子上回道。「我也有事找希金斯警官，能一石二鳥也不壞。」

她沒再說話，於是我仰頭靠著椅背，一面聽她踩著重重的腳步下樓，一面舒舒服服地打盹。

「莫里斯，你還眞把這裡當自己家了。」五分鐘後羅伯特走進門，壞笑著說。他和我握手。「你害我得花一整天安撫琳達了。」

相信琳達小姐這時候在家裡，邊吃飯邊把同樣的故事說給她父親聽，他聽到女兒惡狠狠地罵我，一定會聽得津津有味。

「羅伯特，你好啊。」

我起身，準備繞過辦公桌去坐那張沒那麼舒適的椅子。

「不用不用，你坐就好。」羅伯特自己在較便宜的椅子上坐下。「你眞的說到做到，準時在這一天來了。來，鑰匙在這裡。」

他把公事包擺在桌上，打開後取出一把沉甸甸、樣式老舊的鑰匙，我把它收入口袋。

「他們知道房間是我要住的嗎？」

「我說是神祕嘉賓——『他只接受蜜月套房。』」他哈哈大笑。「艾米莉還想盡辦法套出神祕嘉賓的身分呢。」

「很好，很好。羅伯特，你聽我說，」我沒有平時那般直爽。「我，呃，我準備搬進奇伯路那間安養院，房子和農園已經賣了，那筆錢夠付安養院的費用。凱文也有幫忙，他在美國找到買家了。」

兒子，請原諒我把你牽扯進騙局。

「什麼？」羅伯特音調拔高，高亢得只有狗聽得見。「這是什麼時候的事？」

「凱文上次回來對我提過，我當時沒有多想，老實說我以爲他沒過多久就會忘了，結果大概六個月前，他突然打電話說找到買家了，說有個美國佬想體驗家鄉的滋味。所以我現在銀行戶頭裡都是錢，行李也都打包好了。凱文沒打電話通知你，我倒是挺意外的，他說過他會打啊。唉，他最近在報社忙得不可開交，好像是歐巴馬健保之類的事兒，反正他一定會找時間撥通電話過來。」

「這樣啊，」羅伯特應道。我們沒委託他幫忙，他似乎不太高興。「好吧，這也不是我該管的事。只要法律程序都跑過，一切照法律走，你不要給人騙了就好。」

「怎麼會。我們該簽名的都簽了，該交件的也交了。」

「莫里斯，我還以爲你這個人再怎麼老也不會住進安養院呢。」他可不打算讓我輕易脫身。

「是啊，但我受不了凱文嘮叨個不停，現在只想過安穩舒服的生活，畢竟莎蒂走了以後，日子實在不好過。」兒子你瞧，這種催淚的故事每次都奏效。

「那當然，那當然，你過得很辛苦吧，莫里斯。呃……她，去世多久了？」

「剛剛好兩年。」

「是嗎？」他滿臉發自內心的關懷。「感覺還是不久前的事呢。」

「對我來說，已經像上輩子的事了。」

他開啓筆記型電腦，目光離開我的眼睛。

「我個人認爲住安養院很不錯。」他說。「我常常叫伊凡娜把我送進去，我已經等不及去讓人伺候了。」

一個年僅四十歲，家中有太太和兩個孩子的男人，當然說得出這種話。

「所以蜜月套房是你對蘭斯福的道別嗎？你是爲了這個才訂旅館？」

「也可以這麼說。」我回答。我望向馬路對面，沐浴在陽光下的旅館。

兒子，我當初是在一九四〇年來這裡工作，那時還沒有人知道它以後會改建成旅館。當年，這地方還是多拉德家的大宅，別人都說以鄉下大宅來說，它長得相當古怪。一出前門就是村子大街，風格比較像建在都柏林哪個廣場前的屋子，顯然最初的屋主希望全村就在門外，等著侍奉他們。宅子前門沒有高聳的鐵門，沒有長長的車道——那些全放到後門，前門就只有舞臺布幕般的兩排樹木向兩旁延伸，標記這片土地一路延展到屋後的寬廣邊界。那些樹現在大多不見了，大街也往旅館右手邊延伸，繞到一旁，旅館左邊則多了一排店面。沒被議會買去擴展小鎮的土地都還在，但就我們所知，那些已經不屬於這間旅館了。

開始在莊園當農工時，我只是個十歲男孩。我們的土地——或者說，我父親的土地當時還很小，後側和他們的地皮相鄰。在那裡工作的時光完全稱不上快樂，六年後我離開了那座莊園，發誓再也不踏進這片土地，要不是你和羅莎琳堅持在這兒結婚，我絕不會回來。我始終不了解你們對這片土地的執念，我記得莎蒂也跟你們一樣，甚至更執著，她時常滔滔不絕地說這間旅館有多壯麗、客房有多豪華，還對蜜月套房讚不絕口。婚禮那天，我還以爲這女人興奮得要心臟病發了，但那也可能是她爲了彌補我的興致缺缺而特地演出來的。我這人就是裝不來。

「改建前，那還是原屋主愛蜜莉亞和休．多拉德的主臥室喔。」婚禮籌畫人燦笑著說，活像這是什麼驚天動地的消息。

聽到此，我丟下了你們幾個，逕自走進酒吧，在同一個座位坐下來，灌了杯威士忌下肚，敬這地方的消亡。不曉得那天幫我倒酒的是誰，只知道絕對不是今天這個年輕女孩……說曹操，曹操到。她搖搖晃晃端著一疊玻璃杯走進來，天曉得那堆酒杯要放哪裡，吧檯下的杯子已經疊得夠高了。我這輩子從沒像那天這樣全神貫注地喝酒，拒絕抬頭將這地方收入眼底，拒絕抬頭看任何一個人，我的頭都以爲頸子壞了。每一面牆都有相片，走廊上、房間裡都有，這宅子根本是以它的歷史來譏諷我這個老頭子。

最後，你們到酒吧加入我，我給所有人買了酒，每個人都喝了好幾杯。我坐在那兒，聽你們語無倫次地誇讚宴會廳的水晶吊燈，還有蜜月套房窗外的景觀。

「你是說，**我的**土地的景觀？」我說道。

當時，旅館周圍幾乎每一片地皮都被我買下來了。

「所以說，這裡眞的很棒啊，還可以欣賞我們壯觀的農園。莫里斯，你的那幾座綠色山丘很美呢。」莎蒂搭著我的手說。我敢發誓，她已經有些醉了。

你們又接著誇這地方，感覺過了好幾個鐘頭，那段時間我不停搖晃杯裡的酒，儘量用酒精壓過你們的話聲。然後，羅莎琳的家人來了，你們又去參觀宅子，我也受夠了。

我離開了那地方，醉醺醺地開車回家，在陰暗的家中坐了很久。

說來奇怪，終於到你們結婚那天，我反而很享受你們的婚禮，也許是因爲你和莎蒂幸福的笑容吧。我驕傲地看著你和羅莎琳開舞，我們其他人跟著踏進舞池，我和羅莎琳母親、莎蒂和她父親，你媽飄過我身邊時我瞥見她的燦笑、聽到她的笑聲。那晚，她甚至說服我再去看蜜月套房一眼。

「莫里斯，它是不是很豪華？我們結婚那天如果能包下這間，該有多好。你想想看，我們要是住這裡，就是泥巴老爺和泥巴夫人了。」

我領著她在臥房跳舞，險些撞上梳妝臺，還摔到床上。我們都醉了，不過我給她的吻是再誠實、再清醒不過。我心中滿是因她而釋放，並且在我們相處多年持續盛放的愛。我們當然不是完美夫妻，但生活算是挺美滿的，穩定又平靜……至少，我是這麼認爲。現在想來，我竟然從沒問過她的看法。

「我們改天來住一晚。我是說眞的，到時候蜜月套房就是我們兩個的了。」我躺在床上，看著她說。當時我打從心底相信自己的承諾，不曉得她信不信？結果我現在坐在這裡，他媽的整整遲了兩年。

她是在睡夢中走的。記得她以前總是說，輪到她走時，她想在睡夢中離開。她和更早之前去世的妹妹一樣，沒什麼病痛，沒什麼毛病，前一晚她親了我的臉頰一下，翻了個身，頭上還夾滿髮捲、包著我的舊手帕。那女人的頭髮直得要命，她每晚都要捲到極限才能入睡。眞夠麻煩的，我以前會這麼想。當我躺床上，看著她在梳妝臺前捲頭髮，總會暗想：那頭絲綢般的長髮有什麼不好，怎麼我老是只瞥個一眼兩眼。但我告訴你，如今要是能再看她坐在鏡子前弄頭髮，我立刻噤氣也甘願。如果能再來一次，我會仔細欣賞她轉動的手，欣賞每一綹鬈髮。

那天早上，我刮完鬍子在廚房聽收音機，過一陣子才發現沒聽到她穿拖鞋走動，或是她平時哼哼唱唱的聲音。開始燒水了，還是沒見到她的影子，我終於發現事情不對勁。我讓廣播的新聞播報員繼續講話，自己則回到走廊上，耳裡都是議員米克・華萊士逃稅的新聞。我站在房門口，發現莎蒂還躺在床上，和我剛起床時沒兩樣。那一刻，米克・華萊士的一綹綹白髮與粉紅上衣凍結在我腦中。

去他的米克・華萊士。

我觸碰她的臉，感受到她離開時留下的寒意，膝蓋立時跪了下去。我癱倒床邊，看著距離我僅僅幾公分遠的臉蛋。她表情安詳，不見憂慮的痕跡，臉上好像還有一抹紅暈，或者那是我想像力過剩？我用指尖撫過她眼角柔軟的皺紋，在毛毯下找到她的手，雙手緊緊握住，試著讓它暖起來。我將她的手貼在臉上，搓了又搓。我當然不認爲自己能讓她活過來，只是……我也不曉得，反正我就是想這麼做。也許是不希望她冷到吧，她最討厭冷天了。從她去世到喪禮的過程中，我只記得那一小段時間，和她單獨在一起的寧靜時光。你要是問我之後還發生了什麼事、誰來了、誰說了什麼，我全答不上來，一切都模模糊糊。我只記得自己坐在起居室，坐在專屬的椅子上，在心中默默握著她的手——我的莎蒂的手。

我當然打了電話給你，至少，數月後我說自己全不記得時，你是這麼告訴我的。你和羅莎琳和孩子們來跟莎蒂道別時，我的狀況應該還可以，記得那天我站在前門，看到你張開手臂準備擁抱，又在發現我臉上神情時，默默放下了雙手。最後，你選擇伸出手，緊緊握住我的手，我的視線聚焦在我們緊鎖在一起的雙手，直到你放開。你從我身旁進門，踏進走廊時，碰了下我的肩膀。到現在我還能感受到你的觸碰，你和其他來弔唁的熟人，就只有這一下觸碰的區別。那是我的一大遺憾。現在想來，我眞希望自己當初抱緊了你，在你肩頭痛哭，也給你一個抱著我哭泣的機會，然而當時我似乎容不下你和我兩人份的哀傷。

更重要的是，我不該讓你那麼擔心我的狀況，不該還沒讓你放心就看著你回紐澤西去。但我做不到，甚至連起床都做不到，就算勉強下了床，也只是走到起居室坐在我的椅子上，和莎蒂一塊兒坐在那裡、一塊兒走過我們人生的數十年，直到一杯茶出現在我面前，猛然把我拉回已身爲鰥夫的現實。我知道要不是羅伯特答應照顧我，保證一有事就會打電話給你，你們也不會肯在喪禮剛過不久就返回美國。

那年聖誕節，你們又都回來了，我們本打算去羅莎琳娘家吃聖誕節晚餐的。他們都是好人，不過我這些年來沒花太多心思和他們打交道。總之，到了最後一刻，我又拒絕出門。

「事情太多了，我還是留下來看家比較好。」我對你們說。

我知道羅莎琳娘家離我們家才半小時路程，但這是莎蒂走後第一個聖誕節，我不能離開她，這樣不對。於是你叫羅莎琳帶孩子們去吃聖誕節晚餐，自己則留下來陪我，至於我們吃了什麼，我記不得了，可能是拿櫥櫃裡的沖泡濃湯來吃。兩個鐘頭後他們回來，還帶了兩個黑色塑膠袋裡面裝滿了給孩子的聖誕禮物，以及用錫箔紙打包的兩盤菜。

那年我買禮物給孩子了嗎？以前都是你媽負責這事。

然後，你開啟了話題。那是你第一次提起安養院。我是指，那是你們頭一次在我面前討論這事，在這之前你們應該討論過很多次了。我當然知道會有這一天，有哪個可憐的獨居鰥夫、獨居寡婦，沒想過自己會有這一天？

「你少管閒事，」我直截了當地應道。「我不在戶外照顧牛群，反而跟一群白癡和穿羊毛衫的老女人坐著玩電視賓果，這像話嗎？」

音。

我必須說，你是笑了。不過那是大氣、自信的笑聲，而且你或許眞遺傳到我的好嗓音。

「好啦，爸，」你一隻手搭著我的膝蓋說。「我們只是覺得你在那裡會更安全。」

「安全？**安全**是什麼意思？」

「這個嘛，有時候你會聽到一些奇奇怪怪的故事啊，你也聽過吧，可能會有人闖進門，然後——」

「那就是這傢伙派上用場的時候吧？」我一手搭著從沒讓我失望過的溫徹斯特步槍說。

你一臉驚愕，但反正我就是不打算在做好準備前放棄我的生活。

說句不中聽的，某方面來看，我很慶幸你有多遠住多遠去。我受不了別人老是來提醒，說有多擔心我。我想你最該擔心的是，哪天有傻子踏青卻不小心闖進農園，結果被我一槍射死。

雖然這很微不足道，但我希望你回家看到的我至少還保持整潔乾淨。在這方面，我做得無可挑剔。我身上沒異味，不像我認識的某些人。年紀大可不是臭氣熏天的藉口。我乾淨得發亮，每早晨都用毛巾好好擦洗身體，當然也每週泡澡一次。五年前我請人裝了那種扶手，現在進出浴缸就和舉起第一杯酒一樣輕鬆。我個人不愛沖澡，從以前就不喜歡，每次看到淋浴間就覺得冷，所以儘管你媽連連抗議，我還是一直沒裝淋浴設備。

我近期最棒的新發現，應該是敦卡舍爾的一間洗衣店，他們會來收走髒衣服，三天後再把乾淨衣服送回來給我。我們蘭斯福鎮上的洗衣店沒這種服務，老闆娘才不會那麼貼心。彼得潔衣店每週接我的生意，每次都在三天後把襯衫送回來；我這麼說也許有點過分，但彼得潔衣店送回來的衣服總是比莎蒂洗的更清新乾淨。

還一個原因是貝絲每週來打掃兩次，從不間斷，每次都又擦又刷，讓屋子再次煥然一新。你媽要是還在，應該會很喜歡她。

「派你們最會打掃又最不會說英語的人過來。」我對都柏林那間派遣公司說道。「我不要當地人，你們找個審慎點、不會亂說話的人，必要時，我可以付她油錢。」

除了打掃之外，她還會做菜，每週都幫我留兩鍋湯。她的湯和莎蒂的一點也不像，老實說，我也說不出裡頭加了什麼玩意兒。我花了好一段時間適應貝絲的湯，只知道裡頭加了大量蒜頭，不過後來我很驚訝自己開始期待她的料理，尤其是雞湯。我喝貝絲的湯維生那段時期，羅伯特不時會懊惱地告訴我，我應該申請保健委員會的錢來請清潔工，同時還可以賺到他們的送餐計畫。

「你腦子壞啦？」我對他說。「我這輩子從沒接受過別人的施捨，現在也不打算接受。」

絲薇拉娜晃了過來，看來是完成了檢查、清潔與堆疊杯具的工作。過去幾分鐘她一直在吧檯後來回踱步，等著客潮湧進來。

「你等等會在這裡吃晚餐，對吧？」

我喜歡她的名字，絲薇拉娜，感覺是個直爽的名字，俐落的同時帶點美感。在她眼裡，我是什麼模樣呢？多半像個瘋子吧，誰叫我坐在這兒，沉浸在自己的思緒中，還不時喃喃自語。她往前靠上吧檯，沒事找事做，看來已經無聊到願意和吧檯前一個老傢伙隨便聊上兩句了。

「不會。」我答道。若在平時，我和她的對話應該就到此為止，但今晚不同於以往。「今晚是妳第一天上班？」我問她。

「第二天．我昨晚來的。」

我點了點頭，晃了晃杯底最後一滴酒，然後一飲而盡。我做好準備，可以開始敬第一杯酒了。今晚，我會敬五杯酒，敬五個人，敬五段回憶。我把空酒瓶推向吧檯另一側的絲薇拉娜，接到任務的她開心地接過酒瓶，轉身找地方放時，我開了口，低聲說：

「我來此回憶過往曾擁有，如今卻不能再得的一切。」

第二章

晚間七點零五分

第一杯酒：敬東尼

司陶特啤酒

旅館門廳一陣騷動，打扮得花枝招展的年輕男孩開始進來了，再過不久，我就不再是這裡唯一的客人。

「再來一瓶司陶特。」我對絲薇拉娜說。她貌似因爲第一次上工，緊張得快厥過去。「幫我留著這個位子，別讓外面那些小伙子搶走了。這可是全館最好的位子。」該去一趟洗手間了。八十四歲的一個好處是，經常跑廁所讓腿腳可以多多運動。

「不倒出來？」我起身離去時，她問道。

「妳看看妳，已經很有經驗了嘛。」我提高音量邊走邊說，將自己也許太晚跑廁所的擔憂藏得很好。「倒或不倒出來，我都沒意見，只要是從櫃子上拿下來，還裝在瓶子裡的啤酒就好。」我開始加速。

「是這種嗎？」她又阻撓我脫身。

難道她感受不到近在眼前的危險嗎？

「對。」說罷，我又準備繼續走。

「要杯子嗎？」

我的老天。

「不要，妳往瓶子裡插根吸管就行了。」我回頭喊道。

「你開玩笑的吧？」

我揮了揮手，走出她的視野。

我們家有四個孩子。在當時的愛爾蘭，四個孩子應該算少，我們附近很多家庭是九個、十個小孩。別人一定覺得我們家很奇怪，兩個大人、四個小孩住在兩房小屋裡，簡直是奢侈。東尼年紀最大，接著是梅伊、珍妮與年紀最小的我，我們都只差一、兩歲。

你沒見過你的東尼伯伯，你出生時他早過世了。他都管我叫「男子漢」——長大後我確實成了身高一百九十公分、體格結實的男子漢，不過在得到這個綽號時，我還離眞正的男子漢遠得很。在四歲的我眼中，東尼簡直是巨人，和他一比，我根本是小不點。我想起自己邁開小短腿跟他走在馬路或農園，得要跑起來才跟得上他，三小步加起來才等同他的一大步。我們邊走，他邊跟我談天說地，聊我們在餵的母雞、聊媽媽在小花園種的胡蘿蔔，或是聊我們清理的水溝。東尼跟父親一樣，都深深愛著這片土地。我老是專注地抬頭看他，一面努力聽進他說的話，一面努力不絆倒，同時儘量記住他告訴我的事情，讓他知道我也做得到，並享受他給我的讚揚。

「這麼快就懂了，」他也許會說。「眞不愧是男子漢。」

由於我盡力跟上他的節奏，最後不免發生絆跌摔倒，或是爲了學他搬大桶而弄傷自己。這時候他會走回來，在我身邊蹲下。

「等你結過兩次婚就會變壯了。」我記得東尼會邊說邊拍掉我身上的灰塵，或者還抱了抱我，幫我搬一些東西，走路速度也放慢些。從他照顧我的模樣看來，你可能會以爲他比我老上十幾、二十歲，但實際上他只比我大五歲而已。

要是大人同意，我肯定會陪他工作到晚上，不過天黑後母親總是會把我叫走。

「我再做一下就回去。」面對我被母親抱走的抗議聲，他總是這麼說。我朝他伸出雙手，儘量不哭出來，不讓他看到我幼稚的樣子。唉，你看看我，到現在還很努力憋著不掉淚。

回屋裡後，我會待在廚房窗邊等他，不顧母親的責罵，老愛爬上凳子往窗外看，直等到他和父親終於完工回來。

還記得有一回馬洛伊神父來我們家，他和其他大人一樣，喜歡問我長大想做什麼。在我看來這題目很奇怪，因爲答案實在是簡單到了極點：

「我要當東尼。」我說道。

那時，我怎麼也想不通他和爸媽在笑什麼，乾脆自顧自地走出廚房，讓他們端著家裡的上好瓷器慢慢笑個夠。

大家是從我去上學開始喊我「男子漢」。在我加入東尼的行列前，他走一公里半的路去單室學校①上學已經有好幾年了。「蘭斯福國立學校」——學校前的拱門上刻了這幾個大字，是東尼告訴我怎麼唸的。第一天穿過拱門走進學校，我真是驕傲得不得了。走去學校的那一路上，東尼不斷告訴我上學有多刺激好玩，附近的孩子全都聚集在一起耶。第一天上學的前一晚，我一次也沒闔眼。

「東尼，」我躺在床上，小聲問躺在旁邊的哥哥，儘量不吵醒睡在布簾另一邊的珍妮和梅伊。「派崔克．史坦利也去那裡上學嗎？」

「當然囉。」

「那瑪莉跟喬．布萊迪呢？」

「那當然，不然他們要去哪裡上學？」

「那珍妮跟梅伊呢？」

「你別鬧了，快睡覺，不然明天我們哪都別想去。」他用手肘撞撞我，說道。

隔天我第一個起床，同樣的問題又全部問了一輪。那天，我循著東尼的腳步、穿著他的舊鞋去上學，至於他穿的是誰的舊鞋，我實在不曉得。我大步踏進校門，讚嘆不已地環顧這個能讓我變得和大哥一樣聰明的地方。

---

① one-room school，十九世紀末歐美鄉村常見的學校型態，只有一間課室，不分年齡的學生一同學習，這裡也往往是小鎮聚會的中心。

「哎呀，你是哪位？」走進教室時，有人以洪鐘般的聲音說。「也是漢尼根家的孩子嗎？來，你上來，讓我們仔細瞧瞧。」

德甘老師把我抱上教室前頭一張書桌。

「你瞧瞧你這體魄，不是男子漢是什麼？希望我們這邊有夠大的桌椅，能容下你和你這顆大腦袋。」

從那一刻開始，我就是「男子漢」了。

我笑得很開心，爲老師對我的熱烈歡迎而驕傲不已。我看到東尼笑著用手肘撞撞朋友，還看到桌椅、黑板與我身後那張教師書桌上的幾本書，心裡覺得暖暖的。這間學校和這些東西，現在都成了我生活的一部分了，我等不及開始上課，以證明老師說得對。我興奮地動來動去，沒過多久，就坐在剛才那張書桌前了。

接下來幾天，老師在黑板上畫了各式各樣的玩意兒，我們唸了A、B、C，但我還是搞不懂唸的東西和白粉筆寫在黑板上的東西，到底有什麼關係。我好像都學不會，但其他人——就連比我小三個月的喬．布萊迪，後來也學會了。一開始，我還不怎麼在意這件事。

我眞正愛的校園活動、讓我每天早上想跑步去上學的，就是足球。每到下課時間，老師會捲起袖子，在球門前半蹲著準備接球，假如沒人把球往他的方向踢，他會在球門杜之間來回跑，對我們大喊：

「還不快踢過來？」

「瞄準他，瞄準他。」

「快傳球給我！」

女生都在後門外玩跳繩，離我們的球場遠遠的。我奔放快樂、滿身泥巴與汗水地在院子裡跑跑跳跳，聽女生的笑聲，還有她們對不好好玩的同學的責罵聲。在開始上學之前，我不怎麼常踢足球，我們會在家玩丟接球，不過足球是老師的專利。我會盡全力踢球，全力攔截，要我衝進人群搶球也無所謂。如果是東尼搶到球，我會整個人黏在他身上，七手八腳地抓著他亂扯。

「別鬧了行不行？」他總是笑著說。然後他像是電影上用手拍開小飛機的大金剛，這可惡的傢伙一隻手就能抵住我額頭，不讓我接近他。儘管如此，我的手臂還是亂揮亂抓，跌倒、破皮、瘀青都是家常便飯，而我對足球的熱忱從來沒變。

「漢尼根，好傢伙，起來吧。很好，就是這樣。」球門前，老師對我喊道。

簡陋的球場上，老師的鼓勵我怎麼都聽不膩，和他在教室裡給我的沉默與懊惱截然不同。不管他提醒幾次，我就是分不清「b」跟「d」，要引起我對這玩意兒的興趣更是不可能。我對書本的熱情像不停往下掉的及膝襪，一直離我而去。那種時候我只想閉起眼趴在歪曲的木桌上，用頭臉感受它經過多年亮光漆與無數人指尖洗禮的光滑桌面。

老師在球場上給我的讚美效果極好，我聽了都會站起來再衝刺一次，完全不顧身上的傷。但每次一宣布時間到，看他拿了球往校舍後門走，我就失望透頂。再一想到陰暗的教室引起我腦子裡的憂鬱，胃就不停往下沉。

儘管大家費盡了心力，東尼尤其拚命，幾年下來我的語文能力卻始終沒長進。大半時候我的腦子像是灌了糨糊，沒法跟上、沒法理解黑板或是書頁裡的文字。數字就沒那麼討厭，它們還講點道理，我學會了加減，過一段時間也學了乘法。東尼見我有進步，就加緊督促我。每天上下學途中我們都在練習，他會發明遊戲教我算錢和看時間，免得媽媽、爸爸和德甘老師找我麻煩。他還試著用同樣的方法教我讀書寫字：

「你想想看，『b』就像一個火柴人把『ball』放在前面，他在踢球。再看看『d』，他就是『dumbo』，一個笨蛋把球藏在自己後面。」

我努力記住「『ball』是在前面，『dumbo』是在後面」。如果單獨看一個字母，這方法還真的有用，但如果字母是在一整個字詞的中間或最後，我又分不清了。這種時候，文字會開始在黑板上或紙上游泳，我沒法把它們拼正確，發音順序也不對。

有一次在回家路上，東尼硬是不肯放棄，說什麼也要我學會，結果我揍了他。

「男子漢，你別再說自己笨了，你明明就跟別人一樣聰明。」

「走開啦！」他痛得彎腰時，我還對他大叫。「我太笨了。」我邊喊邊頭也不回地衝進當時就在我們家門前的一小片樹林。

我必須承認，雖然眼裡滿是淚水，我還是很佩服自己一拳打倒了大哥。我在樹林裡不顧左右地跑，踩著落葉與地上的小樹枝，心裡越來越羞愧，疲憊的身體終於在一片空地停了下來，西邊就是多拉德家的土地。我站在那兒，大聲吼出心裡的憤怒，聲音應該大到好幾座山丘那頭的敦卡舍爾鎮都聽見了。

那天晚上，我回家時已經天黑了，肚子告訴我現在大概六點鐘。一走進家門，便聽到茶具碰撞的叮咚聲，我坐上餐桌前長凳的一邊時，原本在聊天的家人靜了下來，母親還是繼續若無其事地倒茶。我不敢抬頭，只希望他們能行行好，別來理會我。我盯著放在自己腿上的雙手亂扭亂動，突然聽到餐刀碰到我盤子的聲音，抬頭發現盤裡多了一片蘇打麵包[2]。是東尼。不用看也知道，但我還是抬眼看到他對我微笑著眨眼。

我得先聲明，德甘老師並不壞，現在聽人說起以前孩子在學校受的罪，我就覺得自己算幸運的了，沒給老師打得青一塊紫一塊。隨著一年年過去，我和德甘老師似乎有了

---

②Soda Bread，愛爾蘭傳統免發酵麵包，是傳統節慶聖派翠克節必備食物。

共識，只要我不惹麻煩，他就不點我回答問題。他從不逼我、不羞辱我、不叫我到角落罰站，也不罵我懶。我相信他只是不曉得該拿我怎麼辦，我也深有同感。大部分時候，我會問他可不可以上廁所，但其實我們學校沒有廁所，這只是我倆之間的暗號，讓他知道我需要休息。我會在校舍後面閒晃，翻牆到田地與牧場裡亂逛，眺望下方的鄉村風景，看鄰居幹活。吸夠了米斯郡的新鮮空氣後，我會回教室看同學在他們歸屬的地方發光發熱。

大概七歲那年，在某一天的午休時間，我覺得自己受夠了，已經來這學校努力了三年，夠了。東尼只差兩個月就畢業，他當時十二歲，六月就要離開學校，和父親在家整天幹農活。那天我踢足球踢得特別順利，表現非常好，印象中每一次射門都有得分，每一次攔截鏟球都成功，甚至還從東尼那裡搶了一、兩次球，簡直是球場上的天才。當老師宣布休息時間結束，叫所有人回校舍，那一瞬間我明白自己做不到，彷彿有重物壓在頭頂，不讓我動。我坐在圍繞校園的矮牆上，大口大口喘氣，看著其他人滑掉的襪子和瘀青的腿又踢又跑地進門。我看到老師在看我，不過他沒有動，而是把東尼喊過去，在他耳邊小聲說了幾句。我看著他們看我。老師轉身進校舍，東尼小跑步過來。

「男子漢，沒事吧？走吧，該回去了。」

「我想回家。」我對他說。

「那怎麼可以。走啦，老師在等我們。」說著，他跨步往回走。

我沉默不語，動也不動。

「你聽著，」他走回來，一隻手搭在我肩胛之間，用一點力氣把我從牆上推下來，推著往前走。「今天就快結束了，等等我們就可以回家了。」

他力氣很大，我差點被推得摔進教室。我緩緩經過每一張書桌，手指滑過每一張桌面，最後我回到自己的座位上。那天漫長的下午，我一直坐在位子上，發脹的大頭重重壓著我。

「我討厭上學。」回家路上，我一次又一次重複這句話。

「你會進步的。」

「會進步才怪。那我問你，爲什麼我還是跟剛開始上學的時候一樣笨？」

我跑在他前頭，好像這是他的錯似的。我一路跑回家，飛奔過廚房，不顧目瞪口呆的母親。她還來不及阻止，我就和一團團灰塵一起躲到床下，說什麼也不肯出去。我趴在覆蓋大半冰冷水泥地的破舊地毯上，聽著從上了扣的木門縫隙滲進來的模糊對話。

「東尼，發生了什麼事？」東尼進屋時，媽媽問他。

「沒事。眞的，什麼事也沒有。他不知道是怎麼了，我會想辦法的。」

東尼在床邊坐下。我們放學後，母親總是會準備一杯牛奶和一片塗了奶油的蘇打麵包，讓我們在幫父親幹活前先墊墊肚子。東尼把我的份帶了過來，自己那一盤也放在地上，見我沒有出去的意思，他把我的盤子往床下推了推。我先是不理睬，直到肚子餓得受不了了，才伸手拿一點來吃。最終，我跟盤子一起都從床下出來。我坐在東尼身旁，兩人都沒說話，默默地邊吃麵包邊看房間對面那張床。珍妮和梅伊把床鋪整理得漂漂亮亮，枕頭和毛毯都擺得整齊，她們去年冬天織的被子平鋪在最上層，晚上能多添一分重量、一分溫暖。

「我們是不是也該織一件？」東尼說道。「織一件被子？」我看瘋子似的瞅著他。「我知道女生都很會做那種東西，可是沒有人規定男生不行啊。冬天蓋那個一定很暖。」

「我才不要織毛線，讓別人更有得笑我。」

「欸，男子漢，我不是那個意思。」

「明明就是。你覺得我只做得來女生的工作。」

「莫里斯，別這樣，我眞不是那個意思。而且沒有人在笑你。」

「你亂講，昨天我拼錯字，喬·布萊迪還笑我是傻瓜。」

「原來你是為這個打他啊。」他敬佩地笑著說。「他自己也不是什麼天才，那個該死的傢伙連綁鞋帶都不會。而且你看過他的耳朵沒有？兩隻耳朵像扇子一樣，哪有資格叫別人傻瓜。」

我忍不住笑了。

「好啦，男子漢，我們會想辦法的，對吧？我們一起。我跟你，一起對抗世界，對吧？」他輕輕勾住我的頸子，把我的頭髮撥亂。「你一定會變得很厲害的。」

但我沒有變厲害，那之後每個早上他們都得把不停亂踢亂叫的我抓下床，我父親甚至被逼得變了個樣。

「畜牲，還不快起來。」

他用力拉我，直到我再也抓不住床腳，只能穿著睡衣站在那兒哭。我胡亂尖叫，說什麼也不肯去上學，母親還得幫全身僵硬的我穿衣服。我拒絕吃早餐，餓著肚子、倔著性子上學去。

東尼日復一日走在我身邊，想盡辦法鼓勵我，即使父母早已放棄威脅利誘我出門去上學，東尼卻還是一直告訴我，我有成功的潛力。那個年代很少人會支持你、鼓勵你，多半是用威脅，逼你變成你該有的樣子。然而我每天還肯走路去學校，在陰暗的教室裡受苦，任憑想不出答案的腦子疲憊不堪，全是因爲有東尼在旁邊鼓勵我。其實啊，我就是不想讓他失望，不想讓他知道我覺得自己是無可救藥的蠢蛋。

畢業後，東尼還是每天陪我走到校門口，承受我的沉默。只有他陪我，我才肯上學，是他跟父親提議給他二十分鐘，好每早陪我走那條通往學校的路。教室裡，我從來不舉手，也從沒聽過自己的聲音，整個人就癱坐在座位上，要是你站在教室後頭，可能還會以爲我的位子沒人坐。

又過了三年，老師才決定踏上通往我們家農園那條路。那天放學後，我在家裡照顧雞，一看到老師走進院子，我便躲到雞舍後面。母親邊用圍裙擦手邊走出家門，一臉擔憂地和老師說了幾句，又指向我父親和東尼在幹活的地方。老師順著她指的方向往下方的田地走去，沒多久，東尼走了回來。

「他來幹什麼？」我從雞舍後頭溜出來，東尼大步走向屋子後門時，我跑在他身邊。

「不曉得，他們叫我回屋裡喝茶。」

「喝茶？現在又不是喝茶時間。他們是不是在說我的事？」

「莫里斯，我剛剛也說了，他們什麼都沒告訴我。我快餓扁了。聽著，我等會就出來，你回雞舍去吧。」

我聽他話回去靠在雞舍木板牆上，考慮各式各樣的可能性，心裡鬱悶得緊。最糟的情況是，他們把我送去什麼病院，跟其他讀一行字就會累到滿身大汗的人待在一塊。我繞著雞舍踱步，走了一圈又一圈，凡是擋路的雞都被我踢到一邊去。

「男子漢，你別擔心，不會有事的。」過一段時間，東尼從屋裡走出來，嘴角還黏著母親的蘇打麵包碎屑。但是無論他笑得多努力，還是藏不住眼底的擔憂。

「莫里斯，你也知道，不管老師說什麼，你都不會有事的。我們一起想辦法，對吧？」

我亂踢地上的稻草，怎麼也沒法抬眼看他。

「男子漢，別這樣，還記得我每次都對你說的話嗎？」

我又踢了踢稻草，拒絕出聲。

「我跟你，一起……」我垂頭咕噥，鞋底在地上磨蹭。我不想再重複他那句口號了，因爲事實就擺在眼前，這場戰爭中沒有「他跟我」，只有我跟我笨到家的腦子。

「……**對抗世界**。」他唸道。「就是這樣。」他撞了我肩膀一下，算是鼓勵我。

我們一塊兒待在雞舍裡，直到父親和老師慢慢爬上山坡，一面認真談話一面走來。他們在破舊牆邊停下腳步，把話給說完，然後父親點點頭，碰了碰帽子跟老師道別，目送老師走出院子。這時候父親看向東尼，歪頭要他過去；父親沒看我，而是帶著我的命運轉身往回走。東尼搭著我的肩膀，輕聲說：

「記住我說的話，我會幫你的。」說罷，他跟著父親走了。

一個鐘頭後，全家坐在廚房長桌邊吃下午茶，第二次下午茶。不知聽我們父母討論此事第幾次的東尼，看上去並不是很困擾。

「莫里斯，德甘老師覺得你還是在家耕作比較好。」父親宣布道。「他說你長得又大又壯，和你大哥一樣，很適合當農夫。你怎麼想？反正你也不愛讀書，我沒說錯吧？」

我讓時間一分一秒溜走，嚥下嘴裡的麵包，想像它沿著我的喉嚨往下滑，沉到胃的深處。

「嗯。」我咕噥了一聲，眼睛從頭到尾盯著自己的盤子。我把頭垂得很低，整張臉幾乎貼在盤子上。

「很好，那就這麼決定了。你媽會去問問多拉德莊園，看看他們需不需要人手。你明天不用上學，就跟我們在家幹活，等我們給你找到工作再說。」

我羞愧的心懸浮在空氣中，繞著茶壺、牛奶罐和那一碗水煮蛋打轉。我越吃越覺得食不下嚥，最後索性閉上眼睛喝茶，把羞愧一股腦兒吞下肚。

「男子漢，」那晚，漆黑的房裡，躺在我身邊的東尼小聲說。「這是好事啊，不是每個人都適合上學。農活又是完全不一樣的事了，你看看你這雙手，這是它們天生該做的事。」

我把雙手舉到眼前，試著在黑暗中仔細瞧瞧它們。我知道這回他說得對，但我還是想成爲了不起的人物，特別是爲了他。

以前常有人說多拉德大宅很美，但我母親從不這麼說，她也在那地方工作，只不過是在廚房。對第一天上工的十歲男孩而言，那棟宅子除了陰森之外沒別的詞好形容。母親領我走過去，一路上對我說個不停，但是我沒仔細聽，一心只注意沿途散落在農地上的栗子。我尤其對等著被剝開的果實很感興趣。和這麼大顆的果實一比，喬．布萊迪的栗子眞是小到不能看。我隱約聽到母親提到「禮貌」和「尊敬」，不過直到我被交給農場管理人理查．柏克，開始在他嚴厲目光密切監視下工作，才徹底看清未來與現實。他是個苛刻的男人，深受莊園的主人——休．多拉德重用，在他手下幹活那六年，我時常看到他們倆湊在一塊兒竊竊私語，兩顆頭都快碰在一起了。十歲的我長得挺高的，一百五十七公分，幾乎和母親一樣高了，身材也和東尼一樣結實，柏克二話不說就錄用了我。

母親早上在多拉德家廚房工作，幫廚師烘焙，每天烤十條麵包，主要是做給工作人員吃。她幫多拉德一家人烤的是蘋果塔和司康，有客人的話還會做些更精緻的玩意兒。穿過農地時，她總是會唱歌，她最愛唱〈晚安，艾琳〉了。我也會跟著唱，她說她最愛聽我的歌聲。兩年前，她幫我報名了馬洛伊神父的合唱團，我和其他歌手一同站在聖壇上，在一群女孩子當中我一個音也唱不出。一想到要公開表演，我就嚇得動彈不得，結果神父叫我回家，再也別回去了。話雖如此，和母親在一起時我還是喜歡跟著唱歌，她喜歡的歌我都會唱：〈布拉沃格〉〈我跟我媽講〉，還有〈麥納瑪拉的樂團〉。幾年後，我為莎蒂露了手唱功，甚至有一、兩次她怎麼也沒法讓你入睡，就讓我唱歌給你聽，邊摸你的額頭邊唱，看著你睡著。現在嘛，我有時會站在她的墓前，對著風兒唱歌。

我母親說話很輕柔，不過她說的每個字都是關鍵，一點兒也不浪費。她也不常笑，我會記得她的笑聲是因為太難得聽到了，她笑得沉靜又甜美，好像怕自己打擾了別人。有一回約翰舅舅——我母親的哥哥——從倫敦回來看她，帶了根香蕉。我們從來沒看過這種東西，我記得他把那根香蕉放在母親的柳紋瓷盤上。還記得你奶奶那個柳紋瓷盤嗎？你小時候我們家裡好像還有幾個。總之，香蕉被舅舅擺在桌子中央，像顆珍貴的寶石似的，母親看了忍不住笑起來。她的笑聲清脆悅耳，像畫眉鳥的歌聲。隨著家裡親戚陸續來瞧瞧那根怪模怪樣的水果，母親又會開始笑。我滿心希望會有更多人來，讓她的笑聲不斷。我盡可能湊近她身邊，品嘗並感受她的快樂。我記得我閉上眼，把頭貼著她圍裙的布料，聆聽她的喜悅，感受她身體震動，那笑聲太迷人了。只是在家裡很少有機會聽母親笑，工作時更是不可能。

多拉德一家對彼此都很不友善，更別提怎麼對傭人了。父親相信那是這五十年來，他們的財富權勢都逐漸消失的遠因。

「他想念以前收租的日子。如今我們都有自己的土地，他們看不慣。」多拉德家的失望重重壓著宅子，就只因爲小農獲得持有土地的權利了——雖然在土地委員會規定下，權利也很有限。總之那份滯悶我只消往屋內一瞥，就可以看見。好比紅色，應該是最鮮明的，但是那屋裡的紅卻是最暗沉的那種。家族肖像畫更是陰沉不過，巨幅畫作裡的人都是一臉不高興，身上穿著黑或棕色衣服，背景是放在葬儀社也不突兀的灰黑色。母親每週有六個早晨都暴露在那種環境下，眞是令人擔心。

「莫里斯，我們需要這筆錢。」每當我提起這事兒，她只回這麼一句。

記得有一回，我大概十二歲，頂多十三歲，正在幫忙派特·庫里南把壁爐用木柴搬到後門走廊時，聽見廚房裡有人熱絡地聊天。

「別讓老爺聽到你們在閒聊啊。」派特對廚房喊了聲。

「他出門啦。」廚師走出來，靠著門框應道。

「貓出門，老鼠都出來玩了是嗎？」

「我們也沒什麼機會聊天啊。你也要來嗎？」

派特在地墊上擦鞋，準備進廚房時，有人一拳猛敲通往宅子大廳那側的門，門板重重砸在牆上。

「我可不是付錢給你們來說說笑笑的。」洪亮、恐怖的聲音把抱著一堆木柴的我嚇到僵在那兒。

是多拉德本人，他絕對沒出門，也絕對喝了個酩酊大醉。他在門口搖來晃去，直到伸出一隻手抓緊門框，把身體推進房裡。當場鴉雀無聲，所有人都盯著地板。我和派特躲在走廊，還有一線機會可以逃走，結果派特倒退一步撞到我，我當然就不小心讓那堆該死的木柴掉滿地。多拉德轉身看我們，那傢伙像是座又老又胖的小山，但跑起來卻有如健康的年輕小伙子，一下就從廚房另一頭衝過來。我瞥見母親眼裡的恐懼，她想過來幫我，可是廚師沾滿麵粉的手指緊抓她手肘不放。多拉德的巴掌又重又響亮打在我的臉頰，打得我跌坐在木柴堆上。

「沒用的小子。」

我雖眼冒金星，卻還是看得到廚師那雙白色的手拉住我母親。從多拉德搖搖晃晃的雙腿之間，我瞥見母親摀住了嘴。但是還好她沒有動作。就在多拉德笨重的身軀前，我垂下了頭，摸了摸被打的位置。接著那傢伙寬闊的身子後頭，一個和我年紀差不多的男孩走了出來。我認得這傢伙，他是老爺的兒子與「王位」繼承人，托瑪斯．多拉德。我認得他，不過那是我第一次和他互動。

「還不快撿起來！」他指著木柴吼道。

他的命令迴盪在我腦子裡，口水噴到我手上、臉上。這時我已經嚇得腦子不清楚了，我試著站起來，但是我實在太害怕，整個人又跌在他腳上。他抬腳把我踢開，有一腳直接踢中肋骨。

「蠢貨，快動啊。」

我站起身來，儘量站穩，開始集中散在地上的木柴，把它們堆好。我冒險瞟了母親一眼，看到廚師拉著她轉身面向洗碗槽。

「下次再讓我看到你破壞父親的資產，我要你好看。」

「托瑪斯！」多拉德口齒不清地說。「我才是這個家的主人，不需要你插手。你玩你的娃娃去，這裡交給**我**來管。」

「父親，它們不是娃娃，是士兵。」父親這麼一羞辱，托瑪斯語音顫抖起來，眼珠也瞪得老大。

「我看它們就像是娃娃。」

托瑪斯慢慢眨眼，那副受傷的模樣讓人看得著迷，我太專心看他眨眼睛，都沒發現他的注意力已經回到我身上。他的視線變得很平穩，筆直盯著我，我趕緊做好再挨一掌的準備，但他只是轉身離開，穿過廚房消失了。老多拉德注意到我鬆了一口氣，他掐住我頸子把我整個人提了起來，平視著我的臉，我的腿在空中亂蹬。面對他酸臭的口氣，我閉上了眸子，結果下一秒那傢伙就這麼放了我。我抬頭看他搖搖晃晃地站在那裡，渾身發抖，一手遮著眼睛，另一隻手扶著牆。他眼睛眨得很快，先是看看廚房又轉回來看我，好像不曉得自己身在何處。跌坐在地上的我別開了臉，不去看他那副難堪模樣。過了幾秒，我聽到他跌跌撞撞穿過廚房，碰得幾口鍋子哐啷響。廚房另一頭的門重重摔上了，一秒的死寂過後，母親焦急地跑到我身邊。

「莫里斯，莫里斯，你還好嗎？你看著我。」她跪在地上，捧著臉檢查我受傷了沒有。

「媽，不要這樣，我沒事。他幾乎沒碰到我。」我站起身說。

話雖如此，她還是硬要我坐在廚房裡一張椅子上，把我給徹頭徹尾關心了一遍，直到派特再也受不了了。

「他沒事了。好啦，快過來，我們把這邊整理乾淨。」

那之後，多拉德家的兒子——托瑪斯——就盯上了我，動不動就把我打得鼻青臉腫。他的氣，我還眞受了好幾年。他當然也會嘲笑其他男孩，像大老爺似的對他們呼來喝去，有次還逼米奇·德懷爾花一整個下午把乾草從莊園一頭搬到另一頭，再搬回來。那天就連柏克也看不下去，直接禁止他再欺負米奇。但因爲我目睹他被父親羞辱，又是年紀最小的農工之一，所以托瑪斯總是特別「關照」我。老實說，我完全可以一拳打倒他，不過我從來不和他打架，也從來不回應他的嘲諷。我默默讓他揮拳，因為我不能害我和母親丟了工作，也不想害母親受傷——我最擔心的就是她了。

我知道老多拉德會打托瑪斯，所有在那地方工作的人都知道，但我也沒因此比較開心。我時常經過一扇窗，聽見老多拉德打兒子的聲音。我受不了托瑪斯的哀求聲，比起他父親的暴力，他苦苦哀求的聲音更讓我心煩意亂，那是種卑微的聲音，我敢肯定自己決不會發出那種聲音。我有時甚至會聽到他妹妹瑞秋試著幫哥哥說話，偶爾還會成功。

「爹地，不要，住手啊！」

我想像她掛在多拉德樹幹一樣粗的手臂上，努力阻止父親對托瑪斯揮拳頭。印象中他們母親——愛蜜莉亞——不常插手，但她有時候還是會幫孩子說話。

「休！拜託你放過他，你也知道這不公平。」我眼睛下面多一道疤的這一天，就聽見她這麼哀求丈夫。那年我十五歲，正經過樓下一扇打開的窗戶，蕾絲窗簾被夏季微風吹得往外飄，這時我瞥見了托瑪斯的臉。他滿臉通紅，嘴唇咧了起來，牙關咬得很緊。老多拉德把他的頭緊緊夾在腋下，他母親則站在離他們一小段距離的位置，緊握的雙手不知所措地亂扭。

「愛蜜莉亞，少跟我說什麼公不公平，」老多拉德對她大吼。「妳還有臉跟我講什麼叫公平！」

我看夠了也聽夠了，本想逃之夭夭，結果被柏克擋下，要我去牛舍鏟牛糞。與其這樣，我還寧願在院子中間讓托瑪斯來揍我比較乾脆。結果托瑪斯眞的以超乎想像的速度瞬間來到我身後，手裡握著獵鞭。我才轉身他便用那玩意兒抽打我，金屬部分在臉頰劃出一道口子。我摀著臉、趴倒在地，他開始朝我腹部踢了一次又一次，好像從沒踢過人，突然發現了嶄新的力量。我默默承受每一下、他的每一滴口水，一聲呻吟也沒出口。

「托瑪斯，快住手！」

我聽到站在牛舍門口的瑞秋哀求他。

我蜷縮在地，一隻手摀著臉，另一隻手儘量護著身體，不敢看他。我聽到上方粗重的喘氣聲，他父親打出來的傷口滲了血，滴在我的手上。我靜靜等著，瑞秋也等著，但他沒有再打了。我看著他的靴子掉頭走向門口，走向妹妹，血淋淋的手握住她的手。瑞秋像看陌生人似的瞅著他，也許是不確定和他走安不安全。他們走了，不過她最後瞄了我一眼。事後，我伸長了手，抓了把稻草，儘量擦掉他的唾沫與血跡。

柏克幫我縫了傷口，沒用麻醉，也沒消毒，直接在我摔倒的地方坐下來，用針線把我的臉縫了起來。他叫我回家，我被踢得青一塊紫一塊，臉上還多了道疤，得到的賠償就是放兩小時的假。眼睛下面那道疤算是紀念品，讓我知道自己眼睛沒瞎已經很幸運了。母親儘量幫我清洗傷口，那之後我躺在樓下房間裡，聽父母在廚房低聲說話，說的自然是我。東尼站在床尾，靠著關上的房門。

「莫里斯，那個小混蛋，」他說道。「要是給我逮到，絕對把他打到連他媽都認不出來。」

「欸，東尼，你不要亂來，到時候我們的工作——」

「你還管什麼該死的工作，莫里斯，沒人有資格這樣對你。」

父親敲了敲房門，東尼讓到旁邊，讓父親開門。

他踏進來看著我們倆，表情相當凝重。

「別再讓我聽到你們說這種話。」最後，他緊緊盯著東尼說。雖然東尼不肯讓步，他還是明白自己再怎麼咒罵、再怎麼威脅，也改變不了多拉德家。隔天早上，我裹著滿頭繃帶，一如往常地穿過田地幹活去。

幾個月後，我去後院牧場的路上經過宅子，又聽到老多拉德的吼叫。我告訴你，那一刻我的心真是沉到了谷底。我儘量悄聲快步走過。這回他們是在樓上，托瑪斯背對著窗，雙手在身後握拳。我經過窗下時，他攤開一隻手，有什麼東西掉落在我面前。

「可是父親，我真的沒拿，真的沒有！」我聽見他哀聲說。

我想也沒想就彎下腰，撿起石頭上那個亮晶晶的東西，收進口袋，然後繼續若無其事地走下去。要是當時我知道自己的決定，會毀了這座大宅好幾代人的人生——不只是托瑪斯而已——我會不會就此走開，掠過那個誘人的玩意兒，避開它？可是，當時我只想要報仇。不論我口袋裡這東西是什麼，如果偷了它，能回敬托瑪斯對我的毆打與嫌惡，那就絕對值得。

儘管距離遠了，我還是聽得到老多拉德的叫罵與托瑪斯焦急的回應，以及有什麼東西或人摔到地上，但我沒回頭。離宅子更遠些，我躲到一棵樹後，拿出口袋裡的玩意兒，第一次把它看個仔細——是枚金幣，上頭側著臉的男人我不認識，上頭的文字我根本沒試圖讀懂。金幣又沉又實，一看就知道是好東西。我壯著膽子把玩金幣，還往空中拋了一、兩次，才暗自竊喜地收回口袋。

五個鐘頭後，我沿著同一條小徑往回走，派特也走了過來。

「你看看那個傻小子。」他說道。我們看見托瑪斯在之前那扇窗戶下爬來爬去。

「他把他父親的錢幣還是什麼玩意兒弄丟了，老傢伙氣瘋了，說他不找回來就要取消他的繼承權。老傢伙覺得是他故意偷了那東西。」

我們經過時，托瑪斯對上我的眼睛，我像平時一樣別開視線，心裡卻感受到一股很陌生的力量。走出他的視線範圍後，我又偷偷笑了笑，並用拇指摩擦安穩妥貼躺在我口袋裡的那塊金屬。

他們把每一棵樹叢、每一株植物、每一個口袋、每一個包包全都翻了一遍，那天晚上我們離開前被叫去排成一列。我可不傻，我已經把金幣藏在離我們家矮牆不遠的樹上凹角了。儘管如此，柏克朝站在隊伍中的我走過來時，我還是嚇得不輕。他站在那兒盯著我的傷疤猛瞧，雙手伸進我的口袋、搜過我全身，自首的話湧到我嘴邊，但是我堅持閉緊了嘴，一句話也沒說。他失望地接著搜米奇・德懷爾的身。

隔天，母親與大部分廚房人員被叫去把托瑪斯的房間、多拉德父子爭執的房間全都翻過一遍，我們這批農工則在宅子外的庭院裡找那東西，全世界都因多拉德家而停止運轉，我們趴在石子、泥巴、土壤與草地上，尋找他們永遠找不著的那樣東西。托瑪斯一下去看屋裡狀況，一下到外頭來看我們尋寶。

「你還沒找到嗎？」他呻吟道。那傢伙站在我上方，泫然欲泣地亂扯頭髮。

「少爺，你要找的玩意兒到底長怎樣？」我蹲坐在地上，抬頭看他。

「蠢材，它是黃金，黃金！柏克，你這兒怎麼淨是些白癡？」

他大步朝莊園管理人走去，期望柏克回答問題似的。我找到一枚三便士硬幣，直接跑了過去。

「少爺，少爺，我找到了。」我毫不愧疚地說。

他那鬆一口氣的表情還真是不得了，不過下一秒，他看著我手裡的銅幣，表情又變回原本的痛苦。能看到那張苦瓜臉，腦袋被柏克打一下也值了。他轉頭跑往宅子，離我、離柏克而去。

接下來幾天他們不斷找我們問話，農工由柏克審問，女傭由老多拉德本人問話，但他們似乎沒什麼信心。所有人都知道老多拉德相信犯人是托瑪斯，但他好像不想再和兒子扯上關係了，沒過幾天他就把托瑪斯送去別地方，還言而有信地取消了兒子的繼承權。我那時候覺得奇怪，他們爲什麼不報警處理？後來我才發現，老多拉德弄到那玩意兒的手段並不光采，所以當然不能報警——不過那時的我並不知道。

接下來那幾週，我打從心底害怕警察哪天上門來，把我們家給掀了。東尼一如往常地幫我想辦法，他安慰我，沒有人能找到藏在他枕頭下的那玩意兒。

「他們聽到我得了結核病，哪還敢靠近？」

那年年初東尼得了肺癆。一開始，我以爲他咳個不停只是冬天的例行公事，和身子發冷、流鼻水、喉嚨痛差不多，但他一咳就是好幾週，從早咳到晚，完全沒有減緩或好轉。有時我會被他吵醒，不過大部分時候他自個兒受苦，我則翻身面朝牆壁，作我的夢去。我小時候就很會睡，像死了一樣，等身體決定醒來才會醒。現在想來，要是我沒睡得那麼沉，兩年前莎蒂嚥下最後一口氣時，我能不能抓住她的手，把她拉回我的懷抱？

「媽，我們沒辦法治一治東尼咳嗽的毛病嗎？」一天，梅伊抱怨道。「我晚上都被吵得睡不著，累到麵包都吃不下去了。」

其實梅伊沒必要把東尼生病的事告訴母親，我看到母親已經觀察東尼好幾天了：他走過院子的速度比平常慢；吃飯時在桌上就咳起來；吃完下午茶後倒在扶手椅上就睡著。

「東尼，你今晚睡我們房間吧。」他抬手按著胸口那天，母親這麼說。

「媽，我好得不得了，妳泡的蜂蜜效果很好。」

「沒關係，你睡樓上的房間，我們睡你的房間。莫里斯，你就睡廚房的椅子吧。」

直到他死後我才得知，母親以前就曾眼睜睜看著她弟弟吉米死於這種病。那年頭很少人談這種事，死亡與疾病是個神聖的、不能提的話題，沒事別亂說。現在想來，她似乎緊張兮兮地等了好幾年，觀察我們的感冒和咳嗽，隨時準備對奪走她寶貝弟弟的病魔發動戰爭。東尼生病時，她的戰爭終於開始了。

那天，她把我們床上的被單和鴨絨毯全洗了一遍，在被單晾乾前，她和父親直接合衣睡在毛毯下。我則是在廚房把椅子對著擺好，靠一條毛毯和母親的冬季外套取暖。第一晚，我花了一點時間才睡著，一面聽東尼片刻不停的咳嗽聲，一面試著搞懂我們換床位的意思。

我記得隔天是星期日，天還沒亮父親就駕著雙輪馬車出門，兩個小時後帶著羅薛醫生回來。我從棚子裡看著他們進屋，然後跑到東尼房間的窗外，豎起耳朵聽他們談論東尼的命運。沒過多久，珍妮和梅伊也被趕出門，我們三個站在狂風暴雨中等待。

「一定是。」我們縮在不停滴水的屋簷下，儘可能靠著窗框站時，珍妮小聲對梅伊說。

「珍妮妳別說這種話，別詛咒他。」

「眞是的，我又沒詛咒他。我的意思是，小瓦爾就是得那個病死了的，凱蒂說瓦爾一開始也是這個樣子。」

「珍妮安靜點，別給東尼聽到了。」

晚些，我們爲了送醫生回家，特地去敦卡舍爾望彌撒，而不是去我們自己鎭上的教堂。可憐的馬兒還得拖著好幾個人跑那麼遠。東尼沒來，我們一路上都沒說話。到了敦卡舍爾的教堂，我看著父母坐在長椅上聚精會神地禱告，母親緊閉著眼睛，皺紋都糾起來了。她的嘴唇抵著緊扣的雙手，忙著唸唸有詞。

回到家後，沉默籠罩一切。我、珍妮和梅伊到處閒晃，等著誰來揭曉謎底。我們絕不接近樓上那間門扉緊閉的房間，絕不去打擾東尼休息，只在自己房間和廚房來回走動，最後決定玩一局史上最安靜的紙牌遊戲。玩了一會兒，姊姊們起來幫母親準備午餐，父親拿著週日報紙，一次也沒從報紙後探出頭。

「東尼得了肺癆。」晚點，我們盯著自己的餐盤時，他告訴了我們。「你們不准說出去，聽到沒有？別人問起，就說那孩子在田裡摔斷了腿，聽懂沒？」

我們三姊弟互看了一眼，點頭成為共犯。

「醫生也不會把這事告訴別人。他要我們讓東尼搬去馬舍樓上，免得我們都被傳染，但是他待在家裡由我們照顧就好，我們不會把他趕出……」父親沒把話說完，緊握的拳頭塞進口袋深處。「媽媽早上去工作時，妳們兩個女孩子在家照顧東尼。」過了一會兒，他又說：「該怎麼做，醫生都跟你們媽媽說了，他說休息是最好的良藥。我們不會失去他，我們不會失去那孩子。」

我們對外宣稱東尼摔斷了腿，要是眞相傳出去，我們就完了。結核病的傳染力和八卦一樣強，多拉德家肯定會當場解僱我和母親。結果我們都沒得病，不過我眞的認為這病一直纏著母親，多年後害死她的，一定也是這個病。保密可不容易。有些是想探病的善心人士，還有，雖不常來，卻來得不巧的鄰居。這種時候，珍妮或梅伊會跑到院子和他們打招呼，趁他們接近屋子前編各種謊話騙他們離開。

「他今天狀況不太好，對不起啊，讓你特地跑一趟。」

「他現在痛得緊，不過我會跟他說你來過，聽到你這麼關心，他一定會好起來。」

「他正在做醫生交代的運動，現在氣餒得很呢，你也知道，他就是那個性子。」

我相信過了一段時日，外人應該都有自己的猜想，不過沒人直接問過我們。

東尼唯一一次自己出門，是在一個星期天，那時我們其他人都望彌撒去了。儘管他不在我們身邊，那兩個鐘頭我們都還是想著他。我自己是含著聖體祈求上主拯救他，兩旁的家人也都是在拚命祈禱。

醫生要我們給他「營養」的食物，每天還要讓他喝點司陶特啤酒補鐵，東尼聽了高興得不得了。這些當然要花錢，我們那個年代說的「營養」就是紅肉和蔬菜，家裡的園子有胡蘿蔔、高麗菜和馬鈴薯，有時候我們就只吃這些，白肉也不算大問題，反正院子裡有那幾隻跑跑跳跳的雞，老到不再下蛋的母雞通常會落得被端上餐桌的下場。但是，紅肉就比較麻煩了，偶爾才能弄得到一點。我們還是把弄來的每一盎司紅肉都拿給東尼吃，不過肉在爐灶裡烘烤時的香味還是讓我們直流口水。一天晚上我上樓看他，他賊兮兮地叫我關上房門。

「男子漢，你過來，這個給你。」房門一扣上，他就對我說。他手裡拿著一塊用手帕包著的牛肉。

應該是從午餐就一直藏著。

「東尼，我不可以拿你的食物。」

「老天，他們快害我脹死了，給我那麼大塊肉，好像整頭牛都在盤子上一樣。拿去吃吧，我特地留給你的。」

「他們知道肯定要宰了我。」

「我猜他們自己也會偷吃。我敢發誓，珍妮把肉帶上來的時候，上頭還缺了一大口呢。」他笑著說。「眞是的，你白天去那地方工作，回來還要跟老爸幹活，做兩份工的人當然要多吃點。」

要是看到我從他血跡斑斑的手帕接過牛肉，全愛爾蘭的醫生應該都會心臟病發，但是我告訴你，那一小塊肉嚐起來就像天國的滋味。雖然涼掉了、被壓扁了，還是美味得要命。

那感覺很糟，以前東尼是每一天、每一年陪我上學，他鼓勵我、支持我，可是我卻得每天出門去多拉德家工作，留他一個人躺在床上。爲了趁他精神好時和他閒聊、胡鬧，我往往拖到最後一刻、母親拖著我走才肯離開。但是，每次出門我的心都好沉重，靴子裡好像裝了沉甸甸的石頭，讓我遠離他的每一步都越走越慢。要是有得選，我寧可在家照顧他；幫他端餐盤；在他快要把五臟六腑咳出來時，端著碗撐在他旁邊；早上扶著他下床、坐上夜壺。只要家人讓我照顧他，那怕全世界都笑我，我也會毫無怨言地爲他做到一切。

我不肯把照顧東尼的工作全交給母親和兩個姊姊，每天一完工就一路跑回家，搶在她們之前把他的下午茶托盤端上樓。那時候母親通常已經下班回家很久了，但我總是在她還來不及阻止，就匆匆端著托盤去找東尼。儘管如此，在我溜走之前，還是瞥見了她欣慰的笑容。到了東尼的房門口，我會用一隻手把托盤端在身側，另一隻手敲敲門。

「進來吧。」他總是用大老爺的語氣說。他當然知道是我，因爲我早些飛奔回家時，已經用我獨特暗號敲了他臥房窗戶五下。

「懶鬼還在睡嗎？」我一面把帽子掛在走廊，一面用他聽得到的音量說。聽到他的回應，我會笑著打開門，但是求主原諒，因爲每當我瞧見他那張瘦得不成人形的臉，總是嚇了一大跳。每次每次，我都好像第一回看到似的。我笑不出聲，臉上只剩一絲尷尬的微笑，那簡直就是承認自己沒法假裝自己從小仰慕的大哥沒病，沒法假裝他要是再多咳一聲，就會離我們而去。

「男子漢。」有時候他是說出來，有時則是咳出這句話。

「你還在裝病啊。」

我通常會在床邊母親放的椅子上坐下，這是母親結婚時，外婆買給她的椅子。如果東尼有力氣，我會把托盤放在他腿上，讓他自己喝茶、吃麵包。後來，隨著日子一天天過去，他連起身的力氣也沒了，我只能幫他多墊一塊枕頭，把麵包撕成小塊餵他吃。他很少有心情吃東西，但如果他眞想吃，我會把麵包拿得離他的嘴巴遠遠的，兄弟倆鬧得很開心。現在想來，其實也沒什麼好笑的，但我們就只剩這麼點歡樂了。

我每晚把這一天發生在圍牆那一頭的事告訴他，通常他都沒力氣回話，我也漸漸習慣了只有自己說話的聲音。

「東尼，我覺得最氣人的是，我們的土地跟他們那邊也沒差多少，可是我今天去他們那邊挖起來的石頭可大了，根本是巨石啊！我搬那些石頭搬到背都快斷了。」

大部分時候他無力回應，只能躺著聽我一個勁兒說個沒完。

「而且我跟你說，老多拉德竟然能變得比以前更糟，自從把托瑪斯趕走以後，他就像一叢荊棘一樣。顯然，那家的媽媽和女兒也好不到哪去。廚師說他們現在都不說話了。明明就只是一枚該死的錢幣，幹麼非要把兒子趕出門不可？太誇張了！」

害托瑪斯被逐出家門的，就是我和大哥枕頭下的那枚金幣，但那時候我一點罪惡感也沒有。托瑪斯對我做過的事，那些毆打、他們持續帶給我的恐懼害怕，就只有東尼知道。全世界都看得到我臉上的疤，但是沒有任何人——包括母親、父親和兩個姊姊——問過傷疤是怎麼來的。老實說，我也不希望他們問，要說出那件恥辱的事，會讓我覺得自己像個傻子。不過啊，有時候東尼痛到皺著臉睡著時，我會把整件事說給他聽。

「莫里斯，」有一次他猛咳著說。我被他嚇了一大跳，因爲我以爲他還沒醒。「那個混蛋……咳、咳……那混蛋總有一天會遭報應。」

「東尼，放輕鬆。來，喝點水。要是讓媽看到你這麼生氣就不好了，而且我本來也沒想讓你聽見。」

他喝了口水，握緊我端著杯子的手，直視我的眼睛，艱難地呼吸著。

「莫里斯……他會遭報應的，你等著瞧。」

有我坐在床邊陪伴而入睡的東尼，很努力掙扎吸進所需的空氣，但這動作隨著日子過去，變得益發艱難。我坐著看他凹陷的胸口起起伏伏，好想用意志力讓他能正常呼吸。我在那張椅子上禱告的次數，肯定會讓母親覺得驕傲；手上的玫瑰念珠轉了好幾輪、緊閉眼睛用力懇求上帝快快賜下奇蹟。我甚至會一直禱告到睡著，直到父親來拍我肩膀，要我去廚房吃點午茶，然後跟他去做些他獨自一人無法幹的活。離開時我會舉起手放在東尼肩上，說出那句老話：

「我跟你，一起對抗世界，對吧？就我跟你。」

每週日晚上，我們全家人一定會擠進他房間。那時候海外的戰爭已經打了好幾年，到了一九四六年，報上盡是戰後餘波的消息，報導都是關於世界會如何改變，以及如何讓德國的慘劇不致再次發生。父親會把週日彌撒過後買的報紙讀給全家聽。大家搬廚房的椅子進東尼房間，聽父親讀外界新聞，了解一下除了我們自己家和東尼生病的祕密之外，世界上還發生了什麼事。聽完之後，我們會自己下結論，發表點意見，有時彼此意見不同，有時候大家都贊同當時的總理德．瓦萊拉做得對。要是東尼有精神，也會加入討論，但是大部分時候他都只想邊聽我們的聲音邊睡覺。

我們都知道留不住他，他後來瘦得好像要陷進床裡，好像要從我們眼前消失。我們和醫生都束手無策，再怎麼惹他發笑、再怎麼努力照顧，還是得看著他的生命一點一點消失。儘管難過，我仍舊天天坐床邊陪他，不過有時候我就是忍不住掉眼淚。

「唉呀，莫里斯，瞧你這副模樣，像個大姑娘似的。」一天晚上，他醒來看到我哭紅了眼坐在一旁，氣喘吁吁地說。他勉強擠出一聲輕笑，還差點被那一笑給嗆死，這下我也笑了，笑得精力充沛。就這樣，我們爲這場悲劇笑得闔不攏嘴。

他死前那幾週，是我見過媽媽最瘦的時候。才破曉她就起來，就算前一晚她整夜都坐在東尼床邊，眼看兒子受苦，當中也只稍稍睡一下。我們得天天穿過田地去莊園工作賺錢，這樣才買得搶救東尼所需的昂貴食物。而母親唯一一次開口想請假，是在東尼死去那天。

「漢娜，今天沒妳不成啊！」愛蜜莉亞．多拉德說。母親在走廊上攔住了她，視線片刻也沒離開地毯，愛蜜莉亞．多拉德則邊說邊擺弄著走廊裡的花束。「我早就告訴過妳，今天托瑪斯要回家，還帶了他的同學勞倫斯和他父母來作客。這些日子他們眞的很照顧他，週末讓他住他們家，我們不能讓托瑪斯丟臉。可憐的托瑪斯，我們平常太少見到他了，難得休不在家……他也只能趁這時候回家了。我們需要妳的蘋果塔，妳做得夠多吧？」丟下這句比起問句更像命令的話，愛蜜莉亞．多拉德大步走了，留我母親盯著自己交疊在圍裙前的雙手。

我很想出聲喊她——宅子的前門是開的，當時我剛好來幫園丁整理屋前窗臺的鮮花，所以這些話我全聽到了。但是我沒出聲，只默默看著母親轉身，抬頭忍住隨時會流下的眼淚，走回廚房去。稍後，珍妮來了。就在母親好不容易完成工作，穿上外套準備回家之際。那晚，珍妮告訴我，她是在後門找到母親。我則是聽見母親的哭喊，悲鳴聲一路飄到屋頂，刮過屋瓦，在我忙著修剪前門兩旁樹木時，母親的哭聲順著牆傾瀉下來，重擊我的頭與肩膀。我一聽就知道是東尼出事了。我兩腿一軟，趕忙伸手抓著一根樹枝。就在那一刻，一輛車開到宅子前，我不用轉頭也知道那是誰。我聽見托瑪斯一面炫耀一面開關車門，走進宅子。

「應該是十八世紀建的吧？我也不太確定，不過父親肯定知道。真不巧，他今天不在家，到倫敦辦事去了。這邊請，這邊請。」

他完全沒注意到我，算是小小的恩賜。當時那怕他只是朝我這方向吐氣，我可能也會忍無可忍，衝上去給他一拳。宅子大門關上後，我對他踩過的地方吐一口口水，詛咒他們下地獄，然後頭也不回地繞遠路狂奔回家，免得在路上撞見母親或姊姊。我衝進前門，又衝進東尼的房間。

「莫里斯，不可以。」我跑到床前，父親一面奮力抓住我，一面大喊。他拉住我兩條手臂，但我像著了魔似的不停往前拉扯，最後終於掙脫了他，父親被我甩到後頭的牆上。我摔倒在東尼骨瘦如柴的身軀上，床上眞的除了骨頭什麼都不剩了，沒有肉、沒有結實的肌肉，什麼都沒有，全身都已經消磨殆盡。我握著他乾瘦的手臂趴在那兒，讓憤怒隨著他的靈魂往上飄，直到自己也什麼都不剩，只留下不像是我會發出的悲涼低語。

聽到母親回家時，父親和梅伊把我硬生生拉開，還活著的三個孩子站在一塊兒，看著她走進房裡。眼睜睜看著自己母親痛哭，眞的很可怕，你沒法救治、沒法彌補，連貼塊繃帶也做不到。我用盡所有力氣才能阻止自己，不然我眞想衝出去，一路穿過農田找那些混蛋算帳，就是那個賤女人和她的寶貝兒子，是他們害我母親沒能和兒子道別。父親站在母親身旁，一隻手搭著她的肩，另一隻手摸著她的背。那天整個下午，那隻歷經風霜、青筋滿布的手都隨著母親哀傷的節奏上下撫摸，一刻也沒停。他一直克制著自己的傷痛，幾年後我才想到，父親獨自一個人在田裡的時候，會不會因爲失去東尼而力氣盡失，不得不蹲下來？他會不會爲不公的世道號啕大哭，不得不撐在泥土地上？但那天屋子充斥的是母親的哭聲，持續了好久好久。她哭了好幾個鐘頭，嬌小的身子都被哭聲震得快撐不住了。直到神父來了，哭聲才緩下來，但也只小到母親勉強能聽見神父禱告的程度。

我從沒經歷過那麼漫長的夜晚，怎麼也無法入睡，只有片片段段充滿怒氣的夢。夢中的我總是在奔跑，逃離什麼東西或是人。每次驚醒，胸腔都冒出一陣恐慌，一時不確定身在何處，直到在母親的椅子上撐起身子，才發現自己坐在爐灶前睡著了。最後，我才搞懂自己是在家，便坐回椅子，靠著頭枕，盯著少了東尼的黑暗、少了東尼的空虛生活。他是支撐我走下去的磐石。

我完全不記得隔天我們是怎麼準備的，也不曉得是怎麼把自己打理得人模人樣。一如想像，喪禮非常嚴肅沉悶。我們的眼淚滴在教堂木椅與黑衣上，我們的悲傷始終維持在輕聲細語程度，直到禱告結束，大家起身要把東尼帶到墓地爲止。就在我們幾個男人要起身離開座位，母親發出了悲痛欲絕的呻吟，那聲音襲捲我全身，讓我雙膝發軟，得要扶著椅背才有辦法站穩。她站起身，珍妮和梅伊以彆扭的姿勢攙扶著她，兩個姊姊一前一後擠在長凳與小跪凳之間，等著離座，等著跟在我們身後，看著我們把母親的大兒子沿著走道抬走。正當我們抬著棺材走出教堂大門時，碎石車道傳來了車聲。

是多拉德家。

車子在我身後停住，馬洛伊神父叫我們暫停，我驚恐地聽著腳步聲走近，看著神父朝來人的方向一點頭。

「神父。」愛蜜莉亞・多拉德說道。

腳踩碎石的聲音持續靠近，直到我身後才停下來，毫不害臊地又一次插在母子之間。後來姊姊們告訴我，她握住了母親無力的手，像是關心我們母親似的握著，但母親沒抬頭，也沒有回握。母親動也不動。多拉德夫人壓低的聲音從後頭傳進我耳裡，那幾秒，我想到了父親。我想像他的頭靠著我大哥的棺材，緊閉著眼睛，不去看這個丟人現眼、感官遲鈍的女人。他應該很想最後一次摸摸大兒子的金髮吧，但他交扣的雙手與手臂被死亡的重量壓得發紅。我巴不得尖聲吼叫要那女人離開，叫她別再裝、別再貓哭耗子假慈悲。就這樣，她離開了，車子引擎發動，她離開。馬洛伊神父打了個手勢，我們繼續前進。

那年我十六歲，在米斯郡炎炎暑氣中，我們埋葬了東尼。全家一起聽了禱告，必要時配合讀經，低聲頌唸一輪《玫瑰經》，看著他被大地吞沒。然後，我們默默離開。

從那天以後，母親就變了個樣，過去那溫柔的靈魂似乎散了。她再也沒回多拉德莊園工作，我也一樣，少了他們的錢，我們還是想法子活下來了。我和父親一塊兒耕作，母親則幾乎不出門，只有梅伊、珍妮和我結婚時例外。她不再說話，也不再笑了。我再回頭看從前的相片，她那疲憊、空洞的臉，讓我好想伸手摸摸她的臉，撫平她的皺紋。照片中，父親大多是一臉堅毅地站在她身旁，我記得，他會伸手到母親背後扶著她，眼睛卻逼視鏡頭，要人們注意這畫面缺了一人。我常覺得好奇，東尼走後，他們夫妻間還有什麼好談的？假如你死了，只留下我和莎蒂兩個人，永遠困在回憶的迴圈裡，在心中幻想你的未來、哀悼你沒能得到的一切……這種時候，我們會談什麼？或者我們會就此沉默下去，像是拿一層脆弱薄膜把我們裹住，隔離生死切割出的血淋淋傷口和惡臭，不讓我們看見醜陋的現實。

不論在哪個年紀，失去好友都很難受，可是在那麼小的年紀，就要我承受失去東尼的痛，那只能用殘酷來形容。十六歲的我正要展開人生，過去的美好歲月都有東尼陪我走過，如今我必須獨自邁入人生最重要的時光。缺少他的引導、勸誘、責備，我真的走得下去嗎？

「莫里斯，他永遠都會在我們身邊。」喪禮結束後，我們回到家，父親對我說了這句話。當時我們站在東尼房間門口，他一隻手放在心口，眼睛看著空空蕩蕩的床鋪。父親去廚房和母親與姊姊待在一塊後，我也把一隻手放到心口，全力往內壓，試著觸及東尼，試著開啓那個和他頻率相同的開關。

「男子漢，你這小壞蛋。」

他的聲音響起，清清楚楚。

我閉著眼笑了，彎腰對著腳上靴子和重新找回他的雙手哈哈大笑。那之後，一直到現在，就連我坐在這兒，用又乾又皺的雙手握著這杯酒，他也從沒離開過我。

東尼死後，將來繼承土地的就是我了。和父親一塊兒幹活時，他教了我最棒的一堂課，就是如何迎接變化。戰爭前，我看著他拆除土地邊界的矮牆，把那裡的地用來耕種，種完後又很快地把它變成牧場。那些年他把心血都投注在酪農業，好像每一頭牛的毛皮和每一滴牛奶都畫上了英鎊記號，還動不動就問我多拉德家是如何經營製酪場的。他每問起多拉德家一次，我的心就又碎一次。我壓根不想記得他們家的任何事兒，但父親還是堅持地問下去，直到他學會我所知道的一切。也因此，我們還沒開始養牛，他就全都算清楚了。

「到了二〇〇〇年，我們就會是全倫斯特省規模最大的酪農，到時候都柏林人都要喝我們的牛奶，他們的下午茶都要用我們家產的牛奶。」他告訴我。他當自己能永生不死嗎？不過，有時我也猜他說不定眞能活到二〇〇〇年，那老傢伙就和馬一樣壯。結果，他連二十一世紀的邊都沒摸著。父親六十三歲那年，有一天他在園裡築籬笆，突然就倒地走了。母親活到了七十五歲，和我們住到你剛出生那陣子，後來因爲她的身體狀況，我們不得不送她去安養院。當時她已經忘了我們所有人，只記得東尼。我們去探望她時，她老是問東尼是不是還在田裡幹活，什麼時候回來，她要先幫東尼準備好下午茶。她問了一次又一次，我們每次都這麼回答：

「快了，他快回來了。」她聽了就會滿意地往後靠上椅背，可是沒過兩秒又開始問：「那東尼去哪兒呢？」她若是早點走了，也許還好些。眞不曉得父親走後，她神智還清楚的那幾年，是怎麼撐下去的。我從沒問她在失去自己最熟識的人之後，日子是怎麼過的。那個人包容了她身為人類的所有缺點，那個人給了她無條件的愛，那個人總是握住她的手。如今，我還眞希望自己當初好好問過她。

蘭斯福鎭就位在城市邊界，運輸成本低到我們的價格足以吸引牛奶批發商。供給找到了需求，我們甚至還拿下戈爾曼頓軍營的合約。這可是筆大生意。收入穩定，我們就可以穩穩地發展，並且在扎實根基上繼續借錢擴張，一直拓展開來。當然，父親死後有幾年牛奶價錢低迷，但我賣了幾塊地皮，湊合著撐了過去。

你知道，從五〇年代晚期開始，我們到處買下小塊小塊的地皮。那時的農人開始打包行囊急著去英國打拚，所以我們借錢買地，並且預期經濟的浪潮最後會轉而幫助我們。我們付給那些離開愛爾蘭的年輕人少得可憐的錢，還到處問有沒有誰要賣地。只要聽到消息，我們就馬上殺過去，帶著滿袋的現金去做買賣。有些人覺得被羞辱，直接在我們面前摔上大門，但也有人接受了，自此離開農人生活，轉行當酒保、工人或礦工。我常常想，那些收了錢、展開新生活的人，在手握光滑的玻璃杯、攪拌冰冷水泥或是搬運塵土滿布的煤礦時，會不會懷念土壤的觸感？夜晚夢中，他們會不會夢到鐮刀揮舞而隨之擺動，或是夢到擠牛奶時，先拍拍牛的背臀好安撫牠？

我最精明的一筆買賣，是都柏林城郊那片離機場不遠的地，不過那時我當然不曉得這筆交易有多麼划算。那是在一九六〇年代賤價買下的土地，我作夢都沒想過它的地價會水漲船高，後來成了精華地帶，讓我賣了個好價錢。我原本想把那塊地留著養牛，但是一發現我的牛站在黃金地皮上，我就決定把掛牌求售，看看有什麼人會上門。

「莫里斯，這太誇張了，你還不打算罷手嗎？」一天晚上，莎蒂這麼跟我抱怨，那天才剛有一群人來競標那塊地。「太丟臉了，不過幾塊地而已，居然談到那種天價。凱文也不敢相信會發生這種事，他說在凱爾特之虎[3]肆虐後，這個國家的經濟絕對會崩盤。」

我聽到這句話有什麼反應，應該不難猜吧。

「他是這麼說的嗎？等凱文再從他那個象牙塔打電話回來時，請妳告訴他，要我罷手，根本放屁！」

「不要在家裡罵粗話。」

---

③ **Celtic Tiger**，用以形容愛爾蘭在一九九〇年代中到二〇〇〇年代晚期的經濟爆發型增長期。

「告訴妳，不管咱們家少爺怎麼說，那些傢伙想一直往上喊價，我才不會阻止呢。我問妳，等賣了土地，買下妳一直想要的新廚房，妳還會抱怨嗎？」

「你的錢夠幫全蘭斯福換新廚房了，還有別那樣說你兒子，你該對他好一點。」最後，我對她撒了謊，我告訴她的最終價碼比實際金額少了五十萬歐元。她的心臟和良心沒法承受那個數字——不過，你的良心又是另一回事了。我相信錢終於匯進我戶頭那天，父親和東尼應該會樂得跳起了舞來。兒子啊，那可是你老爹的神祕魔法。

至於邊界矮牆另一頭的多拉德莊園呢？在送棺靈車把休．多拉德載到他的小禮拜堂那天，我二十一歲，當時我和鎮上其他人排隊站在大街上，所有人都來湊熱鬧，垂頭送走我們曾經侍奉過的男人。棺材穿過我們形成的人牆時，全鎮都安靜了。當棺木經過我面前，離我只有幾公分時，我轉了一百八十度，面朝歐馬利家的幾個屠夫。

「莫里斯．漢尼根，你還要不要臉?!」送葬隊伍經過後，羅薛太太罵道。

「我可不打算說謊。」我答道。「妳少用那個表情看我，妳這些年不也是跟我們一塊詛咒他們。」

「你媽要是知道了，一定會覺得丟臉。」

「她當然知道，我早就把我的打算告訴她了。」我硬是從人群當中走去，推開一個個陸續聽聞我惡行的鎮民。但我沒說的是，早先在我把計畫告訴母親時，她沒有回話，只把她列的幾條口信交給我，然後默默轉身回房。

「你竟敢對死人這麼不敬？」羅薛太太對我的背影喊道，其他人也跟著罵起來。

我停下腳步，轉身面對她。

「羅薛太太，他們經過時，妳再怎麼求主保佑，他們也不會對妳好一點。妳在他們家洗衣服，他們給的錢就是那麼少。」

「你這個渾小子。漢尼根，我告訴你，總有一天會有人逼你學學禮節。」

「誰要試試看，我很歡迎。」我結束了我們在眾人面前的辯論，又轉身準備回家。

「你沒半點你大哥的影子，他至少很懂禮貌。」

受了她最殘忍的一擊，我還是沒回頭，而是儘量抬頭挺胸邁步走遠。離開她的勢力範圍後，我閉上了眼睛。她說得沒錯，東尼比我好太多了，我不希望他在天上還因為我這個弟弟丟臉。

「東尼，我裝不來啊。」我為自己辯護。說完，我騎上腳踏車，把母親的信息夾在腋下，用力踩著踏板騎回家。

早在老多拉德死前，他們家的財富就已經開始溜走了。有些人說是賭博，也有人說是投資失敗，不過在我看來，那是我的復仇。到一九六三年，我們已經買下了莫蘭家的土地，接著伯恩家和史坦利家的地也歸了我們，我的土地從三面包圍多拉德莊園，慢慢吞噬他們的勢力範圍。

購買他們家土地的策略，就和買別塊地皮的策略差不多：出賤價。但這招用在他們身上，特別大快人心。我每次都用不可思議的低價買地，他們每幾年就多賣幾塊地，我出價也越來越小氣……然後，最後一次終於來了。

一九七〇年代初，某天晚上我開門看到一個沒見過的年輕男人站在門口。

「漢尼根先生，晚上好。」他露出大得令人皺眉的笑容說。「我知道這種事通常會交由仲介辦，不過我覺得還是親自來和您談談比較好。我今天想請教的是，您最近出價要買多拉德家土地的事。」

「你哪位？」

「抱歉，忘了自我介紹。我是傑森，傑森·布魯頓，我是希拉瑞的丈夫。」

他伸出手。

「希拉瑞？」

「是，就是瑞秋·多拉德的女兒，希拉瑞。」

兒子，我先倒回去說吧。托瑪斯的妹妹——瑞秋，那個多年前眼睜睜看著哥哥在我臉上留下疤痕的女孩，一長大之後就離開了家。不曉得當時她十六歲了沒有？總之，她跑去跟一個叫瑞吉的英國花花公子結了婚，可是瑞吉家沒什麼錢，過了幾年，老多拉德死後，夫妻倆便回到宅子和瑞秋的母親，愛蜜莉亞，住在一塊兒。他們生了個女兒，名叫希拉瑞，這位傑森·布魯頓就是希拉瑞的丈夫。得知他的身分後，我沒表示什麼，他收回沒和我握到的手，像是要確認自己沒誤會似的看了一眼，接著繼續說下去。「所以呢，賣土地這筆生意——」

「生意，你這話就說對了——這是筆生意，不是施捨。如果你是來叫我施捨的，還是請回吧。」

「我當然明白，但我也喜歡實話實說。」他清了清喉嚨。「目前出價的就只有你一個，但是你顯然也不傻，就算我跑來說還有別的買家，你也不會信。所以，今日來訪，是想請你考慮一下，往上抬抬價錢，當然不是市價這麼高，但至少抬到比較……合理……的數字。」

「傑克森，你聽著——」

「傑森。我叫傑森。」

「我問問你，我有什麼理由要抬高價碼？」

「漢尼根先生，我可以進屋裡談嗎？我想和你私底下聊聊。」他邊說邊環顧四周，好像我家就位在住宅區中心。

「不可以。」我回道。我踏出門後帶上家門，強調我的立場，同時也確保莎蒂不會聽到這番談話。

「是這樣嗎？」他深思熟慮地吸了口氣，笑了起來。「瑞秋和瑞吉，他們早就說過這是在浪費時間，現在我也挺後悔當初沒聽他們的話。」

「你岳母的哥哥最近如何？」

「我岳母的哥哥？托瑪斯嗎？我也不曉得，我們很少有他的消息。你和他很熟嗎？」他抓住了我拋給他的救命稻草。

「也可以這麼說。」

「他在倫敦，前陣子再婚了。」

「是嗎？第一任太太該不會是被他殺了吧？」

「我……我……」

「傑恩，你給我聽好了。你應該不知道你跑來我家門口，要**我**多給**他們**一些錢，是一件多大膽的事吧。」我邊說邊往宅子的方向用力一指，然後頓了頓，和他對視一眼。「關於那片土地，除非你知道什麼是我不知道的，不然我沒理由加價。」

這番話成功讓他閉上了嘴……不對，我錯了。他是緊張地吞了口唾沫，準備展開他打從頭就不想參加的戰鬥。

「正派，就是理由。漢尼根先生，你開的價叫搶劫，沒別的說法可以形容了。」

我可沒想到他會這樣說。

「我以爲面對面談過之後，你會願意出個公平價碼，但看來我也有出錯的時候，我知道輸了還要再戰沒有意義。」說罷，他轉身便走。

我挺喜歡這小子的。

「五千。」我對屋外的黑暗喊道。

「什麼？」他的聲音傳回來之後，人才走回到我家門廊的燈光下。

「我多給你五千，算是佩服你和你的膽子。多拉德家沒一個男人像你這麼有種。」

希望東尼有聽到這句話。

那片土地的價值遠超出我開的價碼，這事兒我知道，他也明白。我心裡有點想邀他進屋，和他邊喝威士忌邊聊，不過很快就壓下了那股衝動。他站在那裡看我，表情有那麼點茫然。

「我早上會撥電話給仲介，把我們談成的價錢告訴他。你早些回去，跟他們說你是怎麼死纏爛打逼我抬價的吧。」我又補充道。

他還沒邁開腳步，又被我叫了回來。

「傑森，我問你，你們那邊的土地沒剩多少了。等我給你們的這筆錢用完，你們有什麼打算？」

他沒有立刻回答，只瞇著眼看我，最後才說：

「開旅館。」

「旅館是嗎？我的老天爺，這座小鎮觀光客『那麼多』，還真需要一間旅館。」

「漢尼根先生我告訴你，我們家經營旅館這行已經做了一個世紀，你要是問有誰能把這個落後鄉下地方變成觀光景點，那個人就是我。」

聽他這麼說，我又更喜歡這小子了。

我笑著進屋關門，靠著門框站在那兒，琢磨多拉德家新的命運。

「莫里斯，剛才那是誰啊？」莎蒂邊問邊走出廚房，你也搖搖晃晃地跟著走出來。

「親愛的，我跟妳說，那位是旅館老闆傑森。他的計畫可不得了了，我們這座小鎮要開旅館了呢。」

和你媽見面時，她似乎稍微填平了東尼留下的空洞，她的愛也的確稍微撫慰了我失去他的傷痛。某方面來說，她像是那種氣泡包裝袋，把痛苦的稜角裹了起來，讓東尼安安穩穩待在我心中。我知道這樣說很瘋狂，不過我其實有點怨她，把我心中那一部分的他奪走了。

手放心口。在失去他的這些年歲，每一天我都會手放心口，跟他聊聊家裡的牛隻、飼料價格，或是我該不該買賣某一塊地。週日賽事，是我們最愛聊的。他會在我肩頭，指點出選手的缺失。講起板棍球④，他就變成完美主義者。活著的時候，他就對這運動入迷，每個週日、每年夏天的傍晚，他都跑去教堂旁的球場比個一、兩場。他老愛拖我一塊去，害我也不忍心說自己沒那麼愛板棍球。我球是打得不錯，但不像他，沒那麼投入、沒那麼狂熱，他簡直像是爲愛爾蘭爭自由一般熱愛這個運動。

「男子漢，你不想來可以不要來沒關係，我懂的。」一個星期天，我們一起走向球場時，他這麼對我說。那時我大概十四歲吧。

「你這什麼話啊？我才不要錯過板棍球呢，每禮拜看你在球場上耍蠢是我的娛樂。」他拍了我的背一下，我們把球棍扛在肩頭跑去球場。

有一週，在看卡洛對韋斯特米斯的比賽時，東尼對我說：「莫里斯，你其實很強，只要認眞起來，你比我還強，我眞是羨慕死你了，可惜你就是不愛打板棍球。」

之前某一天傍晚，莎蒂發現我人在外面，一臉憂鬱地坐在車裡不知盯著什麼。我們一定已經結婚好一陣子了，但我忘記當時你在哪兒？也許根本還沒出生？那一次，我覺

④Hurling，又稱愛爾蘭曲棍球，與蓋爾式足球並列為愛爾蘭最盛行的兩大球類運動。

得自己快要放開他了，徹底放開。就是那天我開車回家，望著我們的田地，卻突然看見他彎腰在田裡挖土，身上穿著他愛的那件棕色上衣。在進車道的轉角，我用力煞車，跑回去找他，但是他不見了。開最後一段路快到家門口時，我才驚覺自己那一整天和前一天都沒想到他。從我起床到看見田裡那道人影之前，他的名字都沒出現過我腦海，他的魂魄也沒靠近過我。

「莫里斯，發生什麼事了？」莎蒂走出前門，瞅著我說。她應該是聽到我回家的車聲，從廚房窗戶往外看到我坐在那裡。

直到她伸手摸我的臉，我才發現自己在哭。

「沒事兒，沒事兒。」我咳去了眼淚，腦袋移到她摸不著的地方。「我好得不得了，只是眼睛進了風沙。」

我沒法看她。那時候我深信她取代了他，但我怎麼也忍受不了這點，不願意失去腦子裡僅剩的他了。於是我走向院子裡的棚屋，遠離她，對著牽引機裝忙。等她回到屋裡，我才讓眼淚落下，哭出了好幾桶淚水。我靠著牽引機的車輪罩子哭個不停，兩條腿隨時可能癱軟下去，但又邊哭邊豎起一隻耳朵，以免莎蒂又開門跑來。沒有人來。哭了一陣後，我勉強恢復鎮定，回到屋裡吃午餐，把流感當作眼睛紅腫、身體疲憊的藉口糊弄過去，但那一整晚我根本不敢看往你媽的方向看。

那晚我窩在房間裡，讓她自個兒看電視。我從床底下拉出一個舊鞋盒，在裡頭翻了一陣，挑出他的相片。我坐在地板上，身邊都是舊底片和照片，眼睛緊盯著我最喜歡的一張：那是老家樓上的窗戶外，我和他坐在奶油製造機前。那張照片模模糊糊的，邊角嚴重翹起，我還得壓著照片邊角才能看清他的模樣：照片裡的他正舉起左手遮陽光。我全神貫注盯著他的臉，想辦法把它印在腦子裡，但我越是努力，就越是失敗。我把自己搞得一團糟，莎蒂擔心得幫我準備了感冒藥、止痛藥和咳嗽藥膏，而我乾脆放棄抵抗，把藥全吃了後直接上床睡覺。那晚，一張照片進入我夢裡——照片中，東尼坐在舊家廚房椅子上，我站在他背後，下半身被奶油製造機擋住，卻仍驕傲地抬頭挺胸，一臉自信笑容。我的一隻手搭在東尼肩頭，像要保護他似的緊抓著他，他想起身，我卻說什麼也不肯放開。最後，我記得他像是人就在我身旁似的，對我說了一句話：

「好啦，男子漢，你放開我，我哪兒都不去。」

第二天一早，我安心地下床，我知道他再也不會離開我了。我復元的速度快到讓莎蒂嚇一跳，她還問我昨晚究竟吃了什麼，把我胡亂捏造的處方給記了下來。那之後好幾年，只要有人感冒或染上流感，都必須遵照我的假藥方來吃。

說了這麼多，是因爲在你媽走後，我最想念的是東尼活著的樣子。不管在腦子裡和他說了多少話，我還是想看到那男人，摸到他的皮膚和骨頭，聽他在哈提甘酒吧喝一杯的聲音。只要能再和他相處一個鐘頭，要我付什麼代價我都願意。其實也不必聊什麼，只要手肘靠在吧檯上，面前各放一杯司陶特，酒杯半滿，兩人默默看著窗外的小鎮，四隻腳隨著收音機音樂打拍子，或是一起對瘋狂的世界哈哈大笑。有個你信任的人作伴，是怎樣的景況呢？不必解釋就能懂你，不必硬撐假裝沒事，就算腦子一團亂也沒關係。還有，他上廁所時從你身邊過，會拍拍你的背，打個氣……我就是想要他再活過來，這要求太過分嗎？

不過能和他相處那幾年，我已經很感激了。這也正是我坐在這地方喝酒的原因，我要敬這個幫助我成形、指導我、照顧我——還有，最重要的是，是他教了我什麼叫永不放棄。但是，兒子啊，他今天靜得出奇，從早上到現在一個字都沒對我說。是不是我的計畫使他困惑得說不出話來了？

第三章

晚間七點四十七分

第二杯酒：敬茉莉

波希米爾21年麥芽威士忌

硬要說這間旅館的附設酒吧有什麼好的，我應該會挑採光吧。我從沒對艾米莉誇過這地方的採光，也許該提一下。隨著傍晚降臨，前頭那幾扇窗戶也有點什麼透了進來。它們不是原本的窗戶，現在的窗是又瘦又長的長方形玻璃，從頂部延伸到底，沒法打開，好像只在現代教堂看過這種窗。我一開始不怎麼喜歡，但現在我怎麼也看不膩光線斜射進來，打亮這地方的灰塵和動靜，我能瞧上好幾個鐘頭。這光，會催眠人。

酒吧漸漸熱絡了起來，幾個男人邊朝我的方向點頭打招呼，邊點了酒，他們延伸手肘，讓吧檯承受他們的重量。艾米莉帶著一個小伙子出現，是來救絲薇拉娜的。他們手腳俐落地來回走動，動作快得不行，我敢發誓他們身上長了不只兩條手臂，一杯酒還沒倒完就伸手拿新的酒杯，開始用旁邊的龍頭倒酒。他們的速度和效率著實令人佩服，動作宛若舞蹈，我可以看一整晚也不會膩。

大部分客人我都認得，兒子，我想你應該也都認識。克利門斯過來和我一塊兒喝，一本正經地靠著吧檯，好像有什麼煩惱一樣。我啜了口酒——這杯威士忌果然不錯——然後才轉頭看他。他的煩惱是那件西裝，不過要是我穿成那個樣，肯定也很不舒服。

「我請你喝一杯吧，漢尼根先生。」

「不用了，我喝這個就好。」

「你喝威士忌嗎？」

「你也要嗎？欸，艾米莉，幫克利門斯倒一杯吧？」

「別理他啦，我已經喝太多了。」

我怎麼也想不起這傢伙的名字，你要在，就會知道。我肯定你一定會。我平時會儘量避開失憶問題，這幾年人們的臉我都還記得，名字就沒辦法了。我知道他是利斯曼來的，幾年前我們還做過生意，好像是新品種的牛，說是什麼有機、玉米飼的之類。我試了一陣子，但最近連同其他生意一起放棄了。話雖這麼說，我還是不得不佩服這些年輕農夫，父親要是看見他們對土地的認眞和熱情，肯定會露出微笑。

「漢尼根先生，你懂太陽能板嗎？」我倆靜了片刻後，他開口問。「我最近想做這筆生意。聽說英國有些人把好幾片田地拿來做太陽能發電，賺了一大筆錢。你怎麼看？這個主意瘋不瘋狂？」

「不試試看那才叫瘋狂。我要是年輕個幾歲，誰都攔不住我，一定早就開始幹太陽能發電這行，還讓羊在太陽能板下面吃草。」

「是嗎？那我找時間去問問好了。」他對著吧檯點頭。

我們又再度靜默下來，任思緒遊盪在農家生活、如何塡飽全世界的肚子、怎樣才能讓自己的心與戶頭都飽滿起來等等。突然一陣敲鑼聲傳來，嚇得我差點把杯子裡的波希米爾威士忌給灑了。我都不曉得這地方有鑼，但現在想來，這也不是什麼好大驚小怪的事兒。眞不愧是愛爾蘭人，這群顧客都沒理會那聲音。旅館工作人員還得一個個說服客人暫停對話、離開酒吧。像牧羊犬似的，工作人員擋住所有的出口和逃生路線，把大家趕往晚餐的方向。排檔桿一定會很喜歡這工作，而且在所有人屁股坐上椅子前，牠是絕不會善罷干休的。

「漢尼根先生，我該走了。」克利門斯伸出手，他握手的力道大得教人羨慕。

「祝好運。」我邊說邊看著他和剩下的客人走出酒吧。

「他們居然都準時吃飯去了，是不是很不可思議？」艾米莉說道，顯然爲自己的計畫得意不已。她挽得很緊的小圓髻稍微鬆了，一綹鬈髮垂在臉邊，讓我想到莎蒂。

「他們哪敢不準時。」我笑著說完，下了高腳椅，樂得清靜地走向洗手間。「別趁我沒看到，偷喝我的酒啊。」我指著吧檯上那杯波希米爾說，然後才笑吟吟地走出門。

還記得第一次喝威士忌那天，當時我才二十歲，腦子裡突然有了試試看的想法。父親從不碰那玩意兒，不過我總是被哈提甘酒吧架上那一瓶瓶顏色深沉的液體吸引。有天，我壯著膽點了一杯，喉嚨差點被毀了，我咳個不停，哈提甘太太則是看著我笑個不停。那時起，我就發誓再也不喝威士忌，但是接下來幾天那味道一直留在我舌頭上，噁心的味道隨時間過去變得圓潤許多，結果我還是又喝了。嚐到二十一年麥芽威士忌的那天，我被它壯闊的味道震懾得脫了帽子。兒子啊，現在這一杯，是敬你從沒見過的姊姊——茉莉。

我外套口袋裡的其中一張照片，是你受洗那天拍的，當時你裹著白繭似的洗禮禮服，被你媽抱在懷裡。那是我們去教堂之前，她抱著你站在我們家門前拍的。當然，那時舊家已經被我拆了，我們在同一條路不遠的地方蓋了棟全新的房子，印象中我那時候開的是一臺福特 Cortina，紅色的。莎蒂身穿粉紅色花呢套裝，頭上戴著相襯的藥盒帽。她愛死那套衣服了，幾乎從來不穿，直到不久前它還掛在衣櫥裡，現在則是和她其他的東西一起裝箱了。照片中的她低頭看著你，好像你是全世界的中心，好像其他一切都不重要。她那個表情我只見過兩次，第一次是在拍那張照片的三年前，你還沒出生的時候。

四十九年前，我見到了茉莉，就只那麼一面，短短的十五分鐘，但是從那之後她就一直住在我這顆破破爛爛的心裡面。我和你媽好像命中注定只能生一個孩子，在這件事上，命運總是和我們作對。我們生你的時候年紀算大了，當時我三十九歲，莎蒂應該三十四歲吧。我們當然打從一開始就想生孩子，眼睜睜看著身邊的人一個接一個生，上帝卻一個孩子也沒給我們，那眞的很痛苦。我把失望帶到田裡、到製酪場，只要不是家裡都行。這是我和你媽沉默的重擔。好幾個月過去了，好幾年過去了，我們在沉靜的哀傷中越陷越深，儘管我笨拙地想辦法尋她說話，莎蒂還是不肯談這件事。老實說，她的沉默讓我鬆了口氣，畢竟我連自己的痛苦都不願意面對了，聽到她的痛苦，我又能說什麼？雖然如此，那份沉默帶來的罪惡感還是緊跟著我不放，走在田裡、轉動牽引機鑰匙、彌撒結束祈求主保佑我的時候，它都陰魂不散地跟著我，坐在我肩頭，一刻也不讓我忘記自己的失敗。

聽說女人都很健談，就算這話不假，你媽也是個例外。她沒太多朋友——熟人當然有，但沒有眞正交心的朋友。我猜一開始，就是我們剛結婚那段時期，她可能會找母親聊，但是我也不怎麼確定。她們的關係不是會打動我的那種。她們母女倆當然相愛，不過是愛爾蘭式的愛法，含蓄內斂，像是羞於表達自己的人性。這年頭人人提倡談心，說什麼別把話悶在心裡，好像這麼做很簡單似的。在談話這方面，很多人都怪男人太沉默，至於愛爾蘭男人嗎，我告訴你，我們越老只會越不想說話，就好像縮進孤獨的洞裡，越挖越深，有什麼問題都靠自己解決。男人會自個兒坐在吧檯前，同樣的事情在腦子裡想過一次又一次。兒子，要是你現在坐我身旁，也不會聽到我說這些，因爲我壓根就不曉得該打哪兒說起才好。放腦袋瓜裡想想當然沒問題，可是對活生生的人、對全世界說出來？小時候沒人教過我們怎麼談心，學校、教堂也沒教，等到了三、四十歲，甚至是八十歲，就怎麼也沒法把話說出口了。工程師又不是一出生就知道怎麼蓋橋，那是要學習的技能。但是不知爲何，儘管我從沒學過怎麼談心，到了生活中充滿傷痛與缺了什麼的時刻，我還是冒出想試上一試的衝動。

「那，妳感覺還好嗎？」一天，我勉強對莎蒂說出這句話。我點頭示意我們的廁所，剛才我在那裡頭，又看見一張浸了血的紙巾，又看見了我們失敗的證據。

「莫里斯，別說了。」

「莎蒂……」

「莫里斯，不行，我現在真的不行。拜託你別說了。」

她舉手阻止我繼續嘗試下去，默默離開了廚房，留我一個人重重在椅子上坐下，指尖繞著桌上的木節打轉。我聽著雅家爐①上頭的時鐘煩不勝煩地滴、答、滴、答下去，以前從沒惹到我的聲音，我卻怎麼也聽不下去。我看著時鐘，考慮把《米斯紀事報》丟過去。我沒法修補我倆的問題，沒法填補我們之間的荒蕪，這對一個習慣砸錢解決問題的男人來說，簡直是酷刑。

那之後，我沒再嘗試和你媽談話，我們開始繞過對方生活，只有在床上才一起努力卸下重擔，再絕望地嘗試一次。一晚，她轉過身子背對我，這一來就是好幾週，她不

---

①Aga Cooker，一種儲熱式爐具，是諾貝爾的瑞典物理學家古斯塔夫·達倫（Gustaf Dalén, 1869-1937）發明的第一臺廚房用瓦斯爐。

想再試了，我們的失敗已經耗盡了她的精神。於是，橫亙我們之間的沉默持續擴張、蔓延，直到吞沒了我們倆，直到晚上喝茶時我們再也無話可說。

沉默一直持續到亞瑟．麥洛力醫生搬到敦卡舍爾鎮，他開業還不到一週，我們就去排隊看醫生了。我不曉得莎蒂打哪兒聽說這傢伙比蘭斯福鎮的馬修斯醫生更能夠幫助我們，總之一天晚上，我回家看到她站在門邊等我，我才剛進屋她就脫了我的外套和靴子，領著我到餐桌前坐下，然後她自己也在我身旁坐下。

「莫里斯，我們去看醫生。」

「看醫生？」

「是敦卡舍爾新來的醫生。」

「去看他做什麼？」我邊問邊仔細瞧瞧爐灶周圍，看有沒有配茶的燻肉。

「去看看那個，你也知道的。」她往下面一點頭。

「噢，對。」

「你會去吧？」

「大概吧。」

「太棒了。星期二下午四點。你星期一晚上要洗澡。」

醫生年輕又有自信，他那同情的態度讓我放不下心。我不習慣別人的同情，我從沒尋求過他人的同情，自己也從不同情家人朋友以外的傢伙，但是莎蒂緊抓著這根救命稻草不放，信任他、相信他說的一切。看診的時候她負責說話，每一個問題都由她回答，我則安靜地坐在一旁。醫生試著讓我加入對話，但我喉嚨裡好像卡了一塊巨石，莎蒂積極透露的私密問題，我怎麼也答不出來。每次醫生問我話，莎蒂都一隻手搭著我的腿，代替我回答問題。最後，醫生給了我們指示，答應以後我們要是還需要他幫忙，他會再幫我們想辦法。

「做測試。」他說道。

離開前，我只勉強擠出一句話：

「做這些要花多少錢？」

莎蒂一把把我推了出去。

接下來好幾個星期、好幾個月，測試、圖表和看醫生搞得我快瘋了，什麼該死的「頻率」啊、什麼天殺的「週期」啊，我壓根聽不懂。反正就全聽他們的，該做的時候做，月曆上畫了大標記那幾天注意有沒有什麼事發生。

「莎蒂，我必須說，妳看起來狀況非常好。」一個春天，麥洛力醫生笑盈盈地對她說。「從報告看來都沒什麼問題，只要我們繼續努力——」（「我們？」我心想。）

「——再過不久應該會有好消息。我覺得很有希望。」

他的話果眞不假，那句宣言說出口的三週之後，我們的下午茶時間又活了過來，莎蒂眞的懷孕了。那幾個月，她無論做什麼都開心得合不攏嘴，我也是，不管往哪兒看都覺得世界變得美好、人們變得友善，連我自己也變和氣了。我跟拉文閒聊，路上見到南希．里根會對她微笑，就連遇到銀行經理也會碰一下帽簷打招呼。

我們的小茉莉預計在一九六六年一月九日出生。那之前我們當然不確定孩子會是女生——應該說，我不確定她會是女孩子，莎蒂打從一開始就深信肚子裡是個女孩。有一次她去敦卡舍爾，還買了粉紅色與黃色被單，還有兩件小小洋裝（小小洋裝是她的特有說法）。每次去看醫生，他都對莎蒂說孩子小小的心臟跳得很好，她總是在媽咪肚子裡手舞足蹈，開心地用手肘頂媽咪。那段時期，我們眞的很幸福。聽說懷孕的女人會有種特殊的光環，莎蒂也一樣，她好像散發了閃亮的光芒，不論做什麼都顯得驕傲又有活力，滿心期盼未來的幸福。

在工作時，我的狀態也好到不行，不停往前推進。養牛和買土地都進行得比我想像中還要順利，那時候我也開始出租聯合收割機和牽引機之類的機器，好幾臺都租出去了。我下了工夫，也得到了回報。我僱了一批小伙子來幫我幹日常活兒，自己則繼續擴張版圖，那些年輕人都相當可靠。我的生活好像很完美：我們有了新家，太太笑口常開，再過不久就要有孩子了。我做得很好，確保了每個人都得到最好的待遇，確保家人不必為任何事情擔心。我以為自己做得很好。

一天傍晚，我回家發現莎蒂坐在廚房，捧著她八個月大的肚子，盯著它猛瞧。

「莫里斯，我感覺不到她。」她抬頭看著我說。

「她應該在睡覺吧。」我走過去，蹲了下來，一隻手搭著她的手，一起摸摸茉莉。

「小睡一下。」

「可是莫里斯，她不會現在睡覺，這個時間她通常都在翻筋斗啊。」

「唉，別擔心，我來泡茶，妳去床上休息一下好了。」我對她說。我沒專心和莎蒂說話，因為腦子裡正想著那天晚上要和納文鎮的事務律師——吉姆・勞瑞——面談。前幾週有個農夫死了，勞瑞要幫他家人變賣米斯郡北部幾片土地，我聽到消息之後馬上聯絡了他。我打算把出租農用機械的生意擴張到米斯北部，當時那附近還沒有同行。農家要賣的農園並不大，但我想要的是他們的倉庫，那可是現代化的大倉庫，機器放裡頭我很安心。而且到時附近的卡文鎮、莫納亨鎮和勞斯郡，都會有人來跟我租借機器，這個良機可不能錯過。

莎蒂聽話地整晚躺在床上，盯著我們靜悄悄的小茉莉。

到了八點，我探頭進房間。

「莎蒂，我出門一下，大概半個鐘頭就回來。妳睡一下，等妳醒來我就回來了。」

我沒等她反應，也沒回應她臉上的擔憂，就轉身大步走出門，談生意去了。我毫無罪惡感、毫不擔心地轉動車鑰匙，發動引擎，順著車道開走了。

大概到了十一點鐘，我談成了生意，開開心心地回到了家。我悄悄進房裡，躡手躡腳走到床邊，發現她還醒著。

「你去哪裡了？」她的聲音在抖。「米斯郡每一間旅館的電話我都打了，就是找不到你。你不是說很快就回來嗎？」

「這次談得稍微久了一點。」我坐在床緣，開始脫襪子。

「莫里斯，她走了。」她的聲音變得平穩了些，幾乎是就事論事的語氣，沒有哭泣，沒有歇斯底里。她有沒有怪罪我呢？就算她有責怪的意思，我也不記得自己有被她的語氣刺傷。她只說：她走了。「我們走吧。」她又說。

我站起身，跟著她上車，開車去都柏林。那一路上，我們一個字都沒說。隔天，他們催生了孩子。十五分鐘，我們抱著她，抱了十五分鐘。一頭金髮的小娃娃——我們的小陶瓷娃娃——臉頰肥嘟嘟的，下巴有個小酒窩，下唇還有紅色胎記，好像她在媽咪肚子裡一直吸著嘴唇。她安安靜靜、動也不動地躺在莎蒂懷裡，沒有令人驚嘆的呼吸起伏，但你媽還是輕輕搖著她、對她唱歌，淚珠一滴滴落在黃色小毯子上。

「茉莉。」她說道。「她是茉莉。我們可愛的小茉莉。」

我不得不把她從你媽懷裡抱走。兒子，我希望你永遠、永遠不會有這一天。我感覺好像有人抓著我的五臟六腑，全力捏緊，要把我的生命和意志都擰乾。我輕輕移開莎蒂的手，把我們做的這個小寶貝抱在臂彎時，我的身體都痛了起來。她眞的很神奇，那個小東西，是我們神奇的小茉莉。我的嘴貼著她柔軟的臉頰，我的全身因著來不及認識她、沒機會認識她的哀痛而抽搐。

「眞的、眞的對不起。」我用氣音在她耳邊，對著毯子清新的棉布氣味說。對不起，我昨晚一進門就該把她和她媽載去醫院，給這小傢伙一個活命的機會。

雖然她閉著眼睛，雖然我背負著痛苦與罪惡感，我還是對她露出笑容，讓她看見我無止無盡、無庸置疑的愛，然後才把她交給了助產士。我握住你媽的手，看著陌生人抱走我們的女兒。我在莎蒂床邊跪下，把頭枕在她腿上，她的手指來回撫過我的頭髮，最後，我感受到她把頭靠在我頭上的重量。

那是一場小小的喪禮，我們站在茉莉和她小小的白棺材旁，你媽站得最近。我摟著她站在那兒，要是她摔倒了，我才好扶住她。我母親和你的梅伊姑姑也來了，珍妮來不及趕回來，不過一個月後她也來陪了我們幾天。你的瑪莉外婆、麥可外公和諾琳阿姨也都來了，還有麥洛力醫生和我們鎮上的事務律師老羅伯特·提莫尼。醫院地下室的小禮拜堂雖然擺了鮮花和香料蠟燭，還是有種消毒水的味道。唯一的光線從高高在上的三扇長方形窗戶射進來，那是個乾冷、明亮的冬天，天很藍，細絲般的白雲像是在天上賽跑，跑往我看不見的好地方。我還記得禮拜堂裡充斥著禱告聲和外頭街上的車聲，我眼裡只有天上那幾片雲。醫院牧師和蘭斯福鎮的佛瑞斯特神父一同主持喪禮，那之後我們把茉莉帶回家，葬在家附近的墓園。那是你媽現在安息的位置，和東尼與我父親隔了五排。葬禮全程，我應該一次也沒張開嘴，沒有對上帝禱告；在墳前和親友握手時，我也沒有感謝他們。失去茉莉，似乎也讓我失去了某種意志。

接下來那一年，我恢復之前的樣子，能不回家面對莎蒂就儘量待在外頭。我和我的罪惡感在外頭待到半夜，然後天還沒亮就趕忙起床出門。我避開了她的視線，她的責罵——她當然有資格這麼做。我真是個蠢貨，該死的蠢貨，居然讓一塊土地、一筆交易迷了心竅。無論在白天或讓人窒息的黑夜，種種「如果」不停撕扯我，拖住我的呼吸，在我的夢裡盤旋不去。我經常趁莎蒂沒注意的時候，用眼角餘光偷瞄她。眼睜睜看著她白晰皮膚早我一步老化，皺紋加深後在她臉上定型。我完全無力阻止白髮溜到她頭上，只能閉上眼睛，默默離開。那幾個月就像是一次次在我面前關上的門，我總是在門的另一側，逃離自己犯下的錯。

她是不是也會趁我不注意時偷偷看我？如果有，她究竟瞧見了什麼？那段時期我連鏡子都不敢看，不敢看自己的模樣。我深信自己每一個毛孔都滲著貪婪，它滲入眼窩下的黑影，滲入凹陷的傷疤。我的嗓子好像失去了魔力，取而代之的是沙啞難聽的聲音。

「醫生，我們好得很。」麥洛力醫生第一次上門問候我們，提著醫藥箱在院子裡攔下我時，我對他這麼說。那時應該是喪禮過後兩、三週，甚至是一個月後了。我沒有抬頭看他，而是緊盯著手裡的木棍，用棍尾一次又一次輕敲靴子一側，等他識相地離開。

「莫里斯，我想看看她，檢查一下她的狀況。如果你不介意，我就直接進屋裡去。」

木棍敲靴子的聲音，越來越響，我們還在互等彼此回應。我當然介意。老天，這傢伙就不能少管閒事，讓我們自個兒痛苦下去嗎?但最後，我舉起木棍指向屋子，給了他進屋的許可，自己默默往田裡走。

我必須說，他確實是懷著善意，也從來沒有放棄。要是他有惡意，天曉得事情會演變成什麼樣。當我再也找不到可分心的事物、再也沒藉口不回家時，我回去看到了他來訪的證據：我的扶手椅旁那張放茶杯和餅乾的小桌上，躺著幾張傳單。我沒讀，任由它們沾上茶漬、蓋上一層餅乾屑，但我越是不理會，它們就疊得越高。最終，有一張不知怎的進了我的外套口袋。某一天，我在牽引機裡找抹布的時候，把那玩意兒拿了出來：**如何處理悲傷**。她竟然不是放教人怎麼處理罪惡感的傳單。我把它揉成一團，在屋裡看到類似傳單也都揉成一團。

「我想再試一次。」過了幾週，一晚我悄悄爬上床時，莎蒂對漆黑的房間說。那時已經很晚了，大概凌晨兩點。我記得自己進屋時已經過了午夜，我還在電視前睡著，醒來時耳裡盡是煩人的嗡嗡聲。以前電視不是全天播放，沒有節目的時候電視上就是那種嗡嗡聲。

「好吧。」我若無其事地回答，但那一點也不好。老實說，我不想再試了。求主原諒，那時候我不想要你。我盯著房裡的黑暗，想不透她在發什麼神經。她難道不曉得躺在她身旁的是什麼人嗎？這可是個貪得無厭，貪到甚至不要孩子的命的男人。就算上帝賜給我們奇蹟，她難道眞想和這種人生孩子？

但我沒有拒絕，這是我欠她的。

隔天晚上，我像初夜一樣緊張——不對，是比初夜更緊張。我不受控地發抖，焦慮地等待她在浴室裡準備完畢。她終於上床時，我逼自己看著她的臉，深深注視她的眸子。在那一刻，我哀求她放過我，哀求她卸下我肩上的重擔，但她把手放在我的臉頰，低頭來吻我，給了我發自內心深處的原諒。那份眞誠的諒解讓我感激得鬆了一口氣，我險些哭出來。她的仁慈流遍我全身，拯救了我，把我帶回了家。

等待你出生的那九個月，是我這輩子最痛苦的九個月——至少，我當時是這麼想的。我不騙你，那幾個月我連自己要出門還是回家都不曉得，早上都快走到車道了，還會掉頭回去檢查莎蒂的狀況，不然就是無論到哪都不停打電話給她。一天晚上，我狠霸著皇家郡飯店的電話不放，就只因為她說她吐了。

「真是的，莫里斯，就只是午餐的培根讓我覺得噁心而已。你每次打電話，我都得離開沙發來接電話，這點還比較困擾。」我打了第四通電話之後，她這麼告訴我。

我根本就不想參加那次該死的會議，是莎蒂堅持要我來，幾乎把我推出了家門。還有一個週末，她決定回老家探望父親，住個幾天。我送她回老家後，本想喝杯茶就走，結果我就是沒辦法逼自己發動車子，最後連我也住了下來。

當然，看醫生的時候我從不缺席。

「莫里斯！這麼快就回來啦？」麥洛力醫生說。我堅持每個星期帶莎蒂去看一次醫生。

最後，你成功生下來了，而且還壯得像頭牛。一九六九年二月二十日，你尖叫著誕生在我們的生命中，哭聲響得好像是兩人份的哭聲。「說不定是茉莉在媽咪肚子裡留了一口氣給弟弟」，抱著你的莎蒂笑咪咪地靠在床上，這麼告訴我。我看著你長大，同時也看著茉莉長大，每次你走到新的里程碑，我都會想像她跟你一樣大時，會是什麼模樣。她第一次走路，第一次說話，第一天去上學，第一次進入社交圈。我當然沒對莎蒂說過我們的女兒一直活在我腦子裡，活得很快樂，長得和她媽一個樣：一頭金髮，還有一點波浪鬈，這個肯定會讓莎蒂很羨慕。她個子小，但不算太嬌小，總之剛剛好。她很有決斷力，只要下定主意就一定會做到，而且她明白事情的對錯，心中容不下模糊的灰色地帶，我很欣賞她這點。但是啊，她雖然堅強，卻還有那麼點脆弱，讓我想爲了她把世界變得更好。

我是不是腦子不正常了？明明有了你，一個活生生的兒子就在我面前，等著我注意到你，我卻滿腦子想著早已死了的鬼魂。我的心，好像失去了一點兒節奏感。就這點，我還是跟我母親很像。

其實茉莉死時，我怪罪的不只有自己，我們的上帝也有一份責任。祂帶走東尼，確實讓我的信仰大受衝擊，後來祂又帶走了茉莉——好啊，我受夠祢了。但你媽還是信祂，我週日會陪她走到教堂，然後分道揚鑣，她進去望彌撒，我在外頭閒晃或回車上待著。我不能進去，因爲我說什麼也不想讓祂得逞。

某方面來說，你出生後，我算是跟祂和解了，但沒有完全原諒祂。我的信仰再也不像從前了。理論我都懂，這些困難是祂用來考驗我們的，祂一手奪取，另一手賜予什麼的。但是《聖經》寫得再多，佛瑞斯特神父勸得再勤，也不可能撫平茉莉被奪去的不平。那之後，我只有參加喪禮才進教堂，先是諾琳的喪禮，然後是你媽的，不過那不一樣。我進教堂是爲了莎蒂，跟祂無關。現在我和祂有了不成文的約定，祂讓我過自己的生活，而我作爲回報，會偶爾默默在腦子裡禱告兩句。我們的約定還算有用，最近還達成了新的約定，那也是祂目前爲止最艱鉅的考驗……但現在講這個個還太早了。我想按照順序說，你再耐心聽我說一會兒。

看到艾米莉，我總是會想到茱莉，她們同樣身材嬌小、一頭金髮，生得一副很嬌貴的樣子。第一次見到她，她站在我面前，我眼裡看到的卻是我女兒。我愣在原地，幾乎說不出話來，幾乎沒法開口訂房間。我是不是還沒說到第一次和艾米莉見面那天的情況？

話說在你出生後幾年，傑森．布魯頓，就是希拉瑞．多拉德的丈夫和艾米莉的父親——他還眞的實現了他的話，把宅子改建成了旅館。旅館在一九七七年開張，他們其實有邀我們去開幕典禮，但是我故意把邀請函藏起來，不讓你媽看見，她要是看到了肯定會想去。從我們那次討價還價之後，我就不時在村子裡見到傑森，他總是忙著趕去什麼地方，有時會朝我點頭打招呼，有時還無聲地做出「哈囉」的嘴型。我通常會舉食指回應，但不會舉得太高。說是「後悔」可能有點誇張，不過我還眞希望自己多下點工夫去認識他，畢竟他頗値得信任，他可是夠勇敢才能在那晚上門來，請我多花一些錢買下多拉德家的土地。但即使我願意跨過鴻溝，在和他擦身而過時停下來聊幾句，他應該也不會給我好臉色看。我要是他，就肯定不會端出好臉色。最後，伸出友誼之手的，應該是他吧。那是十九年後，你結婚的事了，當時是一九九六年。

「漢尼根先生，我誠心歡迎你光臨蘭斯福旅館。」參觀婚禮會場那天，他站在門口迎接我，再次對我伸出手。「有不少人質疑我們的決定，但最後我們獨排眾議，已經準備好要花你的錢了。」他笑吟吟地說。

那傢伙真的有一套，好像等這一刻等了很多年。我聽了也忍不住露出笑容，不過和他握手、和他走到一旁的人不是我，而是你。我站在那兒看著你們兩個，注意到他不合身的西裝與凹陷的臉頰，我記得初次見到他時，他還是個俊俏、結實的年輕人，現在這德性絕不只是年紀大造成的。他撐著痀僂的身軀，就好像要是誰抓他肩膀往下壓，整具身體就會往內坍塌。他得了癌症，但那時候我當然不知道。三個月後，他死了。

「婚禮呢！莫里斯，那婚禮怎麼辦？」聽到傑森的死訊那天，你媽激動地對我尖聲喊。「他們還是會讓我們辦婚禮吧？希拉瑞會繼續經營旅館吧？」

「莎蒂，我們就不能先讓那男人安息嗎？給他太太一點時間，現在先別去騷擾她。」

「謝謝你啊，莫里斯，要不是你提醒我，我還眞要殺過去那兒找她了呢。眞是的，莫里斯．漢尼根，你把我當什麼樣的女人了？」

聽她喊出我的全名，我識相地閉嘴。

「我打電話給凱文好了。他們那邊現在幾點？我老是記不得。莫里斯？莫里斯，美國現在幾點？」

那之後是一連串來來回回的電話，你們母子倆討論了各式各樣的可能性，從旅館永久歇業，討論到——求主拯救——搭大帳篷辦婚禮，而且還是辦在我們家花園。聽你們提這個，我不安地在椅子上又扭又動。結果，經過三週的憂慮、討論，累積出了一筆鉅額電話費之後，風聲又平息了，我絕望地得知旅館將繼續正常營業。

「莫里斯，你就不關心你唯一的兒子的婚禮嗎？你好像連整間旅館燒掉都不介意的樣子。」

「莎蒂，那種美夢才不**可能**成真呢。」聰明人當然不會這樣說話，而是會抗議太太說得不公平，宣稱自己絕對支持兒子的決定。

「你就是放不掉你蠢到了家的仇恨，你這個小家子氣的男人，連擺在眼前的東西都看不見。你兒子——我們可愛的寶貝——就要結婚了，他想在那間旅館結婚，但你腦子裡就只想得到你以前在他們家工作的時候，他們對你有多壞。少來了，哪會有老闆對員工好聲好氣的呢？你知道誰最該好聲好氣地說話嗎？孩子的父親。沒錯，當父親的就該溫暖慈愛。你瞧瞧你，父親當得很好，是不是？」

她從椅子上站起身，把織到一半的毛線丟到沙發上，大步走過我身旁，用力摔上起居室的門。那之後漫長的七天，我們家沒有午餐，沒有下午茶，也沒有晚餐。沒有燉湯，沒有司康麵包，沒有現烤的蘇打麵包，直到有一天我回家，雖然嗅到烤麵包的味道飄在空氣中，可是怎麼找也找不到麵包，我只好歸咎是自己餓昏了頭。後來我才發現，當我在沙發上吃買來的麵包和奶油三明治，她獨自在我們房間享用蘇打麵包。她窩在房裡抗議，房門鎖著，收音機開著，我只能去睡你的房間。我不曉得她沒有電視是怎麼生活的，不過我懷疑她那麼會操作錄影機，應該是把晚上的節目都錄下來了，然後趁白天我出門時在電視上看。她眞是聰明的女人，到她手裡，怨恨能激發了各樣的潛力。到了第七天，我終於舉白旗投降。

我花了一整週才想到終結冷戰的法子，我反覆琢磨很久，和東尼還有茉莉一塊討論各個選項的優缺點。這次不是鮮花和牛奶巧克力能解決得了，但在哈提甘酒吧喝了杯威士忌後，我們想到了好方法。我把信封塞到主臥房門縫下，留一個角在外頭，這樣我才知道她什麼時候把信撿起來。看到信封消失後，我讓她自個兒在房裡讀信，自己則逃去躲在沙發上。不到一分鐘，她就下樓了，她在我身旁坐下，頭靠在我肩頭。我們沒說話，雙手卻找到了彼此，兩個人默默看著壁爐上那張全家福，相片裡是我們家三個人。聽她的說法，一旦羅莎琳說了「我願意」，我們就會換一張全家福。

「你是好父親。」

「人總是有進步空間的。」我鬆了一口氣，回答道。

「你告訴他們了沒？」

「有啊，星期四就打電話給他們，全都安排好了。再三週他們就會回家，去旅館過一個週末。錢也都付了。」

「這都是你自己安排的？」

「莎蒂，我已經是成年人了。」

「我知道，可是你自己進去應該不怎麼舒服吧。」

「我沒事，只花五分鐘就安排好兩間房間了。」

「兩間房間？莫里斯，你也知道他們已經在美國同居了。」

「他們在那邊愛怎樣就怎樣，可是在這邊，他們就是要分房睡三個晚上。」

我對她撒了個小謊：要我自願走進那地方，我當然覺得不舒服，不舒服得緊。但是最後，我不顧一切地進去了，站在前檯幫你們兩個安排一個回家度週末的客房。那女孩從後頭的辦公室出來時，我得鼓足勇氣才能面對她。

我的茉莉就站在我眼前——至少，想像中的她就是這個模樣，臉上帶著自信滿滿的笑容，卻還是有種甜美的謙虛。我用力吞了口唾沫，雙手緊抓檯面，好不容易才回過神來。我告訴你，她長得再怎麼像我的茉莉，我還是能在她身上看到「他們」的影子。

「妳一定是多拉德家的孩子。」終於找回聲音時，我對她說。

「其實我是布魯頓家的，我叫艾米莉．布魯頓。我外婆倒是姓多拉德，我是瑞秋．多拉德的外孫女。」當時她還不過二十歲，笑起來眞的很美，嗓音也又輕又甜，幾乎可說是天眞無邪。

「所以妳是傑森的女兒？」

「對，我是傑森和希拉瑞的女兒。」

「我挺喜歡妳父親的。」

「他是個非常好的人……」她點了點頭，垂頭看著自己的手，像是想起美好的記憶似的微微一笑。「不好意思，我不知道你叫什麼名字，我最近才剛開始認識大家。之前我都在寄宿學校，又在外面讀大學，好一陣子沒和鎭上的人聯絡感情了。現在，因爲爹地的關係，我才回家幫忙。」

她用那雙和善的棕色眸子看著我，我用微笑回應她。我知道她一聽到我的名字，對我的態度就會完全變樣。

「漢尼根。我是你們鄰居。」

我頓了頓，讓她消化這份資訊。

「啊。原來是漢尼根先生。」

她明亮的眸子瞬間黯淡，對我這個買下他們家族土地的男人，她只表現出不信任與厭惡。「原來如此。」她邊把頭髮撥到耳後邊說，然後還咳了一聲，稍微拖延時間。「我能幫上什麼忙嗎？」

一開始，是我腦子有問題才覺得自己在她身上看到茉莉的影子，但是接下來幾個月，隨著我越來越認識她，這種感覺非但沒有消失，還變得更強烈。主要是她的性格吧，她這種親切感，還有她面對人生的勇氣。父親死後，她必須照顧心碎的母親，還得經營旅館，年紀輕輕就沒了選擇，被困在這地方。後來我聽艾米莉說，她母親希拉瑞對旅館一點興趣也沒有，打從一開始就不想改建。其實啊，最初在都柏林認識傑森，兩人在他家族經營的旅館見面時，希拉瑞還以爲自己找到了出路。她終於能擺脫那棟老宅了。而她父母——瑞秋和瑞吉——似乎也和她一樣痛恨那幢宅子。

「希拉瑞，他既然想這樣做，就讓他去做吧。」第一次聽到傑森的計畫時，瑞秋對女兒如此說。「老實說，他要怎樣我都不管，我只要有暖氣就行。我這輩子都要住在這個該死的地方，所以只要能讓我暖和一點，就算他想改建成動物園，我也無所謂。」

於是，艾米莉繼承了蘭斯福旅館。

如果她沒死——如果茉莉沒死——我相信她會跟艾米莉一樣，無私地端正行事、把一切料理得井井有條。我相信她會牽著她老爸的手，讓我變成完全不同的人。

「妳要知道，我沒有他們說的那麼壞。」第一次見到她那天，我隔著櫃檯站在她面前這麼說。她低頭看電腦，幫你們預訂房間。

「我沒說你是壞人。」

「就算妳不說，我也知道妳心裡怎麼想。」我頓了頓，仔細觀察她的臉，不曉得她願不願意聽進我的話。擔心別人會怎麼看待我的想法，這種感覺還眞怪。「買土地也只是做生意而已，我不是針對你們。」我咳嗽一聲，像條被沖上海灘的魚亂扭亂動，但最後我逼自己鎮定下來，說了這句話：「妳父親走了以後，生活應該不容易吧。」

她停下手邊的動作，對著我，看了許久，好像要把我看個透徹。她沒說話。我不太確定接下來該怎麼辦，但這時候，我注意到她的淚水，她讓兩邊手肘靠著前檯，哭了起來。焦急的瞬間，人總是會記得一些奇奇怪怪的事，像是錢幣碰撞的叮咚聲。我當時應該是雙手插口袋，不停把弄裡頭的硬幣，像隻老呆鵝一樣愣愣地看著她。

「啊，孩子。」我也許勉強擠出了一句話，也可能把手伸向櫃檯另一側的她，徒勞無功地試著安慰她。「妳在這等一下，」我倒是記得，過了一小段時間，我看她沒有要停的意思，便對她這麼說。「我馬上回來。」

我去酒吧弄了兩杯波希米爾，回來卻發現她不見了。我大著膽子繞過前檯，敲敲辦公室的門，也不等人回應就直接開門。我一進去便看到她抱著頭坐在辦公桌前。

「這個給妳喝，」我把威士忌遞到她身邊。「喝了會鎮定一點。」她看了看那杯酒，又看了看我，最後終於從我手裡接過去。她聞了聞，喝了一點，然後整張臉都揪了起來。

「剛開始會喝不慣。」我說完，自己也喝了一大口。

「漢尼根先生，他們恨你。」喝下第二口之後，她對我說。「你買了那麼多土地，可是你給的錢太少太少了。他們都是這麼告訴我的。」

「他們沒有騙妳。我是生意人，我不會為過去的交易道歉。」

我很詫異，她竟然露出一個極短的微笑。她現在比較鎮定了，身體往後靠著椅背，還揮手示意桌子對面的一張椅子。我坐了下來。她用指甲輕敲酒杯，看著裡頭的液體隨著每一次衝擊震動。

「這地方，還有這個該死的夢想，是這些殺了他，殺了我父親。」她接著說。她沒有看我，而是看著威士忌，然後仰頭飲盡了整杯酒，全身一抖，把空酒杯放在桌上。「我們快要被債務給搞垮了。」她對著空酒杯補充道。「還有我母親，她……該怎麼說……她心碎了，現在完全是狀況外。我們這間沒人想買的旅館一直賠錢，可是她沒辦法面對這些破事。」

「妳們要把旅館賣了？」

「沒打算要賣——或者該說，還沒。我來這裡，就是爲了把事情搞清楚。母親成天嗑藥，只剩我一個人主事了。只剩我一個人了。」

她環顧四周，環顧她的領域。「你看看我做得多好，」她笑了起來，活力充沛地伸出一隻手往我的方向揮著，那對清澈大眼直視我的眸子。「我還在這邊對敵人吐露心事呢。漢尼根先生，聽到我說這些，你很開心吧？」她往前靠著辦公桌，靠向我。「我們終於走到末路了，你滿意了嗎？」

我還能期望她怎麼樣？請她原諒我對他們所做的？我可是每次拿到他們失去的土地，都開心滿足得不得了，甚至每年都跑去郡議會地政處，就爲了看曾屬於他們的土地列到我的名下。難道我希望眼前這女孩——不到十分鐘前，我還把她想像成自己的女兒——會告訴我這一切都不重要？難道我希望她說，她父親的死和我沒半點關係？我坐在那兒，握著還剩一些威士忌的酒杯，讓沉默與桌上那臺電腦的嗡嗡聲塡滿整間辦公室。我晃了晃杯裡最後一點液體，看著它碰撞杯子邊緣後落回底部，然後又握著杯子轉了一圈又一圈，像個轉陀螺的小孩子，爲那簡單的動作著迷。我要麼直接回家去，不幫你預訂驚喜假期，要麼硬著頭皮回話。最後，我看著她，灌下最後的威士忌，才開口說：

「我以前在這地方工作過，妳知道嗎？」

「嗯，我聽母親說過。」

「這兒說不上是好地方，妳的外曾祖父休不是什麼好相處的人，還有妳的托瑪斯舅公……我這麼說吧，那兩個男人懂得怎麼打人。妳看看這個，」我指向臉上的疤。「這就是他打出來的。」

「天啊。」她的視線短暫停留在我臉上，眉頭微微一皺，然後她垂下了頭，發出比剛才說話時還要絕望的一聲嘆息。她把一隻握拳的手舉到嘴邊，我想像她遙望著她不想要、也從來沒要過的淒慘未來。我看到她眼裡又泛起淚水，閃閃發亮。那時候，我後悔了，我不該把她捲進一段不屬於她的歷史，不該把她無法改變的事怪在她身上。

「妳需要多少？」我開口問道。她嚇了一跳，我自己也嚇了一大跳，但話已經脫口而出了。

「什麼需要多少？」她往後癱在椅子上，擦著眼淚說。

「繼續經營這地方的錢。妳說妳想把旅館給賣了，那如果不賣，妳需要多少錢才能經營下去？」

事情就這麼簡單，我加入旅館業，就是從那一天開始。事務律師羅伯特費了好大的工夫，硬要我多考慮一下。

「莫里斯，你瘋了嗎？現在哪有人在投資旅館的？尤其是這附近的旅館有什麼好投資的？你還是專心幹你的機械出租吧。」但他怎麼也勸不動我。

「你做就是了。」我對他說。我的拳頭落在他的辦公桌上，把我們倆都嚇了老大一跳。那之後他再也沒質疑過我了。

我、艾米莉和羅伯特一直保守祕密，你、莎蒂和希拉瑞從頭到尾都沒聽到風聲。茉莉呢，她倒是知情，是我告訴她的。簽了字據過後不久，我見到了她，那時候我像平常一樣走在田裡，她走到我身邊，又從我身邊跑走。她看上去大概才十二歲而已——我從來不知道她來見我的時候，會是幾歲的模樣。她在一旁轉圈子，閉著眼睛轉了一圈又一圈，暈陶陶地開心大笑時，我把事情原委說給她聽。我以爲她沒聽見，不過在她離開前，在她轉著圈子消失前，她對我露出了微笑，還豎起大拇指。對我來說，這樣就夠了。

這地方百分之四十九的所有權都在我手上，這張高腳椅有百分之四十九是我的，坐在椅子上的這顆屁股則百分之百是我的。這百分之四十九，是爲了我臉上這道疤，爲了被奪走的童年，還有我一輩子的仇人，托瑪斯．多拉德。婚禮那一晚，你們要是知道我們是在我的地板上跳舞、吃的是我的食物，你們這對新婚小夫妻睡的是我的床，不知道會作何感想？這是我丟人的祕密，完全不值得驕傲、炫耀，我不想讓任何人知道這件事。我不願想起這個祕密，所以一直離這地方遠遠的，這也是我和艾米莉之間的約定。

我是沉默的生意伙伴，也是最好的伙伴，一切大小事都交給她去處理。

在艾米莉的管理下，旅館撐過來了，就算六年前經濟大衰退，這地方還是穩定經營了下去。我請羅伯特當我的代理人，給自己置身事外的自由，從不讓這地方把我吸進去。

雖然這些年來，我的決定一直沉甸甸地掛在心頭，但我總覺得艾米莉應該更難受。畢竟，我這邊可能只有我會覺得不舒服，而我似乎還應付得來。艾米莉那邊就不一樣了，對她而言，這筆交易幾乎可說是背叛吧。和我握手那一天，她有沒有感覺到死去的父親的不滿？事後，我們沒眞的談過這件事，這個祕密約定總有種骯髒的感覺。把我們牽扯進來的這座大宅，要不是因爲人性的弱點作祟，早就不復存在了。那之後好幾年，我們一直保守祕密，也很少再互動，完全沒再提起那個祕密……直到羅伯特來找我的那一天。

當時是二〇〇六年，愛爾蘭經濟正蓬勃發展，人人都說我們快被錢給淹死了。我個人是沒什麼好抱怨的，畢竟我們家都過著舒舒服服的日子，甚至稱得上優渥。你和羅莎琳的亞當和凱翠娜就快出生了，你媽和我到了人生暮年，還是生活得十分自在。所以，當羅伯特找上門，特地要來和我談旅館的事，我是一個字也不想聽。

他爲了找我，大老遠跑到巴納博伊一座農場，法蘭希在那兒收割作物，我也跟去確認收割過程都沒問題。不管你請的小伙子有多能幹，偶爾去檢查一下、隨時注意田裡的情況還是比較好。我和法蘭希聊完，正要回去把停在田地另一頭的吉普車開走，忽然看到羅伯特開著荒原路華過來。我看著他下車，走向我的吉普車，然後就斜靠在駕駛座車門上。他揮了揮手，我懶得回應。

「啊呀。」走進他的聽力範圍時，我對他說。

「莫里斯，生意做得怎麼樣？」

我走到他身旁，站在後車門前。我們那樣站了一會兒，遠望收割完畢的一排排作物，這時節田地長得像剃得很難看的頭髮，到處都有漏剪的一簇簇植物，不過田地另一頭傾倒進拖車的金黃色瀑布，就眞的很壯觀。那天收割得非常順利，算是豐收，我看著穀物像瀑布一樣沖下漏斗，沖進拖車，心也跟著興奮了起來。這不是我的穀物，不過這麼棒的豐收還是看得我心跳加速。羅伯特扯了扯一根割剩的草梗，把上頭剩下的葉子和穀子拔掉，我看著他把草梗拔到只剩一片片碎屑。草屑從他手裡，落到地上的輪胎印裡。

「艾米莉來找過我，問你今晚能不能去跟她見一面？」

我看看他，又看看眼前的田地。

「不能。」

「她說只要一個鐘頭就好。」

我看著法蘭希讓收割機倒轉回來，準備收割下一排燕麥，穀物一寸一寸被吞進機器。他收割完四分之一排作物時，我也受夠了等羅伯特等我改變心意，於是決定轉移話題。我走過去站在他面前。

「你聽我說，」我告訴他。「和她談生意是你的工作，不然我付錢請你來幹什麼？」

我揮手要他讓開，但他硬賴在那兒。

「她說希拉瑞出門了，沒什麼好擔心的。」

「哎唷，那就好辦啦，我就是那種愛瞎操心的男人嘛。」

「唉，真是的，莫里斯，才一個鐘頭而已，又不會少一塊肉。她跟你約七點。」

就這樣，他離開我的車門，開了他自己的車門。「我現在傳簡訊跟她說你會準時到。」他探出車窗說話，手指已經在手機上按按鈕了。他笑著轉向我，按下最後一顆按鍵，對我眨了眨眼之後開車走了。

我七點十五分到，旅館裡頭很忙，前檯排了一些人，所以過了一段時間才有空間能讓我把手肘擱在櫃檯上。

「她在嗎？」我問道。

「是的，漢尼根先生。」前檯的年輕男人告訴我。我壓根不曉得這人是誰，但他居然認得我，我還挺意外的。「我來爲您帶路吧，請跟我來。」他說話有種腔調，但我說不出是什麼腔。他面帶大大的笑容繞過前檯，我跟著他往屋裡走，兩隻手自動回到口袋裡。他領著我進到一間寬敞的會議室，兩旁牆邊擺了長板桌，中間是一張擺好了晚餐餐具的圓桌。

「您先請坐，我這就去通知布魯頓小姐。」

他幫我拉開椅子，但是我揮手表示不用了。他禮貌地鞠了個躬，轉身離開。

我漫步走到桌前，仔細瞧了瞧會議室裡的擺設。她只差幾支浪漫的蠟燭了。一個上頭寫著我名字的信封靠著圓桌中間的花瓶，我拿起信封，翻過來看了幾眼，把它放下之後，便又走向窗戶，看著外頭的街道，深吸一口氣，彷彿這樣能聞到夜晚的味道。然而，這裡只有公事的味道——注重效率的清爽俐落、潔淨的布料、剛吸過的地毯與桌面擺飾的小花，所有味道全混在一起。我看著車輛從橋的另一頭開過來，又從這一頭開過去，那一頭有兩個人影走進哈提甘酒吧，不過看不出是誰。我的左手邊，拉文的報攤關了燈，店後頭通往他住所的門也關上了，最後的光線消失，整間店黑漆漆一片。少了平時擺在外頭的明信片和掛在遮雨棚鐵桿上的塑膠玩具，店面似乎赤裸裸的。我聽見身後的門打開，便稍稍轉過身，回頭去看。

「我是個婚姻美滿的有婦之夫，這個妳知道吧？」我提高音量對會議室說。

「多謝問候，晚上好啊。」她應道。

我轉回去看大街。

「你打算整晚站在那邊，還是過來跟我吃飯？」

「羅伯特沒說要吃晚餐，我已經吃過了。」

我終於轉身，直直面對她。

「我餓死了。」

她坐在餐桌前，伸出一隻手邀我在對面的椅子坐下。我繼續雙手插在口袋裡，走回去坐下來，像個明知公車馬上要來，卻還坐在長椅上的人。我感覺到她看我的視線。

「漢尼根先生，你希不希望我把話痛快地說出來，解了你心頭的疑惑？」她問道。我聳了聳肩。「已經十年了。從你給我……從我們成爲生意伙伴到現在，已經十年了。」

我倒是沒注意這個。「是嗎？」我把一隻手抽出口袋，脫下帽子，摸了摸頭髮。

「然後啊，既然旅館終於開始賺錢，我想說慶祝一下也是應該。」我對她揚起眉毛。「羅伯特說你從來不過問這裡的事。我們這幾年的股東回饋也眞是很少，可是他說你連這個也不在乎。」

我不確定她期待我怎麼說，但我的腦子掙扎著想出好幾種不同回應，但我實在不曉得該選哪一句。她背後的門開了，一個我不認識的服務生端著兩盤菜走進來，放在我們面前。又有第二個服務生跟著進來，他手裡有紅酒和波希米爾各一瓶，先幫艾米莉倒了杯紅酒之後，他幫我倒了杯波希米爾，然後把兩瓶酒都放在桌上。艾米莉一面把餐巾鋪腿上，一面對他們微笑。

「謝謝你們。」兩個小伙子出去時，她大方地說。

「是牛排。」我被濃郁的香味吸引，她的注意力再度回到我身上。「我決定不吃開胃菜，能留你吃一道菜就已經很了不起了。請用。」她朝我的餐盤揮了揮手說。

我拿起酒杯，喝了一大口，定一定心神。我隨意地撥弄盤中食物，畢竟不到一個鐘頭前我才剛吃莎蒂的炒蛋，肚子裡沒剩多少空間了。只是，什麼都不吃好像太失禮，於是我切開牛排，血水跟著流出，肉本身還很有彈性，不像一些餐廳做的那樣焦黑。我從以前就不懂，愛爾蘭人爲什麼堅持要把好端端一塊牛肉烤得焦黑又難吃。

「那信封是給你的。」她打破我們之間的沉默。「我想讓你看看你的成就，只有一次也好。打開吧。」她補充道。她用餐巾點了點嘴唇，凝視著我。

我放下叉子，抬頭看了一眼才伸手拿起那玩意兒。她熱切地盯著我的手指，看著我笨拙地拆信，我的動作顯然是太慢了，她像是要搶過去幫我拆信。終於，我把信封裡的東西抽出來，那是一張支票。

「漢尼根先生，到目前爲止，今年是我們生意最好的一年，那是你的分紅。」

我瞧了瞧她，然後才把支票放回信封，放在我的盤子旁。我不自在地在椅子上動了動，往後靠著椅背思考這件事。

「我還以爲你會很高興。這筆錢不算少啊，而且我眞的很努力，還有——」

「艾米莉，」我出聲打斷她。「這一切，」我對整個房間揮手。「我投資這一切的重點，從一開始就不是錢。」連我自己都嚇了一跳，我好像在聽別人說話，聽一個打從心底不在乎錢財的人說話。我坐在那裡，不知該如何說清楚這裡頭的所有眞相，以及十年前我爲何決定投資旅館的動機，其實當時連我自己都搞不懂了。聽起來一定很詭異吧？……我這麼做，是因爲妳讓我想到一個已經死了的女孩。

「是爲了婚禮。」我避開複雜的眞相，給了這個藉口。「妳要是關門了，凱文就沒得辦婚禮，他肯定會一直叨唸個沒完，最後還會在院子裡搭該死的帳篷來辦婚禮。」

我對她露出微笑，她似乎信了這番半眞半假的說詞，而稍微放鬆了些。她又開始吃飯，邊吃盤上美味的食物邊笑了一笑，她在笑什麼我還眞不曉得。我們吃完之後——我也很驚訝自己竟把牛排全吃完了——我拿起信封，交還給她。

「我不要這個。」

她接過信封，看了看我，看了看我這瘋狂的舉動。我從沒要過也從沒期望過的東西，拿了感覺就是不對。

「你不能這樣，」她說道。「你**不能不要**啊。」

服務生又回來了，她臉上的困惑瞬間消失，變成優雅大方的笑容。他們幫我們倒了更多酒，把我們的餐盤收走後離開。她手裡拿著信封，好像那是很可怕的成績單，她怎麼也不想打開來看。

「這樣吧，」我說道。「妳再拿這筆錢投資這間旅館，怎麼樣？」

她垂下了拿著信封的手，表情有點困惑，有點傷心，像是女兒把自己努力畫了很久的圖拿給父親看，父親卻沒有大力稱讚她。該怎麼說呢，看到她那個表情，我腦子裡的警鐘全都響了起來。我還眞不曉得自己會爲了讓她再度露出那個開懷笑容，而做出什麼樣的傻事，要不趕快把這個弱點搞定，天曉得我這次還會再花大錢買什麼玩意兒。

「好吧，其實是這樣的，或許有一天妳得要把我的股份買回去，」我這麼騙她。

「所以妳還是把那筆錢留著，以防萬一。」我朝支票點點頭。

「爲什麼？你遇上什麼問題了嗎？」

「我是先說一下，沒人知道過了下一個彎，命運又會給我們什麼樣的驚喜。」

我看著她，不確定她信不信我這番說詞。她把支票放在剛才放餐盤的位置，一臉不解地瞅著它。我不想她難過，想給她一點事做，讓她減輕一些壓力。我腦筋轉得快，於是，我說：

「妳倒是能幫我做一件事。如果妳非做不可，那就把這件事當作回報吧。」她一臉期盼地抬起頭，希望我能解開這道謎題。

「妳可以告訴我：多年前這裡曾弄丟一枚錢幣，但爲何托瑪斯．多拉德會因爲那東西被取消繼承權？」

她的臉瞬間沉了下來，這反應著實嚇了我一跳。

「你是認眞的？」她問我。

「是啊，」我答道。「我從幾年前就一直想問妳了，這件事我始終想不明白。」

她深深呼吸，慢慢啜了一口酒，然後把酒杯舉到面前，看著杯裡剩下的液體。我不知道她和她的笑容去哪兒了，只能呆坐著，懊悔自己不該聽羅伯特的話去赴約。我當然很想待在家裡，翹腳坐在太太身邊，現在我比什麼都想陪她看一集連續劇。我喝了口酒，沒說話，靜靜等著她回答問題。過了一會兒，艾米莉放下酒杯，視線落到桌子邊緣，指甲塗成深紫色的手指滑過桌緣。

「那是愛德華八世的金幣。」說話時，她的手握著餐巾，指尖沿布料摺口滑過去。

「就是《溫莎之戀》[2]的那個愛德華，你知道是誰吧？金幣上的人就是他。」

「是嗎？」

「事情好像是這樣的：他們打算為了他在一九三七年的加冕典禮，鑄六枚新錢幣，可是據說在讓人畫他側臉那天，他非但不肯轉到對的那一側，還堅持要鑄造第七枚金幣，送給華里絲，也就是他愛的那位辛普森夫人。」

「『轉到對的那一側』是什麼意思？」

「根據托瑪斯舅公的說法，傳統上繼承王位的新統治者必須和前一任面朝相反方向，可是愛德華覺得自己左臉比較英俊，所以拒絕給他們畫右臉。反正，重點是他逼鑄幣工人鑄造第七枚金幣，打算在加冕那天送給華里絲，但最後，這份禮物他當然沒送出去。他想娶華里絲，但華里絲離過婚。在那個年代，英國國王是不能和離過婚的人結婚，所以他遇上了大問題。最後，他為了愛情放棄王位，是不是很浪漫？」她的聲音越來越輕。

「那你們家是怎麼弄到那枚金幣的？」

「呃，嗯，說到這個，我就得透露更多家族祕密了。我是不是該放低音量？有時候，我總覺得這裡的牆壁都長了耳朵。」她瞧了瞧會議室的四面牆，然後才接著說：「我的外曾祖父休是個賭徒，他愛玩撲克牌，動不動就去倫敦找人打牌。他特別喜歡去一間地下賭場，那剛好是愛德華其中一個男僕也會去的賭場，外曾祖父就是從男僕那兒得知愛德華和當時的首相起爭執的事。我不記得那個首相叫什麼名字，要是舅公就一定記得，好像是鮑什麼的，鮑福德？還是鮑——」

「鮑德溫？」

「就是他。愛德華似乎想說服國會，在他當上國王之後給華里絲一個比『王后』小一點的頭銜，可是首相怎麼也不肯。有天晚上，他們兩個大吵了最後一架，愛德華氣得把金幣摔在書房地上，叫僕人把它丟掉。可是僕人把金幣留了下來。那個人好像欠外曾祖父好一筆錢，便用那枚金幣抵債。根據舅公的說法，外曾祖父一看就知道那是什麼，而且更重要的是，他知道那東西以後會更值錢。他把金幣帶回家，結果托瑪斯舅公把它弄丟了，所以才發生了那些糟糕的事情。他好像和他父親一樣愛那枚金幣，他很喜歡各種古董，不管外曾祖父有多不高興，舅公還是會花好幾個鐘頭看那枚金幣，沒有人明白為什麼。但我知道托瑪斯舅公沒有什麼惡意。」

她頓了頓，給了我一個哀傷的笑容，接著說：

② Edward and Mrs. Simpson，英國電視劇，講述英國國王愛德華八世放棄王位，與曾有兩次婚姻經驗的華里絲・辛普森夫人結婚的故事。

「被取消繼承權之後，舅公就變得很奇怪。這一輩子他都在找那枚金幣——不是在莊園找，雖然他回家時還是會在院子裡晃來晃去，盯著金幣掉落的位置。我的意思是，他在外頭也總是在找那東西，找到整個人都變得有點不正常了，你懂我的意思嗎？托瑪斯舅公眞可憐。」

說到這裡，她才想起自己在對什麼人說話，而垂下了眼，畢竟她同情的可是我的仇人。但我沒說什麼。

「金幣不見的那天，他們沒叫警察，」我說道。「沒走法律途徑。我們始終都想不明白箇中原因。」

「現在你明白了吧。外曾祖父不可能張揚，因爲他一開始就不該拿到那個東西。」

「那枚金幣還毀了好多人的人生啊。」

「故事還沒完。」她的手掌貼著桌面，忙著在燙得平平整整的桌布上找不存在的皺褶。「不過我今晚透露的家族醜事已經夠多了。」

說罷，她朝坐在對面的我舉杯。

「漢尼根先生，最後這一杯酒，敬我們。」

我笑著舉起平底酒杯。

那之後我沒有久留。我承認，自己急著想離開，是爲了要好好琢磨艾米莉告訴我的那番話。我起身感謝她的招待，然後出了旅館，自己開車回家。

莎蒂還在起居室看電視，不過我沒在她身邊待太久，而是穿過走廊到我房間。在梳妝臺抽屜裡翻找一陣後，我找到了金幣。從幾年前你的諾琳阿姨把玩過之後，就再也沒人碰過它了——這個故事我晚點再說。我瞧著金幣上國王固執的側臉，想到它從華麗的英國宮廷，輾轉落到我這個米斯郡農夫的手裡。我坐在床上，在床頭檯燈的燈光下把弄金幣，把上頭那位英國國王看了個仔細。爲了愛情放棄一切，是什麼感覺？假如我是國王，也會做同樣的選擇嗎？我笑著想像自己在華麗的英國城堡裡，而他在這邊的乾草與泥濘中討生活。我用手掌掂了掂重量，突然想到，既然我買了旅館的股份，這個漂亮的小東西現在應該算是我的了。過了一會兒，東西放回原位之後，我帶著滿腦子瘋狂故事上床睡覺。就算在睡夢中，它也沒有放過我，它的價值與美麗帶我在宮殿與牛棚中跳舞，莫名其妙的場景裡有我認得與不認得的面孔，最後我突然驚醒，但什麼都不記得了。

「你到底要我怎樣？」我問那枚金幣。我閉上眼睛，和躺在旁邊的莎蒂一塊兒又睡了幾個鐘頭。

隔天，我學了新的生詞：「錢幣學」。沒錯，就是那個在都柏林開古董店的男人告訴我的，意思是研究錢幣的學問。古董店位在薩克維爾街轉角，好像叫「巴爾英格古董店」，是我從電話本裡頭找到的。我決定跑一趟都柏林，反正我得去看看索茲市那邊幾畝地，這也算是一石二鳥。

「愛德華八世。」我在一個男人面前坐下，他和我年紀差不多大，只不過小腹大得能餵飽一整座小村莊。「他那時候好像鑄了索維林金幣，你聽過這事兒嗎？」

「噢，你是說當時報上說的那枚『不存在的金幣』？我怎麼可能沒聽過？」等我離開店面，威廉．沙爾不僅證實了那批金幣的存在與價值，還告訴了我真的有第七枚金幣的傳聞，而且它因爲是原本要送給華里絲．辛普森的禮物，所以價值比其他六枚來得高。我當然沒把它帶出門，免得引起大恐慌，它還在家裡，躺在我們的梳妝臺抽屜裡頭。

「我們當然沒法確認它是不是真的存在，除非它哪天出現。目前其他六枚金幣在什麼地方，我們都知道了。」他帶著大大的笑容告訴我。我本以爲古董店老闆都很高傲冷淡，沒想到會是這麼親切的一個人，但是他如此友善，反倒顯得我既高傲又冷淡了。

「誰知道那東西値多少錢呢？」當我問起第七枚金幣的價值，他這麼說道。「絕對値六位數以上。如果它真的出現了，人們一定會更感興趣，誰知道到時候會競標到多高的價錢。你也喜歡收藏錢幣嗎，這位先生……？」

「我姓羅傑斯。其實我對錢幣完全沒興趣，我比較喜歡養牛。」我說道。

我謝過他，和他道別。

我從沒跟莎蒂說過那晚和艾米莉談話的內容，也從沒說起托瑪斯的事，要不然她肯定會堅持要我馬上把金幣還給人家，但我可不打算這樣做。老實說，我也不確定自己打算怎麼做。某方面來說，我覺得自己和多拉德家已經扯平了，我可是拿出好大一筆錢，給多拉德家一個應該得到那筆錢的人，這樣也算是買下了那枚金幣。不過話說回來，我已經好幾年沒想到那個該死的玩意兒了，這下它時不時出現在我腦子裡，怎麼也趕不走。

後來有一天，我坐在車裡，望著「茱莉的山丘」，再次琢磨艾米莉告訴我的故事。每當我需要一個人靜一靜時，我就去某幾個特定角落或是開闊的空間，讓寂靜治癒我，讓疲憊的腦子靜下來，其中最美的就是茱莉的山丘。茂盛田野一路往下延伸到樹木密布的谷地，非常漂亮。我把車停在路上，往下看著茱莉在草地上跑跳嬉笑，有時她也會邊走邊唱。她最喜歡來這個地方找我了。有時候，我待在那裡，可以看到不同成長階段的她，有活蹦亂跳的小丫頭，有坐在植株間幾乎被覆蓋住的沉思少女，有追著我孫子孫女跑的母親。但她總會停下動作，抬頭對我揮揮手，這也是我最愛的一刻。但是那一天，她沒對我揮手，而是坐在長草中，轉身面向我，一隻手臂舉在額前遮擋陽光，雙眼定定地注視我。

「可是爹地，那不是你的東西。」她的聲音在我耳朵裡很輕、很細，簡單明瞭。微風把長草吹得彎向我這邊，也捎來了她的那句話。

「但那也不是他們的東西。」我答道，不過再怎麼辯也沒用，我女兒就是這麼明辨是非。

「它還有最後一個任務。」說完最後這句，她笑著起身，往谷地裡走去，直到我再也看不見她的身影。

第四章

晚間八點三十五分

第三杯酒：敬諾琳

司陶特啤酒

酒吧裡又只剩我和絲薇拉娜兩個人了，她把酒杯從洗碗機拿出來，玻璃叮咚聲打破了我們之間的沉默。艾米莉去樓下安排晚餐，我也開始有些餓了。

「可以幫我弄一份烤特餐嗎，絲薇拉娜？」

「烤什麼？」

「特餐，不然咧？」

她愣愣地盯著我，好像我是用愛爾蘭方言點餐。「妳去跟廚房的人講，他們會做。」

「我去問。」她一臉困惑地走出了酒吧。

又只剩我和我的倒影了。說眞的，我還眞希望他別老是待在那邊，提醒我今晚還有大半沒過完，還給我那個「男子漢，這件事你眞辦得到嗎？」的眼神。我不理他。他又懂什麼了？

「他們說可以，但是要二十分鐘。」絲薇拉娜回來把手肘靠在我面前的吧檯上，一副已經在這地方工作好幾年的模樣。「他們現在正忙著做晚餐。這樣可以嗎？我去點？」

「點吧。對了，順便幫我再拿一瓶最好的司陶特。」

每次喝司陶特我都會想到東尼，不過最開始讓我喝這玩意兒的是我父親。他其實不太常喝酒，只有覺得自己哪一天特別辛苦，或有什麼值得慶祝的事，他才偶爾帶一瓶回家喝。他很少在家喝酒，更少上酒吧喝──他當然不是來這兒，就算這間旅館的附設酒吧當年就開了，他也不可能踏進來。想喝一杯的時候，他都上哈提甘酒吧。

「兒子，我們今天應該喝一杯。」在市場上做了好生意的日子，他會邊說邊領著我過橋。他不必多說，我一定會笑嘻嘻地跟在他身邊，越想嘴巴越渴。

「兒子，這東西很美，但你永遠別忘了它是愚人金，會騙人的啊。」

他老是像觀察愛踢人的小母牛似的，看著司陶特啤酒的泡沫在杯子裡靜下來。他喜歡等一等再嚐第一口，先拿出口袋裡的菸斗，把菸草密密實實塞進去，拇指往斗缽裡壓。然後，他才終於喝下第一口。這時他總會嘆一口氣，就像是跟冬風搏鬥了一整天，終於能站在溫暖爐火前了。

「兒子，你以後如果有錢，」他會接著說。「別把錢花在這個壞東西上，它只會掏空你口袋，把你變成醉醺醺的傻子。」說完，他會點燃菸草，叼著菸斗直吸到黑暗中生出零零星星的橘光，接下來他會一直「啵、啵、啵」吸個不停。

聽完他說教，我就能清靜地喝酒，看哈提甘太太和她其中一個女兒在酒吧裡工作，幫那天的各位贏家和輸家解渴。我們不會和其他客人聊天，但我很愛聽他們說話，老傢伙也是去那兒聽別人談話的──他會仔細偷聽，看看有沒有什麼對我們有利的情報。幾年後，我們就是從酒吧聽到消息，才買下了第一塊土地。沒聽到什麼有用的消息時，我會視線亂飄，飄到天花板那些幾乎跟繩子一樣粗的蜘蛛網上。

「你好了嗎？」過一陣子，父親會這麼問我。我們會碰一下帽子跟老闆娘致意，然後走出酒吧。

我父親除了自己家人之外誰也不信，對他來說，親情才是最重要的關係。（我還眞不曉得他是怎麼娶到太太的。）到了市場，他也是誰都不信任，硬要討價還價，講到無人能比的好價錢。

「你當我是傻瓜嗎，老兄？」聽到這句話，我有時候會丟臉得垂下頭，但是他這種粗魯的態度幫他賺到錢時，我還是會認眞研究。他是操弄人心的專家，我總是觀察他的面部表情和語句之間的沉默，計算他等了多少秒才再度開口。我把他慣用的說法、手勢和站姿都記得滾瓜爛熟，輪到我的時候一切已有萬全的準備。討厭我的人多得是，但他們沒法挑剔我的商品品質，我們家可是用最好的穀子和草把牛羊養大，成天仔細照料牠們，就算生了什麼病，我們也會在病情惡化前馬上治好牠們。我總是自信滿滿地站在攤位前，因爲附近沒有別家牛羊能比得過我們的。而且要是價錢不夠好，我就堅持不賣。但是有時候，就算是我最好的商品也賣不到好價錢，我再怎麼努力也不可能逆著景氣而行，我和其他人一樣，只能任憑經濟走向擺布。可是我跟他們不一樣的是，我會更快爬起來，而且觀察得更久，恢復得更快。

我真是個傻子。

兒子啊，現在這杯是敬你的諾琳阿姨，要不是她，你的麥可外公應該不可能接受我，她甚至還解開了金幣一部分的謎呢。但是，最重要的是，你媽非常非常愛她，為她苦惱了很久。你媽的良心一直都放不下諾琳。

我和莎蒂開始交往不久，就見了諾琳和你外公外婆。當時我們才剛在一起兩個月，一塊兒搭公車經過坑坑疤疤的路，前往西北方的多尼戈爾郡，安娜莫村。你麥可外公出來迎接我們，那男人比愛爾蘭第一任總理德．瓦萊拉還高、比邱吉爾還寬。莎蒂像抱著大泰迪熊一樣緊緊抱住他，消失在他的外套裡，只剩鞋子還在外頭，證明她沒被整個吞下去。終於分開後，她一隻手牽著父親，另一隻手把站在身後的我拉上前，幫我們做介紹。我穩穩地和他握手，對上他沒有笑意的眼睛。

「麥唐納夫先生，你好。」我說道。

他沒回應，只點點頭，便鬆開我的手。我深信自己玩完了，他肯定像世界上所有的父親一樣，讀懂了我對他女兒的心思。我暗暗祈禱他能對我仁慈點，還答應再也不東想西想些有的沒的。我滿腦子轉著這些念頭，緊張地死抓著行李箱，根本沒看到他伸手來拿行李。他手臂拽了拽，眉毛揚了起來，但我還是沒放開。我們看上去一定很荒唐，尤其是我，簡直像是站在那兒跟他拔河。

「莫里斯！爹地只是想幫你拿行李而已，你手放開行不行？」莎蒂說的話終於傳到我驚恐到打結的腦子裡。

「行李？啊，對。」我低頭看著它說。結果呢，它還是緊緊黏在我流滿手汗的手裡。「我拿去放馬車上。車在哪裡？」我傻呼呼又堅定地不知往哪兒走，那樣子一定很可悲。在發現我壓根不曉得自己在幹什麼的時候，頸子開始不停冒汗。到現在，我都還清楚記得汗從頸子往下流的感覺。

「莫里斯！」

我停下腳步，閉上眼睛，穩了穩心神之後轉身。莎蒂那一臉困惑的程度就跟我可憐的腦袋瓜差不多，她往右手邊一比，指向一輛汽車。竟然是汽車！這什麼狀況？那個年代沒有人開車的，但是它就停在那裡，外表一塵不染，完全不像是鄉下地方會有的東西。你外公站在打開的後車廂旁邊，像個不耐煩的計程車司機，不知乘客何時才能道別結束，趕快上車。

「那更好了。」我稱讚道，說得好像自己多明白狀況一樣。我小心把行李箱放進後車廂，眼睛根本不敢往他的方向看。

「莎蒂，妳坐前面吧。莫里斯，你坐後面——你不怕狗吧。」

我和牧羊犬丁吉一塊兒搭車回莎蒂家，那條狗和排檔桿一樣溫和，還替我露出害羞的表情。我注視著牠那一銀一棕的眼眸，但牠沒對我表示什麼。幸好到了莎蒂家之後，你外婆給我的歡迎和你外公完全不同，她像迎接英雄似的擁抱我，還熱絡地笑著，或許這位愛爾蘭媽媽的第六感告訴她剛才發生的事，以致想多少彌補點什麼回來。

我們坐在起居室聊天，麥可一次也沒對我說話，全是在問女兒的健康和工作狀況。莎蒂開心地說個不停，麥可聽了很高興。爲了在她生命中的兩個男人之間搭建橋梁，她提起我的家人——那時她當然早已經見過我的家人了。

其實我剛開始提到要帶莎蒂回家時，母親沒什麼興趣，父親倒是十分興奮，堅持要駕二輪馬車來接我們。莎蒂跟他坐前頭，回家那一路上他們聊得很愉快，我也驕傲得不得了。兩個姊姊把家裡打理得乾乾淨淨，空氣中還飄著現烤麵包的香味，你媽像電影明星似的被她們倆從頭到腳誇了一遍，她們很喜歡她的夏季外套——印象中是件藍色外套——還有她的洋裝和珍珠項鍊。

「唉呀，瞧妳們說的，」莎蒂說道。「這並不是眞的珍珠。這是我搬出來住的時候，毛拉姑姑送我的。她生活是過得不錯，可是也沒錢買眞的珍珠項鍊。看起來挺眞的，對不對？我只有在特別的場合才會戴這條項鍊喔。」

珍妮和梅伊聽她說這是特別的場合，都開心得笑了起來，我敢肯定母親彎腰往爐灶裡添木柴，用圍裙撐著爐門時，嘴唇也多了一抹微笑。她沒對莎蒂說什麼，不過似乎很認眞聽我們說話，適當的時候會皺眉或微笑。我們坐在餐桌邊，桌上鋪著最好的桌布，擺上柳紋瓷器和我父母婚禮用的刀叉。我好像從沒吃過這麼美味的蘇打麵包、從沒喝過這麼好喝的茶，我們開心地聊著天，笑著把一盤盤火腿與番茄、青蔥水煮蛋和起司甜菜遞過來遞過去。這一餐最後的甜點是蘋果塔和馬德拉島蛋糕，莎蒂兩種都吃了一些，一面談笑一面用纖細的手指握著鍍銀叉子，小口小口地吃到盤子上什麼都不剩。飯後，我們決定去散散步。兩個姊姊開始收拾碗盤，莎蒂卻還不肯出門，她湊過去想幫忙，結果被姊姊們笑著趕出了門。

「她們兩個人眞好。」莎蒂笑吟吟地挽起我的手，我們一起走向大街。

「她們應該還不壞啦。」

「你這是什麼話啊？天底下還有更好的姊姊嗎？」

「我可不想天天睡扶手椅，能睡她們的床也不錯。」

「你應該在屋子後面加蓋一小間房，說不定還可以蓋得大一點。」

「是嗎？已經開始想怎麼改建房子啦？」

「你有這麼幸運嗎？」

「其實也不用改建，她們很快就要搬出門了。她們要去英格蘭的布里斯托，我們有個親戚在那邊的吉百利巧克力工廠上班。」

「眞幸運。」

「梅伊會先去布里斯托，過一陣子珍妮也會過去。」

「我都沒去過英國呢。」

「其實我有點擔心媽的狀況，她們去英國以後，家裡就只剩我和爸了。」

散步回家後，所有人都開心地笑著和莎蒂握手道別，只有母親是禮貌性地握握手，隨後又靠回椅子的頭枕上，迷失在自己的小世界，幾乎是無視了莎蒂。珍妮和梅伊七手八腳地用布幫莎蒂包了兩塊蛋糕，成功讓莎蒂分心。我們在夏天傍晚的餘暉中駕二輪馬車出發時，兩個姊姊和父親站在門口揮手。

我回家時，母親還是坐在她的椅子上。我拖延了一陣，不知該怎麼辦才好，但最後我還是鼓起了勇氣。

「媽，妳覺得呢？」

「東尼要是見了她，一定也會很愛她的，兒子。」

我背對爐灶站在她身邊，身子靠著抹布架。

「他一定也會很愛她。」她重複道。

她很迅捷地輕拍我的手，讓我吃了一驚。

「希望如此，媽。」

我們沉默了片刻，母子倆的心思無疑都飄到了他身上。

「莫里斯，他死前有沒有喜歡哪個女孩子？有沒有哪個讓他傾心的人？」過了一段時間，她開口問道。

「他從來沒對我說過什麼，」我答道。「不過我一直覺得他跟凱蒂．莫蘭很配。」

「莫蘭是好人家，他們如果結婚，是不是很棒？說不定還會生幾個可愛的金髮寶寶呢。」她的聲音微微抖了抖。

「唉，媽，別這樣，想這些對妳沒好處。」

「兒子啊，我也知道，可是有時候……」她停了下來，視線開始在房裡飄移。「你覺得他死前有沒有親過女孩子？」

「媽！」

「我只是希望他在走之前體驗過那種感覺。那是不是有點像魔法啊？」她有點羞澀地朝我簡短一笑，然後又垂頭盯著擱在腿上的雙手。我愣住了，壓根不曉得該怎麼回答。東尼錯過的事情太多了，在那一刻，我深深感受到我對莎蒂的愛帶來的罪惡感。如果要我犧牲一部分對莎蒂的愛，拿去送給他，我絕對願意。我蹲了下來，把手蓋在母親手上。廚房角落的時鐘滴、答、滴、答響著。

「我沒事，我沒事。」又過了一小段時間，她對我說。「我該睡了。」她的手抽離我雙手形成的繭，起身前，還伸手輕搭在我手上一下子。

我坐在她的位子上，延續留下的餘溫，目送她消失在門後。那幾個月，我注意到她走路時背駝得又更明顯了點。眼看一個兒子走過人生的一個個里程碑，另一個兒子卻冷冰冰地躺在地下，沒機會體驗人生，她應該很痛苦吧。老實說，她那晚的態度讓我有點不高興。我那麼勤勞、那麼孝順，還把愛爾蘭海這一邊最美的女人帶回家，讓她見見我那聰明又討喜的女朋友，母親卻只想談東尼。當然，這個念頭一進到我腦子裡，我就覺得愧疚不已。我坐在那兒和自己爭執了一陣，最後才聳聳肩，一面厭惡自己、母親與全世界，一面推開那些念頭。

直到結婚後，莎蒂和我搬進姊姊們原本住的房間，莎蒂才終於看到東尼在我們家留下的痕跡。東尼的名字像是盤旋在空氣中，每句話的結尾都牽念著他，直到母親去世，東尼之死的陰影才慢慢散開。她死後，她和東尼和父親死帶來的哀傷變正常了——這樣說不曉得你懂不懂，總之那是種毫不複雜、簡單明瞭的哀傷。

第一次去多尼戈爾郡時，莎蒂把我的家人和我們的生活說得很特別，我邊聽心裡也驕傲的不得了，可惜她父親好像不覺得有什麼了不起，而且老實說，我自己也沒辦法再一直聽她誇下去了。

我趕緊想辦法岔開話題，問起她妹妹諾琳。

「諾琳不在家，是去別的鎮上嗎？」

對於接下來發生的事，我有一點意見：要是我有個心理不太健康的妹妹，再怎麼樣也會先提醒一下，免得伴侶像傻子一樣對父母提起這件事。畢竟我都把東尼的事告訴她了，讓她知道哪些話題不該提。可是她聰明的腦子選擇不事先告訴我，結果我天眞又愚蠢的問題就掛在那兒，像拔了保險栓的手榴彈。我看見他們的驚慌，麥可看我的眼神好像在看新品種白癡，莎蒂甚至連頭也不往我的方向轉，自顧自地盯著茶杯，雙手緊緊抓著腿上的托盤，她母親則惡狠狠地瞪著女兒，像是怪她把這種男人帶進家門。

「莫里斯，我眞的跟你提過啊！我說過諾琳有一點點神經過敏。」她父母一離開起居室，莎蒂就小聲對我說。他們好像覺得這件事太丟臉了，所以去拿外套和一些隨身物品，下午打算前往聖凱薩琳病院探望你的諾琳阿姨。我氣壞了。

「妳說是說了，可是我以爲妳是的說她比較敏感，脾氣不好的那種！更過分的是，妳居然沒跟我說她住在附近的精神病院！」這句話我不小心說得太大聲了。

「小聲一點行不行。」她焦急地看向半開的門，兩隻手對我亂揮。「我眞的以爲我說過啊！」她壓低聲音接著說。「而且那也是最近的事，我認識你之前沒多久我們才把她送過去，連我自己也還沒適應這點。她有時候會亂打人，媽咪已經照顧不來了，爹地平常都出門工作，我又不在家，他們也沒別的辦法啊。」

『所以她到底是什麼問題，她的病叫什麼？」我問道。聽她說起他們家經歷的困難，我的態度和語氣還是軟了下來。

「他們說是『憂鬱症』。別問我這是什麼病，我只知道事情不如意的時候她可能會突然打人或罵人。她小時候眞的很可愛，是很可愛的小妹妹，如果能給你看她那時候的照片就好了，可惜我們只有這張全家福。她那時候十三歲。」她走到起居室另一頭，從壁爐臺上取下一張照片端詳許久，就像是很長一段時間沒看它似的，然後才遞給了我。

「你應該看得出來吧？她有點心不在焉的樣子，像是在想別的事情。」

「她是什麼時候變成那樣的？以前有去上學嗎？」

「去了大概一年吧，可是她很容易對同學發脾氣，如果有人拿她的鉛筆或橡皮擦，她就會發火。看到她那個樣子，其他孩子就知道她好欺負，他們眞的很殘忍，在外頭玩耍或回家路上會拿東西丟她，故意惹她生氣，惹得她又哭又叫。老實說，我和她都受不了了。媽咪和爹地決定不再送她去上學的那天，是我這輩子最快樂的一天。我這樣說是不是很糟糕？可是我眞的是鬆了一大口氣，終於不用再保護她、不用再幫她說話了，我終於……自由了。」

最後那句話說得很小聲，我差點沒聽到。她按住嘴唇的手指間漏出一聲小小的嗚咽，我攬住她肩膀，把她拉過來抱著，親了親她的頭髮。她父母準備出門的聲音漸漸接近，莎蒂跑出房間，直接穿過廚房出了後門，我起身要追上去，結果慢了一步。

「好了，我們走吧。」她母親站在起居室門口，麥可就在她背後。「我們通常會三點到諾琳那兒，我們準時到的話她會比較開心。莎蒂去哪了？」

「她去院子裡了，說是馬上就回來。」

「那在她回來之前……」她母親走到我身邊。「我跟麥可剛才討論了一下，我們覺得今天還是別讓諾琳見到你比較好，有時候她遇到陌生人會有一點不高興。我們會跟她說你也來了，看看她有什麼反應再說，好嗎？你可以先在走廊上等，病院的修女不會介意的，或者你也可以在園子裡逛逛。他們那邊的園子滿適合散步的，對不對，麥可？」

「是啊，滿適合散步的。」

「我只是不想在莎蒂面前說這個。和諾琳有關的事情，她聽了會很激動。」

「那當然，我也不想惹誰不開心。我就聽妳的安排，麥唐納夫太太。」

「莫里斯，叫我瑪莉就行。你去叫莎蒂回來吧，我們準備出發。」她朝屋子後門點頭，建議道。

我在棚子後面找到她。

「他們準備要走了。」我把手伸向她的手臂，並蹲下來仔細看著她的臉。「妳可以去嗎？」

「可以。」她儘量擺出堅決的表情，抹掉臉上的淚痕，兩隻手試著搓掉剛才生氣苦惱的痕跡。我輕輕摟住她的腰，領著她走向等著我們的車子。

我們回去時，她父親已經在車上了，她母親拿著她的外套站在車外等，看到她走來，也沒多說什麼，只是把東西交給她，並堅持要我坐前座。

「丁吉，下車！」她對之前陪我坐後座的好同伴說。小狗沒有抗議，而是夾著尾巴、垂著頭乖乖下車，看著我們所有人上車，直到我這一側的車門終於關上，牠才死心。去探望諾琳那八公里路程，莎蒂的母親一直說個不停，她的聲音就像收音機一樣，算是讓人安心的背景音，只是我們其他人都沒怎麼認眞聽。

到了目的地，我在停車場和他們分道揚鑣，自己沿著小徑繞到病院前面，儘量走得遠一些才回頭看那棟建築。那是一棟很大的建築物，大得有點像怪獸，大概是多拉德宅子的十倍大吧，它又長又寬，大約有七、八十扇窗戶和我對望。煙囪多得我數也數不清，一個個重疊排列，還有許多塔樓和尖頂，以及正面兩扇又厚又重的大木門。如果是在別的時代，在不同的客人眼裡，這地方也許稱得上美麗，但是在那時候它眞是醜得要命，又灰又暗，每個石縫都透出孤獨的訊息。我心想，一定是狀況糟到了極點，莎蒂的父母才不得不把女兒送進這個「園子滿適合散步」的地方。這裡的園子就只有一大圈草地和正中間一棵樹——就這樣而已。不過換個角度想，如果諾琳是我的孩子，我應該也只能從這些簡單的小細節尋求慰藉了。

我專心想這些事兒，隱隱聽到遠處有人在叫喊，過一小段時間才發現大叫的並不是病人，而是莎蒂。她走到了草地中間，想辦法吸引我的注意。

「我告訴你，」她笑嘻嘻地走過來，對我說道。「諾琳要你上樓去。她剛才看到你跟我們一起來，結果你沒有一起上去，令她好失望。她一直指著外頭，說要『帶他來，帶他來』。你看看那邊，那個是她房間的窗戶。是不是很棒？媽咪樂壞了。你要不要進去看看她？」

「那當然。」我回道。話還沒說完，我們就已經踩著草坪往回走。

我必須承認，當時我緊張得要命。建築物外觀看起來又黑又暗，裡頭也真是又黑又暗，狹窄的長走廊兩邊是緊閉的房門，機器和人聲形成陰森森的背景音，偶爾還有讓人嚇一跳的尖叫或笑聲。每條走廊盡頭都給病人聚集的公共空間，但除了很多椅子之外那裡沒什麼別的。有些病人坐著，有些來回踱步，有些會搖來晃去，有些是喃喃自語，還有的是動也不動地站在那裡。這些穿睡衣的病人聚集在一塊，卻又一個個活在自己的世界。其中一區公共空間門口，一個女人帶著行李箱坐在椅子上，身穿整齊的外出外套。

「你有沒有看到法蘭克？」我經過時，她伸手攔下我問道。「你有沒有看到他？他說要來，他說他今天會來。他在樓下嗎？他今天要帶我回家喔。你有沒有看到我的法蘭克哥哥？」

她的口紅塗得很隨便，臉頰上擦了厚厚一層胭紅，不太符合當時的流行。

「法蘭克？抱歉，我不認識他。」我回答道。「妳說他會來接妳？相信他很快就會來了。」

「他今天會帶我回家。法蘭克。你有沒有看到法蘭克？」

「抱歉，泰瑞莎，我們沒看到他。」莎蒂插嘴說。她拉著我的手肘快步離開，我彆扭地轉身對泰瑞莎揮手，但是她沒看我。她已經轉頭去問別人了。

「她叫泰瑞莎，」莎蒂告訴我。「她在等她去世的哥哥來接她，媽咪說她天天在這裡等，已經等了十五年。她見到每個人都要問一遍，可是你怎麼回答她都聽不進去。」

那之後每經過一扇門，我眼前就會浮現泰瑞莎塗了濃妝的臉，我漫無目的地跟著莎蒂走，心裡惦記著泰瑞莎沒了希望的未來。走過地板有一個個黃點的走廊，拐過一個又一個彎，最後她終於停下準備敲諾琳的房門，而我則差點一頭撞上她。

「是我們兩個。」我們進房時，她提高音量說。

我緊張兮兮地跟進去，本以為會看到一個年輕一些、憂傷一些的莎蒂，沒想到坐在窗邊那個女人和你媽一點兒也不像。她露出大大的笑容，那張臉和其他家人很不一樣，深棕色直髮只留到肩頭，還剪了瀏海。她體型豐滿，皮膚偏黃，眼眸是棕色的，如果不是身在此地，她也許算得上是個年輕漂亮的女孩子。

「莫里斯！」她邊說邊站起來，過來擁抱我，好像我們是許久不見的老友。我用眼神向其他人尋求協助，但他們都一臉莫名其妙地瞅著我，我只好小心地拍拍她肩膀。

「很高興認識妳，諾琳。妳看起來挺好的呀。」

她沒說什麼，只是繼續抱著我，頭靠在我肩頭。

她那姿勢維持太久，久到我們開始覺得尷尬時，莎蒂把她從我身上剝下來。諾琳沒抗議，但眼睛還是緊盯我不放。她回到窗邊坐下，卻堅持要我坐在她的床上，陪在她身邊。她話不多，但不時會把手伸過來，搭在我手臂上，摸摸我袖子的布料。我不覺得有什麼不好，甚至還覺得她這樣讓我很安心，所以我看到莎蒂起身要制止她的時候，我揮揮手要她坐著。我瞥了她父母一眼，他們看到諾琳這個樣子，好像也和莎蒂一樣感到不自在，兩個老人家都全身緊繃地坐在椅子邊緣，隨時準備跳起來。

過一段時間，他們算是放鬆了，對話也變得比較自然。他們聊起村裡大小新聞，我也聽得入迷，樂於從他們的對話認識安娜莫村。雖然我不時感覺有什麼東西在輕輕拍我的腿，但一開始並沒理會，反正癢癢的感覺一下就會消失。後來我不耐煩了，低頭準備拍掉腿上的蒼蠅或什麼小蟲。

「諾琳，不可以！媽咪，她又來了！諾琳，把手拿出來。」莎蒂嚴厲地說。從她嫌惡的語氣聽起來，我本以爲這事和我無關，但是隨著莎蒂視線看去，我發現諾琳的手從放在我腿上的外套口袋裡抽出來。她把手舉到面前，仔細瞧了瞧她拿出來的玩意兒，笑得很開心。她的小把戲你已經看過很多次了，你一定猜得到她又在搞什麼。

「亮晶晶，亮晶晶。」她像個小聲把祕密告訴別人的小女孩。

「諾琳！莫里斯，眞的很對不起，她每次都這樣。她很愛錢幣，特別是銀幣，在家裡她也都這樣亂翻我們的口袋。諾琳，把那些還給莫里斯，那不是妳的東西。」莎蒂站在諾琳面前斥責她。

「亮晶晶，亮晶晶。」諾琳頑固地轉頭看窗戶，不理姊姊。她把一先令硬幣拿在手中看，任由其他錢幣掉地上。

莎蒂和她母親趕緊撿起掉在實木地板上的四分之一便士與半便士。

「莫里斯，眞的很抱歉，我們之前也試著教她過了。」莎蒂母親告訴我。

「麥唐納夫太太，快別這麼說，這不是什麼大事。」我邊說邊蹲下去，幫忙把我的零錢撿起來。

「諾琳妳聽我說，那不是妳的錢，快還給人家。」她母親用有些不清楚的聲音對女兒說，可是諾琳沒要聽話的意思。我轉過頭對身旁的棕髮小惡魔笑了笑。

「妳喜歡亮晶晶的錢幣嗎？妳還眞聰明，知道要拿比較有價值的。我看妳姊姊還是別去銀行上班，把工作交給妳就好了。」我笑著說。

諾琳的笑聲爆了開來，力道強得差點把我給吹飛。她居然這麼喜歡我的笑話——我才剛這麼想，就發現她不是因爲我的笑話而笑，她只是把亮晶晶的錢幣拿在手裡，覺得十分開心罷了。其他人都回到位子上，她還繼續瘋瘋癲癲地大笑。莎蒂和她父母都緊繃地坐在椅子上，像是等著比賽開始的賽跑選手，麥唐納夫太太瞅了孩子的爸一眼，朝房門歪了歪頭，像是要他出去叫人來幫忙。在我看來，他們的反應也太極端了些，不過當時我還不知道，要是我請諾琳把先令硬幣還回來，那肯定會是場硬戰。諾琳冷不防地停了下來，不再笑了，和剛才突然開始大笑一樣讓人錯愕。她空著的手朝我的手臂伸過來，又開始撫摸我的上衣布料，我儘量不去注意其他人擔憂的視線，搭住她的手。

「諾琳，那個妳就留著吧。我不一定每次都有硬幣可以給妳，這個就當我送給妳的禮物。亮晶晶，亮晶晶，對吧？」我拍拍她的手。

「亮晶晶，亮晶晶。」她跟著說，然後又把頭靠在我肩膀上。

就算到了今天，就算和莎蒂他們聊過了無數次，我們還是猜不出諾琳爲什麼那麼喜歡我。他們說，諾琳從來沒像我們第一次見面那樣歡迎陌生人。

「一定是我太有魅力了，諾琳的姊姊不也喜歡我嗎？」開車回安娜莫的路上，我這麼解釋道。我偷偷往右手邊瞥了你外公一眼，看到他臉上有笑容，我偷偷鬆了口氣。

那天，諾琳創造了奇蹟。走進病院的時候我在未來的岳父眼裡是死刑犯，出來的時候，我成了英雄。她改變了一切。從那之後，麥可就願意認眞聽我說話，偶爾甚至會同意我的說法，反正在我看來，他是從那天開始尊重我的。所以，後來我請他把女兒嫁給我的時候，他說道：

「我要是拒絕了，她母親和妹妹絕對會殺了我。莫里斯，我祝你們幸福。」

我們在一九五九年十月三日結婚。決定讓諾琳當伴娘，馬上升高婚禮籌辦的緊張程度。大家連日誦讀禱詞，就盼婚禮當天她能有個好心情，以致誰也沒想到要祈求老天別下雨。提議要我開車去載諾琳的，是莎蒂，她說諾琳從以前就很喜歡兜風。於是，我早上七點出發，親自去載你諾琳阿姨到教堂，婚禮在那一個鐘頭後舉行。我們以前的人都在早上結婚的。

我們的祈禱好像生效了，諾琳開心得不得了，前往教堂一路上笑得合不攏嘴。老實說，我不確定她到底在笑什麼，但她把笑容傳染給了我，到教堂時我蹦蹦跳跳地下車，看到莎蒂父母鬆了一大口氣。看來過去那一個小時，他們一直擔心我們會不會雙雙死在路上。

因為東尼不在，我們請麥唐納夫家的鄰居——迪亞穆德．羅伍——當我的伴郎。我其實和他非常不熟，只知道他比我大幾歲，家裡有車（我也不曉得安娜莫村的人哪來的錢，總之附近每個人家裡好像都有車），所以正好能在我去接諾琳的時候，載莎蒂和她父母去教堂。不過如果我沒看錯的話，那天早上他看著莎蒂的眼神好像有點兒怪，我知道莎蒂打扮得令人驚豔，不過我還是暗暗懷疑那傢伙心裡在想什麼。

「眞是的，你少來。」事後，我對莎蒂提起這件事，她這麼對我說。「他跟安妮．穆里根訂婚了。」

「我只是實話實說。」

婚禮進行得非常順利，直到送諾琳回病院的時候。典禮結束後，我們回莎蒂在安娜莫的家，一起吃了早餐，後來還吃了午餐。從上午到下午，吃喝閒聊間客人一個個回家，我父母也回去了——那天我父親不知道跟誰借了車。但諾琳不肯回聖凱薩琳，她母親起身要幫她做準備時，她緊緊抓著我、抓著門框，甚至抓著廚房餐桌不放。最後，她父親得硬生生把她給拉走，但她一定是死命抓著餐桌，以致她父親逼她放手時，他們倆都往後撞在牆壁上。麥可被她的重量壓在地上，我們趕緊跑過去幫忙，卻來不及阻止她用指甲猛抓父親的臉。我、莎蒂和她母親費了好一番工夫才把她拉走，但麥可洗得乾乾淨淨、燙得整整齊齊的西裝已經沾了血漬。他從口袋掏出手帕，用力按住傷口。

「椅子。把她抱到椅子上。」我們聽莎蒂母親的指揮，奮力把她抱上了椅子。她力氣大得不得了。

「不要！」諾琳尖叫著手腳併用對我們亂踢亂打。

她父親懊喪地抱頭坐著，把手帕壓在臉上。他太太回頭瞅了瞅他，試著判斷他的傷有多嚴重。

「麥可！」她隔著諾琳的叫聲喊道。「你去找肯尼醫生。麥可！」

他呆呆地看著太太，點了點頭之後站起身。

我看著老傢伙走出廚房。看到他那副模樣，我問道：「要不我去請醫生回來？」

「不必，你留下來。」瑪莉也邊看著他離開，邊低聲說。「他必須遠離這裡，不然他受不住。上路以後，他就沒事了。」

這時候，奇蹟發生了。瑪莉彎腰湊到諾琳耳邊，開始輕聲說話，說了五分鐘左右，諾琳的尖叫聲漸漸緩和下來。

「乖呀，寶貝乖。乖唷，乖。」安詳的話聲好像讓女兒鎮靜下來了，諾琳從大尖叫變成小小聲嗚咽。「乖，乖唷。」

瑪莉持續說個不停，就連我都恍惚起來，更不用說是諾琳。我愣愣地看著瑪莉的手在女兒頭頂摸來摸去，隨著安慰的話聲摸了一下又一下，諾琳像隻貓咪似的，隨著母親的話和動作搖擺。時間繼續前進，我們卻全都呆站在那兒邊看邊等。麥可大概才出去十分鐘，不過聽到車子回來、車門開開關關的聲音，我總覺得過了好長一段時間。

「莫里斯！」莎蒂發現我鬆了手，便喊一聲提醒我。

「你要做好準備！」她朝諾琳點了點頭，警告道。

門一開，醫生一提著醫藥箱進來，諾琳的狂風暴雨又開始了，好像剛才的平息是假的一樣。洶湧的海浪沒要緩下來的意思，她大聲罵了各式各樣的粗話，對我們又踢又打，只要有空出來的肢體就朝我們招呼過來。醫生準備針筒的時候，她惡狠狠地瞪著他。醫生慢慢走到我身邊。

「抓緊了。」他吩咐道。

我用全力把她的手按在扶手上，針頭伴著她的尖叫聲刺了進去，唧筒往下壓。她氣紅了的眸子轉向醫生，眼神像是惡魔一樣凶狠，死瞪著他。諾琳吐口水、大罵、掙扎了一會兒，才慢慢靜下來，但是這次和剛才不一樣，這次她很怕，她怕自己要輸了，怕更強大、更恐怖的什麼會控制住她。我緊握著她的手鬆了鬆，變成在安撫她，那一瞬間她對上了我的眼睛，用眼神哀求我幫她。無助的感覺很糟糕，但是當共犯的感覺更糟糕。凱文，我告訴你，那種感覺眞的很難受。最後，她不再尖叫，眼睛閉了起來，我們一個個放開她。可是我們沒一個人能放下心來，每個人都滿懷罪惡地站在那兒，看著她。

我剛認識你媽那時候，她原本打算調回多尼戈爾郡工作，回家幫忙照顧諾琳，結果我毀了她的計畫。既然我們沒法搬去安娜莫，莎蒂希望幾年後，等你外公外婆去世後，我們可以把諾琳接過來一塊兒住。她曾告訴我，她希望到時候醫學會進步到能讓諾琳脾氣好些，終於變成她心目中那個可愛的小妹妹。諾琳在一九七四年搬來米斯郡，不過你媽的願望只實現了一個。先走的是你瑪莉外婆，那之後每天開車去聖凱薩琳醫院看諾琳的就只剩你外公，最後是流感帶走了他。這年頭，我們已經很少聽說誰因爲流感去世，不過那個和牛一樣壯的老傢伙就是輸給了流感。我們訝異地發現，諾琳聽到自己要搬去好幾百里遠的敦卡舍爾鎮，住進那兒新開的安養院，她沒有半點不高興。去接她的那天，她甚至還對我們燦笑，並沒因爲最近死了父親而難過，而且一想到自己以後會有新房間，她簡直開心得不得了。

「新房間，新房間。」我們沿著多尼戈爾郡海岸線往南開，然後往東回米斯郡的一路上，她不時重複著這句話。

一路上莎蒂都很安靜，應該是心裡有各種亂成一團的情緒吧。她失去了父親所以傷心，也怕諾琳沒法適應新環境而擔心，更憂慮著她這個姊姊會不會擔不起這份責任。你也知道你媽有多會擔心這擔心那的，諾琳搬到米斯郡之前那幾週，她把自己搞得神經兮兮的：

「莫里斯，要是她很討厭新的安養院怎麼辦？要是她情緒失控，然後再也沒辦法恢復正常怎麼辦？我眞不知道該怎麼樣才好。要是她沒辦法恢復正常，我們是不是要把她帶回家裡，跟我們一起住？我們總不能把她送回多尼戈爾吧。眞是的，我們把她帶過來，眞的好嗎？」

帶諾琳回米斯郡那天，莎蒂默默坐在車子副駕駛座，像個害怕的小女孩一樣盯著前頭，滿腦子想著怎麼幫後座那個開心得自言自語的女人說話。我握住她不住亂扭的一隻手。

「莎蒂，我們一起想辦法。」我告訴她。

我印象中她點了點頭，直到車檔發出怪聲我才移開了手。我感覺她的手偷偷鑽到我左腿下，之後她的手就一直躲在那兒，直到我們開進敦卡舍爾安養之家的碎石道。車都還沒停穩，諾琳就打開車門從站在門口迎接我們的護士身旁跑過去，衝進了走廊，我們只好跟著跑起來。

「新房間！新房間！」她興奮地越喊越大聲，直到護士終於追上她，把她帶到一間貼了黃色壁紙、有乾淨的單人床和儲物櫃的房間。房裡有一扇大窗戶，你媽總是說諾琳這輩子剩下的時光都要在窗前消磨殆盡了，說她老愛坐在窗前看停車場，等著我們去探望她。

那晚，離開安養院的時候，莎蒂哭得好厲害。我們則是鬆了一大口氣。那之後，諾琳每週六都會來我們家，如果她情緒夠穩定，我們大部分時候會帶她一起去望彌撒，然後等吃完週日午餐再送她回安養院。那時候你大概五歲，你都喊她諾諾阿姨。

「諾諾！」你和她見面的時候，總是會一起尖叫。

她和你相處的時候可不一定有阿姨的樣子。還記得你們以前吵架的事情嗎？那感覺就像養了兩個小孩一樣。她還很愛東翻西找，到處亂看，前一秒還在我們身旁，下一秒就不見了，我們甚至要過一陣子才發現。她實在很會溜，剛開始我們不小心給了她太多自由。

「諾諾阿姨**不可以**！」我們可能會聽到你的尖叫聲從走廊另一頭傳來。

趕到場的時候，我們會看到你用樂高積木做的什麼碎了一地。你媽每次都留下來幫你把玩具拼好，我則帶諾琳回到起居室，讓她坐下來陪我看球賽，同時一邊把玩我的袖子。到了後來，她來家裡的時候，我們只能把你的房門鎖起來，但你會先把幾件願意和她分享的玩具拿出來。她好像不怎麼在意你的房門上鎖，不過她每次來還是會去試著開門，看看我們有沒有忘記鎖門。

你們倆玩了無數局大富翁。

「他們到底是照什麼規則玩啊？」我曾經問過你媽。有一回，我進起居室看到電視上播著《淘汰》遊戲節目，而你們倆趴在地板，遊戲盤上到處是你們的旅館和房子，就連監獄、停車格和遊戲盤正中間都是。

「他們有自己的規則。」她一面對我笑，一面把週六晚上的炸物放在我面前。最後，她把熨斗、帽子都收進口袋，就連小狗玩偶也帶走，那是你最喜歡的。

「你去看看她在哪裡好不好？」某個週日，屋裡有點太過安靜時，莎蒂這麼對我說。當時她正彎腰把雅家爐裡的東西翻面，廚房裡飄著烤肉的香味，害我肚子叫個不停。我心不甘情不願地把《週日獨立報》體育版放在餐桌上，離開了廚房。

「凱文，見到你諾諾阿姨沒？」我探頭進起居室，看見你自己在那兒看電視，認眞地和螢幕上的牛仔一起打打殺殺。

「可別讓你媽看到你爬到沙發椅背上啊。」我警告一聲之後，放你自己看電視去。

「諾琳，」我接著走進通往我們房間的走廊。「妳在這裡嗎？」

我聽到了動靜，跟著聲音走進主臥室，一開門我就後悔了。

「亮晶晶，亮晶晶。」是窗戶那邊傳來的聲音，窗前是莎蒂最寶貝的梳妝臺，我們花了好一筆錢，從敦卡舍爾的沙爾雜貨店買回來的。

「天啊。妳找到什麼了？」我樂觀地說完，才看清楚被她弄得亂七八糟的房間。

「唉，諾琳，妳到底在搞什麼啊？」

簡直像是颶風過境，很少穿出門——甚至幾乎從來沒看過——的外套散在床上、地上和任何能放外套的地方，抽屜全拉開了，裡頭一半的東西都倒在地上。

「亮晶晶，亮晶晶！」她應道。

「亮晶晶個頭啦。如果我們不趕快收拾收拾，妳姊姊會宰了妳，說不定連我也難逃一死。諾琳！諾琳！妳到底有沒有聽我說話？」

我們家的東西平時擺哪裡，在我來看根本是個謎，家裡秩序全是莎蒂在掌管。這下，我站在亂成一團的房間裡，完全不曉得該用什麼魔法把東西放回原位。我只有兩個選擇：叫這個家的老大來，或是自己想辦法。不知道爲什麼，我挑了第二個選項。所以啊，我努力跑過來跑過去，摺衣服、掛衣服，奮力把東西塞進一看就是放不下的空間裡。這期間諾琳繼續背對我站在那兒，著迷地盯著手裡的玩意兒。我就算想知道她找到了什麼東西，在亂成大山一樣的雜物堆裡，沒有尼泊爾高山上的雪巴人當嚮導，我也根本過不去她那邊。

應該是我放下週日報紙太久，讓莎蒂起了疑心。過一會兒我聽到她的腳步聲漸漸接近。雖然我是無辜的，但莎蒂走進房間時，我還是幫諾琳承擔了不少罪惡感，差點要大叫「我錯了」。

「我的老天聖母主耶穌啊，莫里斯，這裡到底發生了什麼事……」

我必須說，你媽這輩子沒罵過幾句粗話，通常都是我在破口大罵。那天下午是我聽她罵最多句的一次，可惜沒辦法還原當時的景象。要不是我嚇傻了，肯定會大大讚賞她。

「不是我，是妳妹妹幹的！」我這個笨蛋指著你阿姨說。

「諾琳，諾琳。妳給我轉過來。」莎蒂罵道。

我閉上眼，不敢看那個可憐的女人接受她應得的責罵。

「莎蒂，亮晶晶，亮晶晶。」諾琳轉過來，高高舉起她不知從哪挖出來的寶貝。

「妳就愛玩錢幣！諾琳，妳到底在想什麼啊？看妳把房間搞得一團亂！妳看看啊……這麼亂誰要清？絕對不會是我。妳既然把東西找出來了，就給我放回去，現在就給我放回去！莫里斯，你過來，別在那邊磨磨蹭蹭了，還不快給我出去。讓她自己整理，在整理完之前不准吃午餐。諾琳，妳聽到沒有？」

整理完之前不准吃午餐！我怕到不敢問是不是連我也不准吃午飯，難道我們要等下午茶或更晚才能吃那塊美味的牛肉？我從以前就天天準時在一點鐘吃午餐，不吃的話，我的胃可受不了。太糟糕了。我驚嚇到走出房間的速度都慢了些，但也正因爲慢了些，才有時間看清惹禍的寶貝。兒子你別忘了，這時候我還沒聽過艾米莉解釋多拉德那枚金幣的眞相，那件事要二十幾年後才會發生。也就是說，我當時已經有超過二十年沒看到那枚金幣了。但是它又出現了。諾琳注意到我對那玩意兒的興趣，她伸長了手，讓我瞧個清楚。

「漂漂亮晶晶，黃金亮晶晶！」她興奮地大喊，滿心希望我能分享她的快樂。

「黃金？」我重複道。我那時候還不知道金幣的歷史，所以也不相信那東西是眞的黃金，不過那當然不是爭論這件事的好時機。「諾琳，妳是在哪裡找到這東西的？」

「這邊。」諾琳指向梳妝臺鏡子左邊一個小抽屜。我還眞不記得自己是什麼時候把金幣放進抽屜的。要是有誰在那之前問我梳妝臺有沒有那個抽屜，我甚至可能答不上來，更別提記不記得裡頭藏了金幣。

「諾琳，那不是我的……好吧，某方面來說算是我的，可是那不是我能送妳的東西。這次妳可能得還給我了。」

「莫里斯的亮晶晶？」

「對。呃，不對。事情有些複雜，總之妳一定要把它放回去。」

「諾琳幫莫里斯保管亮晶晶，再放回去，好不好？我只有保管，莫里斯，好不好？」

「諾琳，妳要答應我，玩一玩就把它放回去。妳走之前我會回來檢查，妳會把它放回去，對不對？」

「諾琳會放回去。」

她點點頭，露出笑容。我不太相信，但還是離開了房間。那是我第一次拒絕把錢幣送給她，只是不知爲何我總覺得把那枚金幣送別人不太好。回到廚房時，我看到我可憐的太太抱頭坐在那兒。

「她到底找到了什麼？」終於，莎蒂開口說話了。那是在我們坐了好一會兒，我攬著她的肩膀表示支持、不顧肚子餓得大聲哀號又等了一陣子之後的事。

「媽咪，我餓死了，午餐吃什麼？」就在這時候，你從廚房門口走進來，隔壁房還傳來印第安人大進擊的喊叫聲。

「凱文，你先等一下下。莫里斯，那到底是什麼東西？」

「可是媽咪……」

「噢，那個啊，」我說道。「是我很久以前找到的錢幣，多拉德家的。我應該有跟妳說過吧。我都忘了那玩意兒還在，反正我跟她說那個不能給她，她說沒問題，不過她是什麼德性妳也知道。」

「凱文，別再拉我了，好不好？」莎蒂說道。「我不是早叫你把東西還回去嗎？你看，現在又惹出這個麻煩，以後她會天天吵著要，我們別想有耳根清靜的一天了。」

這一切好像突然變成是我的錯。我忿忿不平地盯著報紙，呼吸烤牛肉的香味，只覺得自己可憐。

「你覺得我們該讓她在房裡待多久?」莎蒂完全不爲她對我的不公平待遇感到後悔。「凱文，別這樣行不行?我都聽不到你爸說話了。我們等等再吃午餐。」

「可是我餓死了。」你很堅持。那一刻，我眞想親你一口。

「莎蒂啊，老實說，我的肚子也撐不了多久了。」我勇敢地補充道。

「好吧。」她看丈夫和兒子可憐，起身從雅家爐裡拿出烤肉。「我們吃完飯再來處理這件事，可是她一定要幫我們整理房間。」莎蒂把牛肉放在流理臺上，對著我晃了晃餐刀，不容我抗議。「凱文，你來準備餐具，莫里斯，你去叫諾琳下來。」

最後，諾琳還眞用自己特別的方式幫忙整理房間，而且我驚訝地發現，她眞的沒有食言，那晚她回安養院時，金幣又回到了抽屜裡。而且這次我們沒有肉搏戰，沒有大呼小叫，也沒有打針。其實隨著時間一年一年過去，那種激烈的掙扎變少了，她年紀變大以後，脾氣也溫和許多，不過也可能是跟我們一樣，漸漸沒了力氣。

絲薇拉娜把烤特餐放到我面前。

「抱歉久等了。廚師說是『兵荒馬亂』，我不知道那是什麼意思，但是他就是這樣說。你還要什麼嗎？要沾醬嗎？」

「不用，這樣就可以了。」我說道。我看著她又推門進去，消失在廚房裡。

我看著廚房的門，實在不曉得自己腦子裡在想什麼。夜漸漸深了，我卻沒心情，也沒興致吃點什麼，但我不想浪費食物，便小心翼翼地吃了一口，以免被剛烤過的番茄燙著嘴。我嚼了嚼，發現這沒有用，只好放下餐具，推開盤子，推開我最後的晚餐。

那件事的二十七年後，我才在和艾米莉吃慶功晚餐時，得知那枚金幣的來源，但是她也不是一次就把事實全盤托出。又隔了一年，我才得知金幣失竊眞正的後果，而且說來奇怪，那還是得歸功諾琳。

那是一個星期日，我、莎蒂和諾琳在市集吃午餐。那時候我們開始在外頭吃週日午餐，畢竟大家都七十多歲了，你媽說我們應該好好享受人生。彌撒結束後，我們三個在開車回家的路上，討論要到哪兒吃飯。

「旅館。」後座的諾琳提議。她每次都想去蘭斯福旅館，我猜是因爲你之前在那地方辦婚禮，那是她這輩子最快樂的日子之一。

「要不要去敦卡舍爾的肯尼餐廳？妳不是喜歡他們那兒的薯條？」

「旅館。」第二次說得比較強硬，她那天狀態不好。

「還是去莫爾塔？」

「旅館。」她大吼道。

「真是的，莫里斯，別惹她生氣行不行。諾琳，妳說去旅館就去旅館，別激動。」

莎蒂說話的力道大得足以轉動方向盤。我在那地方門口放她們倆下車，自己開去找停車位，還進拉文的報攤買了份報紙，儘可能地拖延。

「漢尼根，你來啦。」我把報紙放上櫃檯時，拉文大聲說。

「是啊。」

「今天天氣很棒。你要去旅館吃午餐嗎？我看到她們在門口下車。那裡的牛排最好吃了，我推薦牛排。你星期四去做羊的買賣，情況怎麼樣啊？」

「羊？羊是我家的事兒，拉文，跟你一點關係也沒有。」

「你不說就算了。」

「你到底要不要讓我付錢買報紙，還是要免費送我？」

「免費送！你當我是傻瓜嗎？」

「我是絕不會這麼說的，拉文……要不下週日的報紙你算我免費。」說完，我往櫃檯放了張五鎊鈔票，逕自走了。

進了旅館大廳，我才發現裡頭人擠人，情況不太妙。莎蒂一臉擔憂地站在餐廳門口，我猜可能是沒桌位了，還暗自竊喜，偷偷開心。可是我突然想到，今天是旅館開張三十週年慶，羅伯特之前提過，是我給忘了。一想到托瑪斯很可能從英國回來，我的肚子就絞成一團。我像個大傻子，躲到大廳一棵不知是什麼樹的後面，小心翼翼地往外張望。在那當下，我不再是磚牆一般結實的男人，而是個害怕老爺回家的十歲小農工。過了片刻我回過神，從樹後面走出，但差點把樹給撞倒了。我試著定下心，還開始東張西望，假裝對裝潢感興趣。就在這時，我瞧見牆上一幀相片，那是蘭斯福大宅全盛時期的模樣，我沒看過那張相片，你結婚時它沒掛上去，因為我不可能沒注意到。我湊上去瞧個仔細，上頭有年份——一九二五年，比我出生的年代稍微早些。一個男人站在前景，筆直注視著攝影師，他的臉有點兒眼熟，但看不出他是誰。一定是多拉德家的人，不過不是我認識的人。我站在那裡看了很久，怎麼也想不出那人是誰，越想越心煩，直到等得不耐煩的莎蒂找上了我。

「客滿了，好像是有什麼私人聚餐。那我們怎麼辦？她聽了肯定要發脾氣，還是你去告訴她好了，她比較願意聽你的話。」

「她在車上也沒聽我的話啊。她是妳妹妹，妳去告訴她才對。」

莎蒂被我背叛了似的別過臉。我又看了相片一眼，以確認我的腦子真的找不出那人的名字。我實在是什麼也想不到，便滿懷挫敗地離開了。再次找到莎蒂時，她站在酒吧門口，一臉困惑地東張西望。

「她去哪兒了？」

「我要是知道，就不會自己一個人傻站在這裡了，莫里斯。」

我盡量讓自己不被注意，小心地瞧了瞧酒吧裡的客人，不過人實在太多了，我找不到諾琳在哪裡。這時，我聽到耳熟的聲音。

「亮晶晶，亮晶晶！」

我們動作很快，急匆匆地擠進人群，順著那聲音跑去。這回她又翻了誰的口袋，偷了誰的零錢？我們該怎麼解釋才好？我和莎蒂跑到此刻我坐的這個位置，看到這位子上的不是別人，正是托瑪斯．多拉德，他正努力從諾琳手裡搶回一枚硬幣。諾琳當然不肯放手，她揮著強而有力的手，試著把托瑪斯拍開。

「這位女士！不好意思，請把我的錢幣還給我，女士！」

要不是莎蒂衝過去幫諾琳——或者她比較擔心托瑪斯的狀況——我很樂意站在那兒看他們倆打鬧。這可是無價之寶啊。小惡霸長大了以後，居然被一個體型不到他一半的女人打了個措手不及，而且看樣子諾琳還占了上風。

「諾琳！」我呆呆看著諾琳打他的臉，直到聽見我可憐的太太苦苦哀求，這才回過神來。

「諾琳，把那個給我。諾琳！莫里斯！你就不能幫幫忙嗎？」

可是我還來不及接近他們，諾琳就跳到我面前，她這回好像有了不得了的新發現，比平常還要興奮得多。

「看！你的亮晶晶。莫里斯，這是你的亮晶晶。」她邊說邊把拳頭舉到我眼前，近到我什麼都看不清。

「我的亮晶晶？諾琳，那怎麼會是我的亮晶晶？」我笑著把一隻手搭在她肩頭，讓她鎮定下來，把她的拳頭拉得遠些，我這才看清她手裡是什麼。

「妳過來，把亮晶晶拿給我看。」我領著她走到附近一張餐桌，原本坐在那兒的客人趕緊讓位給我們。

莎蒂的直覺告訴她要拉住這宅子的王子殿下，於是立刻給了托瑪斯一個警告的眼神，要他別來打擾我們。他氣急敗壞地在吧檯前直蹬腳，活像是在跳舞，眼睛則是死盯著我。

「好了，諾琳，把我的亮晶晶拿給我看，好不好？」

她攤開了手指，我看見我的——或者說，托瑪斯的——金幣。時間突然停了，我用力吞了口唾沫，心想，他一定是發現了我的祕密。他一定是闖進了我們家，把整棟屋子翻了個遍，直到他找到我偷東西的唯一一個證據：那枚金幣。不然還能是什麼情況？和平衡隊說不定就在門外，等著把我拖走。也許托瑪斯有更陰險的計畫，我從以前就懷疑他真正的目的是殺死我，現在他終於有了正當理由。我用手蓋住諾琳的手，讓她握起拳頭，滿心希望那玩意兒能就此消失不見，滿心希望時間能帶我回到過去，而我可以繼續往前走，別彎腰撿那個該死的東西。

「舅公，發生什麼事了？」艾米莉從我身旁經過，走到托瑪斯面前，我因此暫時分了神，得以緩一口氣。

「莫里斯，你的亮晶晶，在我口袋。」諾琳興奮地補充道。

我放開她的手，她開始用一隻手拍我胸膛，另一隻手在口袋裡找東西。我聽不懂她在說什麼，我壓根就不懂現在是怎麼回事。

「舅公，你還好嗎？你怎麼會弄成這副模樣？到底發生什麼事了？」艾米莉循著她舅公的視線，找到了我。「噢，是你啊，漢尼根先生。」

「艾米莉，那個……那個……瘋女人搶了我的金幣。她搶了我們家的金幣！她瘋了。」

那傢伙居然沒認出我，我實在很訝異，他就連聽到我的名字都沒反應。他打了我那麼多年，居然連我是誰都不曉得。看來我的名字和我的臉，對他來說一點兒也不重要。一瞬間，我覺得自己好像受到了冒犯，不過轉念一想，他不認得我其實是對我有利，我可以憑魅力度過這一關。我站起身，笑著走向那個理性的女人，而她多少能控制那個在她身後粗魯嚎叫的野獸。

「艾米莉，」我溫和地說道。「這事兒沒什麼好擔心的——」

「沒什麼好擔心的！你還好意思——」我舉起一隻手，阻止托瑪斯說下去。

「**艾米莉**，這眞的沒什麼好擔心，我只要和我小姨子稍微談一下，問題就解決了。她……我們到那邊聊幾句好嗎？」我邊說邊拉著她的手臂，把她帶到酒吧一個角落，然後揮手讓莎蒂代替我去諾琳身邊。「不瞞妳說，我小姨子有點兒……怎麼說呢……她腦子有點不靈光，偏偏又很愛亮晶晶的東西，呃，尤其是錢幣，然後……」

「我的老天，漢尼根先生，你別再說了，她拿的是不是那枚該死的索維林金幣？我還期望他能就這麼一次，放下那東西，別再帶回來，結果我剛才就看到他拿著金幣到處炫耀。他要是再讓我聽到那東西有多珍貴，再讓我聽到他是怎麼失而復得的，我就尖叫給他看。」

「失而復得？」我問的時候儘量保持鎭定，但應該失敗得很徹底。「失而復得是什麼意思？我怎麼沒聽說他把金幣給找回來了。」我原本也不打算有這麼激動的反應，但是腦子亂成一團，怎麼也忍不住。

「現在先別管這個了。」她自己好像也相當焦躁。「該怎麼做，你家小姨子才肯把金幣交出來？」

「我跟妳借一間安靜的房間，」我儘可能用胸有成竹的語氣說話，只希望我的嗓子別在這時候讓我失望。「艾米莉，給我們五分鐘就好，我們等等就把他的金幣還給他。」

「好，跟我來。」

她簡短地對「舅公」說明情況，我也趁機把太太和諾琳拉走。沒過多久，我們三個進了一間會議室，我沒記錯的話，這就是我和艾米莉共進晚餐的那間會議室。這回，桌子排成U形，每個座位前都擺了瓶氣泡水與「蘭斯福旅館」文具。房門一關上我就癱倒在一張椅子上，像是剛跑完馬拉松似的大口喘氣，甚至還扯了扯衣領，試著鬆開領帶。我勉強站起身，開了扇窗。

「莫里斯，我的老天啊，你還好嗎？」那是你媽的喚聲。「我的老天！我去找人來幫忙。」但是我用身體僅剩的力氣拉住了她。

「坐下來。」我命令道。我開了瓶擺在會議桌上的水，自己也坐了下來，喝一口水。我最討厭該死的氣泡水了。

「莎蒂，妳跟他說了我們是誰嗎？妳覺得他知道我們是誰嗎？」我稍微冷靜下來了，轉頭問她。

「莫里斯，你在說什麼啊？『他』是誰？」

「剛才那個男人。托瑪斯。被諾琳搶了硬幣的男人。」

「我當然什麼都沒對他說。咦，那就是他嗎？就是幾十年前欺負你的那個惡霸？」

「諾琳現在拿在手裡的，就是他該死的金幣。」

我們往窗邊看了一眼，她就坐在那兒，專心盯著手裡的金幣。

「可是莫里斯，你什麼時候把金幣還給他的？我以爲你把它留下來了？你硬是不聽我的勸，要留下那——」

「莎蒂，這就是重點了。我沒還回去，而且他好像也不認得我，不然他應該會開始嚷嚷說偷了那該死的玩意兒的賊就在這裡。」

「『偷』是什麼意思？」

「說是撿到也行，反正這不重要。」

「可是，莫里斯，這不對啊。既然金幣還在我們家裡，怎麼又會在他手上？」

「我不知道啊！」我氣急敗壞地回道。我起身在會議室裡來回踱步。

就算要整天待在那地方喝奢侈的氣泡水，聽諾琳一次又一次說什麼該死的「亮晶晶，亮晶晶」，我也要摸透那傢伙的把戲。我經過諾琳，她竟然還一臉著迷地看著那該死的東西。我要費了好大的勁才能阻止自己對她破口大罵。我低頭，無聲地咒罵她和那個該死的金幣，結果看到的景象嚇得我差點摔倒在地上，還得扶住椅背才能穩住。我湊上去再看得仔細些，確認自己眼沒花。她手裡握著**兩枚**一模一樣的金幣，我看了又看，看她把玩那兩枚金幣。它們怎麼看都一樣，兩枚金幣上頭是同樣的人頭、同樣的標記。

「諾琳，」我終於恢復說話的能力時，對她說道。「妳有**兩枚**金幣。」

「莫里斯的亮晶晶跟諾琳的亮晶晶。」

「莫里斯的亮晶晶？」

「嗯，諾琳拿莫里斯的亮晶晶，現在諾琳又有新的亮晶晶。」

「好喔。諾琳，所以妳借了我放在抽屜裡的錢幣，然後另外一枚是從外面那個男人手上拿到的，是不是？」

諾琳點了點頭。

「是諾琳的亮晶晶。」她補充道。

真相終於水落石出，我鬆了一大口氣，癱倒在她身旁的椅子上。我笑著抹去臉上的擔憂，把事情解釋給一頭霧水的太太聽。我對她說，諾琳一定是一開始就「借了」我的金幣，把它放在口袋，接著又在酒吧看到托瑪斯拿著一模一樣的仿製品在那兒吹牛。那傢伙還真有一套，怎麼也拉不下臉，怎麼也不肯認輸，居然找人做出了一模一樣的仿製品。

「這個，莫里斯的。這個，諾琳的。」

她把我的那枚金幣交給我，但我眞不曉得她是怎麼區分那兩枚金幣的。

「諾琳妳聽我說，妳那枚金幣是一定要還人家的。」

「是諾琳的。」她說道。她把金幣藏進外套皺褶，不讓我看見。

我瞅了莎蒂一眼，看見她驚慌的表情。莎蒂繞過了會議桌，在妹妹另一邊坐下，我們把諾琳夾在中間，開始討價還價。十分鐘後，我們達成了協議，走出那間會議室。諾琳會把托瑪斯的金幣還給他，而我的那一枚則要送給諾琳，只是它將永遠放在我們家中的諾琳房間，靜靜躺在床頭櫃裡。我和莎蒂還拿出錢包，多湊了三枚兩歐元硬幣給她。

「他在哪裡？」我把玩著他的金幣，找到了艾米莉。

「他剛才還在附近。看來你把錢幣要回來了，漢尼根先生。就讓我把它交還給舅公，你和漢尼根太太去享用我們招待的午餐吧。我會請人幫你們準備單獨包廂，那裡比較安靜。」她一臉擔憂，好像怕我們兩個男人見了面，會發生什麼糟糕的事情。

「謝謝妳請我們吃午餐。不過啊，如果我保證不搞怪，」我儘量用有魅力的語氣說道。「能不能讓我親自把這個還給妳舅公？這對我來說很重要。」

她瞧著我，盯著我的臉看了許久，想看出我到底可不可信。我對她笑了笑，希望嘴唇能讓她相信我是個守信的男人，一個不會破壞別人週年慶興致的男人。她似乎並不完全相信我，但她還是轉向莎蒂與諾琳，帶著她們進了包廂，邊走邊幫她們介紹菜單。我踏進酒吧，開始找人時，艾米莉又回到了我身邊，在我耳邊悄聲說話，一隻手緊張地抓著我的手臂。

「漢尼根先生，那枚錢幣害慘了我舅公，我們這家人已經為此受了太多的苦，他要是知道你是什麼人，又或者你要是對他冷嘲熱諷，那我還真不知道他會做出什麼事來。漢尼根先生，拜託你了，把錢幣還給他就好，別多說什麼。」

「『你是什麼人』？艾米莉，『你是什麼人』是什麼意思？」我問道。也許我沒把祕密藏好，也許她知道我在幾十年前撿走了金幣。

「那些土地，那些……我說的事情，你也都知道，不用我現在再重述一次吧。拜託，別告訴他說你是誰，把金幣還給他就好了。」

「嗯，原來是這樣啊。原來是**土地**的事。我不會挑釁他，不然妳們幾個女人都饒不了我。我保證我會管好自己的嘴巴。」

我拍拍她的手，把她抓著我的手拉開，不過我沒有馬上放開她。

「艾米莉，在把這個還給他之前，我還有一個問題要問。妳說這是妳舅公『失而復得』的東西，那是怎麼回事？」

她看著我，我知道這些事情害她累慘了，她不想在當下解釋那一切，我真的該放開她的手。但是我捏了捏她的手，讓她知道我是眞的很好奇。她的表情變得無奈，眼睛看了看四周之後小聲說：

「那不是原本的金幣——應該說，不是他弄丟的那一枚，而是其他六枚金幣之一。他大概在十年前買了這枚金幣，那是我父親還在世的時候，我記得他是用第二任妻子繼承的遺產買的。妻子發現之後和他離了婚，還上法庭告他，我們不得不向外借錢，好跟她調解。」

「這話當眞？」

「我也不奢望你同情他，可是他的狀況眞的很糟，那件事已經被他徹底忘了。他打從心底相信那就是外曾祖父原本的那枚金幣，還編織了虛假的現實，那裡頭的外曾祖父是個大善人，他是令人驕傲的孝子。我們也從不提起他被取消繼承權的事。說不定換個立場，我們也會做出同樣的選擇……嗯。」

她突然住口，閉上了眼，好像想到了她不想告訴我的事。她揉了揉額頭。

「所以，第一次見到妳那天，」我把她給喚了回來。「妳說你們欠了一屁股債，就是因爲向外借錢？你們家缺錢，是因爲他的這件事？」

眞是天大的諷刺，如果當初我直接把金幣還給他們，就不必費工夫投資旅館了。想到這兒，我忍不住露出了微笑。艾米莉盯著我看，表情變得十分嚴肅。

「如果你當初知道我們是因爲他和那枚金幣才缺錢，還會願意幫助我們嗎？」她問道。

我實在答不上來。那時候是，老實說現在也是。

「就算我後悔，過去的事情也都過去了。」我說道。「妳不是說他回老家還是會到處找金幣嗎？既然他已經有了新的金幣，爲什麼還要找原來那枚？」

「他可能還活在自己的希望之中吧。」她抿著嘴唇，對我微微一笑。

我點了點頭，拍拍她的手，然後眉頭一皺也不皺，就轉身尋找托瑪斯。我循著響亮的笑聲與高出其他人的那頭灰髮走去，默默拉著他的手肘，把他拉到一旁，離開和他說話的男人。

「我的老天爺啊，你在搞什麼鬼？」他邊說邊跌跌撞撞地轉身面對我，過程中他的酒灑了出來。他的十分蒼老臉，近看，我發現他有種脆弱、疲憊的感覺，讓人忍不住同情他。我本以爲自己會恨他，沒想到這時候我卻開始憐憫他了。他一臉狐疑地瞇起了眼睛，我也回過神來，視線變得冷硬。我把金幣舉到他面前。

「哈，終於啊！我剛才還以爲該報警了呢。我告訴你，要不是小艾米莉幫你們說話，我早就報警了。」

「她不是瘋子，也不是瘋女人。」

「啥？你在胡說什麼啊？」

「我的小姨子，諾琳。她不是瘋子也不是瘋女人，請你別再那樣叫她。」

我直勾勾地看著他，用力把仇恨貫注到眼神裡。東尼以前老是告訴我，不論發生什麼事，我都必須直視托瑪斯的眼睛。他現在認出我了沒？他認得自己在我臉上留下的疤痕嗎？他認得這個從男孩變成男人，有本事把他五馬分屍的人嗎？他似乎完全不認得我了。

「我不打算再見到她了。」他看著地板說，試著想保留一點面子。「要是交給我作主，她就再也別想進我家旅館了。」

果然還是那個他——以前那個自大傲慢的小惡霸。

「你家旅館是嗎？」我的血液開始沸騰，恨不得告訴他這是誰的旅館，但是我想到之前答應艾米莉的話。於是，我對他說了另一句實話：「你家的？要不是你姪孫女憑運氣和借來的錢，把這個破破爛爛的地方撐起來，你們哪還有旅館？這五十年，你都跑哪去了？到歐陸閒蕩嗎？要不是那個女孩和她父親費盡心血，這地方早就沒了，你還有臉說是你家旅館。」

他聽得目瞪口呆。我儘可能一直瞪著他，越久越好，接著才轉頭去找莎蒂她們。

莫里斯，你要直視他的眼睛，不論如何都要直視他的眼睛。

吃午餐時，我們不再提這件事，東西一吃完我們就走了。但是，回到家以後，莎蒂就是不肯讓我耳根子清靜。

「莫里斯，你就不能把那東西還給人家嗎？你拿著那枚硬幣有什麼用？它對我們來說一點也不重要，倒是那個男人很執著於它。」

「我小時候都被他欺負，現在他別想再欺負我了。」

「你都幾歲了？當自己是十歲小孩嗎？有時候就連諾琳都比你講道理。快把那東西拿回去還給他，跟他說你幾年前在園子裡找到的，到今天看見他的錢幣才突然想起來。」

「那妳要不要跟諾琳說我們反悔了？我告訴妳，我可不打算做這種事兒。」

我一掌拍在桌上，杯子裡的茶濺到了茶盤裡。之後，我們一聲不吭地看完剩下的週日球賽，莎蒂這輩子再沒提起這件事，諾琳則捧著最新的寶貝和其他的硬幣，坐在她房間，壓根不曉得自己惹出了什麼樣的風波。

我不十分確定諾琳平時都拿那些硬幣做什麼，應該就是把它們倒在地上把玩，玩夠了再放回去。她蒐集了好多錢幣，滿滿的一罐又一罐。一開始她用的是尋常罐子，但隨著時間過去，她也講究了起來，莎蒂出門購物時經常會順帶買漂亮罐子回來，然後諾琳會把五十便士硬幣或她手上最亮的一枚硬幣放進去。

你以前很愛她這股偏執勁，小時候還堅持諾諾阿姨也要有零用錢，就跟你一樣——你還記得這事嗎？你每週六拿到零用錢，就會把諾琳的份給她。還有聖誕節的時候，我們總是得特地去一趟都柏林，幫她買最精緻的玻璃罐。每次帶著最新的罐子回家時，你都得意得要命。

「好棒的罐子啊。」到了晚上，你在廚房攔下我問話時，我總是會這樣說。

「只是到目前爲止最好的罐子。」你總是笑嘻嘻地說。

你說得沒錯，我們每年都會買到目前爲止最好的罐子，而諾琳每年也都不讓你失望，她一定會又叫又笑地打開罐子，看看裡頭裝了什麼硬幣。就算你後來搬出去住，也從沒忘記她。那幾乎成了你和諾琳的消遣，你有空就會找新的罐子，有機會出國之後，還幫她找了各式各樣的外國硬幣。在她眼裡，送上稀奇錢幣的你成了特別的人物。每次看她緊緊抱住你，我都覺得自己的光環變得更黯淡一些。

她死時留給我們的遺產，是將近一百五十個玻璃罐。她活著的時候只會帶最愛的三罐出門，一個是五歲時她母親送她的舊果醬罐，一個是五十歲生日時莎蒂送她的罐子，上頭還刻了她的名字，最後一個是你和羅莎琳結婚時送她的。我必須說，你們送的那罐眞的很美，上頭還有一張你們三個人的照片。照片是在家裡的起居室拍的，你們三個坐在小沙發，她在你和羅莎琳中間，記得那天是你訂婚的日子。那一罐裝滿了美國的一角和二十五分硬幣，你應該收集了好幾年才弄到那麼多硬幣吧，而且在婚禮上把罐子和硬幣送給她，太天才了。罐子放在主桌，等著她坐上她的座位，我們所有人都退到一旁看她的反應，就連你們兩個新人都偷溜進來看。她沒讓你們失望，緊緊抱住你們，後來你們還得先掙脫她才有辦法正式進場。

當然，我們時時刻刻擔心這些寶貝玻璃罐摔碎，莎蒂沒一刻不擔心它們的安危，弄得連我也跟著緊張。我們就像是害怕孩子丟了寶貝玩具的父母，生怕孩子沒了那個玩具晚上就睡不著覺。我記得好幾年後就發生過這樣的事，那年你們帶小亞當從美國回來玩，他差不多才三歲，在都柏林弄丟了那隻像泰迪熊般柔軟的玩具「鴨鴨」。那件事你應該怎麼也忘不了吧？

「莫里斯，他們打了電話給去過的每一間店，」那晚我回到家時，莎蒂告訴我。「可是都沒有人看到。凱文還得回每一間店去找。最後好不容易在購物中心的兒童遊樂設施旁邊找到了──我說的是聖史蒂芬綠地那間大型購物中心，你應該知道是哪一間吧？羅莎琳看到他拿著玩具回來，開心得像中了樂透一樣。老天，我緊張到喘不過氣來了。」莎蒂按著心口說道。

那之後，羅莎琳在網路上找了和鴨鴨一模一樣的玩具，免得又發生同樣的事情。後來新鴨鴨一直沒派上用場，不過羅莎琳說會把第二隻鴨鴨留著，等亞當有了第一個孩子再送給他。莎蒂覺得這主意太棒了，但是話說回來，莎蒂幾乎從沒反對過羅莎琳的做法吧？眞是難得有這麼合得來的婆媳。

最後，我們幫諾琳買了個箱子，專門放那三個特別的玻璃罐，它們安安穩穩地裹著泡泡紙，隨時準備出門。我去安養院接諾琳回家過週末時，她總是驕傲地提著箱子走到停車場，莎蒂則是跟在後面提著眞正的生活必需品——當然也是莎蒂替她打包的。有莎蒂在，我們才能暢行無阻。她完全就是人們講的那種獨立自主的女人，一手打理我們的生活，不過其實這件事也不算負擔太重。

二〇〇七年，諾琳走了，就在旅館事件過後不久，當時她七十歲，是在去吃早餐的路上倒地，陪在身邊的是她最喜歡的看護，好像是叫蘇珊吧？她昏倒在那個女人的懷裡，醫生說是腦子裡有血栓。你媽受了很大的打擊，又陷入了茉莉死後我就沒見過的沉寂，好幾個月之後她才有辦法露出正常的笑容，笑著回憶諾琳從前愛做的事情。

你應該還記得她的喪禮，我們沒有鋪張，到場的只有我們幾個，你和羅莎琳分別站在你媽的兩邊，握著她的手，還有幾個鄰居跟安養院照顧過諾琳的幾個人，珍妮和梅伊當然也從英國回來了。我們帶她回安娜莫，和她父母葬在一塊。最讓莎蒂傷心的，應該是和所有的家人分開吧。一開始，我們每兩週回去掃一次墓，隨著時間過去，我們年紀也大了，便漸漸減少回安娜莫的次數。

我知道莎蒂這輩子算是盡心盡力照顧諾琳，但我不確定莎蒂自己是不是這樣想。她總是什麼都往心裡藏，以致我有時忽略了那份傷痛與罪疚的威力。我很想盡力保護她，不被那些情緒吞噬。可是我卻分了神，花上大半輩子去關注外在事物——我的生意、我的帝國——導致我常常忘記往內看看心中所珍視的。

第五章

晚間九點二十分

第四杯酒：敬你，凱文

傑佛遜總統精選波本威士忌

你從以前就會寄珍稀威士忌給我。每到我生日，回家就會看到一瓶難得一見的美酒在廚房桌上等我，莎蒂還在的時候，她都會一臉驕傲地站在旁邊，好像那是她親自飛過大西洋送來的禮物。

「你看看今天送來的東西。」她會這麼說。她總是說這句，眸子也總是高興得閃閃發亮，笑容和小馬誕生的日子一樣溫暖明亮。

她老是坐在旁邊看我拆禮物，木盒開了之後，她都會「哇——」和「啊——」的連連驚嘆。她會用手指滑過瓶身、酒標，雙手磨蹭塑膠包裝的絲滑布料底襯，把那塊布料捏在指尖，用大拇指細細搓揉。不曉得你還記不記得，有一個盒子的襯布是深橘色。

「莫里斯，這是不是很華麗？」她說道。「感覺可以一口咬下去，把華麗都給吸出來。」有時候眞搞不懂我這位太太腦子裡在想什麼。我連哪一瓶酒裝哪一個盒子都記不得。不過你相信嗎，她把每一個酒盒都留下了。她走了以後，我才發現一個個盒子全堆在衣櫥最後面。發現盒子的那天早上，我坐在床上，房門大開，就這樣傻傻瞪了好一會兒。總共十五盒，這些令她深感驕傲的盒子全藏在外套後面。我花了好幾天、好幾週，才決定如何保管那些對莎蒂來說意義重大的盒子。梯子，我最後想到的法子是把它們疊成梯子，給亞當或凱翠娜爬上上下鋪用。於是把盒子一個個拿出來之後，我坐在舊腳凳上——就是莎蒂以前看連續劇固定用來翹腳的小凳，你還記得嗎？就是以前裝牽引機零件的木箱。

「那個你還要用嗎？」一天，她拿著給我的信件走進棚子，問我道。

「那個？」我指著木箱說道。「我打算把它拆了當木柴。」

「我拿去用好了，剛好有一小塊舊地毯，可以包住它。」

「包了幹麼？」

「當腳凳啊。敦卡舍爾賣的腳凳貴得要命，我用這個箱子就行了。」

那個腳凳我們用四十年，到現在還是十分完美，鋪在上頭的藍色印花地毯，是你房間用剩的。清衣櫥那一晚，我就是坐在那張腳凳上，每拿出一個盒子就花點時間回憶過去，想想這盒子是你哪一年寄來的。打開墊了橘色絲布的那一盒時，我發現華麗的絲布消失了，裡頭的塑膠墊像一隻被扒光毛的雞，光溜溜地躺在那兒。我怎麼也想不懂，就呆坐在那裡，把盒子顛來倒去地看，彷彿這樣就能找到絲布的下落。後來，我想起曾在某個地方看過那塊橘色布料，不過又在記憶中搜尋了好一陣子，才想出答案。原來，我只要轉過頭，把手放上梳妝臺，就能找到了——是莎蒂裝髮夾的小布包。她把那塊布料做成實用的東西，每晚都要摸一摸。後來我一直留著那個小布包，打包時也沒收進箱子。此刻，它就躺在我鼓鼓的口袋裡，和我父親的菸斗在一塊兒。要是有誰現在來搜我的身，應該會很納悶，這傢伙身上怎麼帶了這麼多莫名其妙的東西？

木工法蘭希在替我做給孩子們用的小梯子。我對你說話的此時此刻，他正在施展魔法，等你來了的時候，他應該就做好了。你應該過不久就要回來了——再過幾天吧。

其實，對我來說，那不僅僅是酒，生產威士忌的過程也同樣重要。介紹酒的每一份小冊子我都從頭到尾看了個徹底。我常想，身爲這種完美飲品的釀造者，會是什麼感覺？他們都是頂級匠人，手中釀出的美物令人讚嘆。我很想知道他們過什麼樣的生活，叫什麼名字，也許是丹尼、羅斯或卡特。我的想像中，他們都是安靜的男人，心滿意足地過著簡單生活，喜歡坐在屋前門廊搖椅上，在傍晚化入黑夜時，聽聽收音機和蟋蟀叫聲。他們的手或許大如鏟子，卻又巧如石匠。你送的酒，在喝下第一口之前，我都會舉杯向他們致敬——敬那些坐在自家門前的傢伙。若有機會，我眞想和他們一塊消磨時光。「願主保佑你們的手。」我總是這麼說，然後舉起他們的傑作，看著酒液優雅地在Waterford水晶杯裡滑動，再歸於平靜。這杯子是結婚禮物，莎蒂一瞧見我拿出來用，就會用憂心忡忡的語氣提醒，這是她毛拉姑姑送的。「願主保佑你們的手。」

這瓶傑佛遜十八年麥芽威士忌是你去年聖誕節送的，今晚它一直躲在我腳邊的袋子裡。

「來，把這個放在吧檯後面。」絲薇拉娜來幫我清走幾乎沒碰過的食物時，我把酒瓶遞給她，對她說道。

她看瘋子似的瞅著我。

「等我回來，再請妳幫我倒一些。」

我試著跳下高腳椅，不過應該比較像是慢動作摔下來，總之我安全落了地，走出酒吧。我回頭看，只見她還一臉擔憂地盯著酒瓶。

「我問過艾米莉了，妳不用擔心被炒魷魚。」我當然沒對艾米莉提過這事，但我相信她不會有意見，就算有，我也不會聽進去。

絲薇拉娜給我的微笑像是在說，她知道我說謊，但還是會把酒瓶收到吧檯下。

「你知道看頒獎典禮的人已經在吃甜點了嗎？真是的，你們愛爾蘭人吃那麼快，會消化不良的。」

走在這裡的走廊，感覺很奇妙。從我在這裡工作那年代到今天，大宅改變了不少，朝不同方向的加蓋和改建，都做了很多。不過我還是認得一、兩處，像那個角落的小小凹痕，若不仔細看還看不到呢。其實那是我撞出來的。那一天，宅子裡缺人手，我被喊去搬木柴到大客廳，但進屋前得先脫鞋。幸好母親前一週才剛幫我補了襪子，不然我就要讓她丟臉了。當我穿過走廊，經過和我一樣高一樣大型家具，還有幾幅覆蓋整面牆的巨大畫像，裡頭都是些穿著紅外衣、騎在馬上的男人，我看得出了神。而主要廊道的那座巨大老爺鐘，更是讓我無法移開眼，我簡直無法相信人可以造出那麼大的時鐘。我們家爐灶上也有時鐘，但那個小東西很不起眼，跟多拉德家這座老爺鐘完全不一樣。我看著鐘擺晃來晃去，滴答聲如此清晰、如此莊嚴，彷彿在對全世界昭告自己是何等重要。若不是手裡的籃子太重，我可能會呆站那裡看上一整天。然而，正當我把籃子往上一抬，準備繼續走時，那座大笨鐘竟然決定在那一刻開始進行準點敲鐘。我嚇得跳了起來，多虧牆壁撐住了籃子，木柴才沒有掉得一地都是，不過籃子的邊角在牆上撞出了個小凹痕。記得當時我一直按壓那個凹痕，不曉得在搞什麼，畢竟再怎麼按也只會讓凹陷更嚴重。我趁還沒有人逮到我、把我吊起來打之前，趕緊逃離現場，應該就是在那一天我迷路了，不小心闖入多拉德大宅的圖書室。我幾乎快忘了有這回事。

「不是這裡，是左邊那道門。」原本低頭對著書桌的他，抬起頭對我說。

「對不起，老爺。」我擠出這一句之後退出了房間。現在想來，那是我唯一一次沒被他嚇得半死。老爺看上去正常得很，若我沒記錯，他好像還站起來要幫我開門，只不過我沒等他，自己先一溜煙地逃走了。真是太奇妙了，人的腦子是怎麼決定要記得和遺忘哪些事情呢？

「所以呢，莫里斯？計畫進行得順利嗎？」回到酒吧時，我瞧見羅伯特坐在吧檯前等我。「不用點酒，我馬上要走。」我舉手要招呼絲薇拉娜過來時，手被他壓了下來。

「怎麼今晚都沒人要喝我請的酒？」

「莫里斯，我是真的不能喝，」正當我試著招呼酒保時，羅伯特說。「我得趕快回家，伊凡娜還在等我。我來頒獎典禮是要處理一些公事，順便去舞會看看能不能遇到些人，了不起待一個鐘頭就要走。」

「哪個女人不想要你這種好男人，一起共享浪漫夜晚？」

「我就是這麼好的一個人。莫里斯，你還沒喝香檳啊？」

「還沒。那是你幫艾米莉點的？」

「是啊。不過，我想問的是，他們猜到是你了沒？」

「什麼『猜到是我』？」

「我估計，他們應該會以爲是某個來參加典禮的大人物。我眞想親眼看看，等他們發現神祕嘉賓是老農夫莫里斯和他髒兮兮的靴子，臉上是什麼表情。」

「什麼髒兮兮的靴子，我可是穿了上教堂的正式服裝。」

「是啊，還眞是挺體面的。」我一聽便摸了摸身上的綠毛衣。「欸，我問你，你給我安養院地址了沒，到時候我才好把文件寄去給你？」他問道。

「我還沒給嗎？那我明天搬進去前先跑你那兒一趟好了。」

「好傢伙。」說罷，他下了高腳椅，剛才那幾分鐘他只有半邊身子靠坐在椅子上。

「祝你今晚過得愉快，」他意味深長地對我眨眨眼說。「明天走之前，記得先來我辦公室聊兩句，明天見囉。」

他拍了我的背一下，轉身離開。

「再見啦，絲薇拉娜。」他敲了敲吧檯，對站在另一頭講手機的酒保喊道。絲薇拉娜也趁他走出門之前，揮了揮手。

「妳認識小羅伯特嗎？」我朝他離去的方向點頭問道。

「羅伯特，是，認識。」她興奮說道。結果她走了過來，我開始後悔自己多嘴。

「他幫我處理過問題，人很好。」

「是啊，他人很好。妳不是這裡人吧？」

「我？不是！」她說得好像瘋了的人才會在這裡出生，還選擇繼續住下去。

「拉脫維亞。」她驕傲的模樣惹得我微微一笑。

「妳覺得在這間旅館工作怎麼樣？」我堅決不給她機會問我個人問題。

「這裡很好，很熱鬧，艾米莉人也很好。」

「啊，艾米莉啊，她眞是個淑女。」

「對，艾米莉是淑女。」她說得平鋪直敘，好像不明白我爲什麼特地強調艾米莉的性別。

我笑了笑，倒不是因爲她的話，而是想到，如果能把艾米莉的膽量裝罐出售，我很可能會更有錢。

在你小時候，大約四歲左右吧。某一個晚上，我比較晚回家，廚房空無一人，但已收拾得就跟平時吃完晚餐一樣乾淨。我很清楚約莫一個鐘頭前，莎蒂肯定在這裡把手肘深深浸入水盆，或刷洗碗盤、或擦拭廚房，讓一切恢復秩序。桌上擺了我的餐具，我揭開罩著我那份晚餐的鍋子，把晚餐放進雅家爐，耳邊聽到你們的聲音從走廊另一頭傳來。我拿著《米斯紀事報》坐了下來，想細讀市場新聞，但我再怎麼抗拒不聽，最後還是忍不住起身朝你們的笑聲走去。浴室的門開著，我經過時看到浴缸大約四分之一滿，水面漂著兩三坨肥皂泡和一隻黃色小鴨。我停在走廊上，望向浴室的隔壁房間——你的臥室，看見你們兩個在裡頭。

「凱文，我愛你喔，媽咪很愛你。」你躺在地上讓媽媽幫你擦乾身體，她每說一個字就親了你的肚皮一口。「全身上下每一根骨頭都愛，知道嗎？」

「嗯嗯。」你應道。你一次又一次捏緊痱子粉的瓶子，每次有雲狀白粉噴出來，你都樂不可支。

「那凱文愛不愛凱文？」一朵朵白雲飄到空中。**凱文愛不愛凱文？**我默默複誦。

你沒回答，而是把痱子粉瓶翻倒過來，對著肚子和地板大力搖晃。

「因爲啊，如果你愛這個可愛的小男孩，」她邊說邊把痱子粉拍到你身上。「總是對他好，儘可能去理解他，我覺得他一定會是全世界最快樂的小男孩。」她用浴巾一角擦掉地毯上的白粉。「可以嗎？可以幫我愛凱文嗎？可以嗎？小頑皮精。」她又搔了搔你，讓你癢得尖聲笑了起來。

最終，我沒有進去打擾你們，而是走進我和莎蒂陰暗的房間，坐在床緣看外頭聳立在夜空中的樹木與山丘輪廓，還有我這輩子見過的最大一輪月亮。當時我心想，就連我這個四十三歲的大男人都聽不懂莎蒂在說什麼，你一個四歲孩子怎麼可能懂？愛自己？那是什麼怪想法？我的手往床頭燈伸去，笨拙地找到燈罩下的開關，然後拉上窗簾，站在那兒看橘色窗簾上的棕色花朵，一朵朵、一排排的棕色印花。我的手指摸過布料上的花瓣，發黑的指甲和好幾層硬皮讓我根本感覺不到布料的纖維。

「你回來啦？」莎蒂站在我背後的房門口說。

「我想先換掉這身衣服。」我的手指離開了窗簾，作勢要脫下工作服。

「哇，還眞是破天荒頭一遭聽你這麼說。我幫你留了晚餐喔。」

「有，我看到了。」

「小傢伙先睡了。」她朝你臥室的方向點了點頭。「你要不要去跟他說聲晚安？」

「我這就去。」

剛才那些話，莎蒂不知道對你說過幾次？你是聽了她的話，才變成今天這樣的你，如此幸福、如此有自信嗎？

你打從一開始就不想要我的土地，連一點兒興趣都沒有。我試了各種方法，還從你小時候就讓你穿上雨衣雨靴陪我幹活，不過莎蒂只想把你用泡泡紙捆起來。孩子不是該成天玩土，把自己弄得髒兮兮的嗎？偏偏你就不愛。有時候我真是氣到不行。一上農場你就哭喪著臉，搞得多悲慘似的，身上弄溼就苦瓜臉給我看。你用草叉戳弄稻草的樣子，活像是沾上了就會染病似的。

「好呀，用點勁兒。」我邊說邊示範給你瞧。但你頂多是把草叉伸長一些，最多就這樣，然後沒一會兒你又是在那邊戳弄稻草了。

「回去，」我對你說。「回該死的屋裡去，我自己幹就是了。」

這時候你總是大哭著回家，我從廚房窗戶看到莎蒂蹲著安慰你，解開裹在你身上的一層層防護。

「唉唷，莫里斯，他還這麼小，你一定要那麼嚴格嗎？」用不著真的聽到莎蒂聲音，她那幾句我都會背了。我雖然很想馬上進屋說教，卻逼自己忍住，繼續在外頭忙活，繼續咒罵你那副軟趴趴的懦弱模樣。過了幾年，我終於放棄，隨你愛怎麼看書就怎麼看書去。

「你到底是怎麼讀那些玩意兒的？」我有一次問你。「那麼厚的書。」那時候你在讀中學吧，我進屋時你總是坐在廚房餐桌前，面前擺著一堆書。

「不知道，就讀啊。」你說道。「這些書很有趣耶，像這本講的是蒙古人，說蒙古人最厲害的武器是體臭，沒人想站在下風處跟他們打。好好笑喔。」

「是啊，好好笑。」我離開廚房，心裡納悶你這個孩子到底是哪裡撿回來的？

還記得有一天晚上，你走進牛棚就開始挖牛糞嗎？當時你應該十五歲吧。你站在我身邊，就這樣開始挖牛糞。你討厭泥巴糞便已經不是一天兩天的事了，但那天晚上你毫無怨言地挖個不停。我用眼角瞅你，想看出你到底搞什麼鬼，我一直等你開口問問題或解釋自己這麼反常的理由，但你什麼也沒說。

「爸，要我劈柴嗎？」你指著一堆木柴問道。

「好啊。」我有點兒幸災樂禍，想看你用斧頭的糗樣，同時又怕你真把自己的指頭砍下來，到時候你媽不知會罵我。不過你還真有兩下子，熟練地拿起了那東西——這算是小奇蹟了——開始像伐木工一樣把木柴劈開。

「爸，還有什麼要做的嗎？」劈完柴後，你又問。

「不用了。走吧，今晚就做到這裡。」

我跟著你穿過院子，一路上一直等你揭開眞相。

「要不要喝茶？」進到了暖和的廚房，我開始往水壺裡裝水。你給了我一個溫暖的笑容，像是剛從我這兒拿了一百鎊似的。

「好啊，我要喝咖啡。」你邊說邊彎腰駝背地坐上廚房椅子，像是躲進了避風港。

「你什麼時候開始喝那種東西的？」

「大記者卡爾．伯恩斯坦都只喝咖啡，不喝別的。」

我只好打開櫃子，像研究針織紋路似的看裡頭的東西。我拿開 Lyons 茶葉罐，移走櫃子裡的一包包濃湯粉、果醬與橘子醬罐，尋找你要的咖啡。

「伯恩斯坦是現代最偉大的記者之一喔，你應該知道美國總統尼克森跟水門案吧？」在我發出的噪音中，你稍稍提高聲量說。「把那個新聞報出來的，就是伯恩斯坦跟另外一個記者。」說到這兒，你離開了座位，在我旁邊靠著流理臺說話。「我想當那樣的人。呃，我說我想當那樣的人，意思是……」

「懂了。」我終於找到了藍色雀巢咖啡罐，研究一下之後，我繞過你去拿水壺。

「現在有專門教人怎麼當記者的大學科系喔，你知道嗎？」

「一匙還是兩匙？」

「一匙就好了。都柏林有個叫拉思曼斯的地方，可以考證照。」

熱水壺停止加熱了。

「要牛奶嗎？」

「不用，我都喝黑咖啡。」

我拿兩個馬克杯到餐桌，又抓了把無花果酥。我懶得拿盤子，反正你媽在隔壁房間邊看電視邊燙衣服，不用擔心被她逮到。週四是燙衣服的日子。

「所以說，我想再研究一下怎麼考證照，看看要考幾分才能去讀大學的新聞系。」

我側著身子坐在餐桌前，盯著後門。你開始喝那個黑漆漆的液體，視線一刻也沒離開我。熱水壺漸漸冷卻，發出了小小的滴答聲，像是勞動過後放鬆的嘆息。

「這樣嗎？」我終於開了口。「那你告訴我，喝黑咖啡會加分嗎？」

我兒子要當記者？這是怎麼回事？我勉強能看報上的蓋爾運動協會球賽結果和市場價錢，可是老天哪，要寫上一**整個**版面，把自己的想法說給全世界聽——這簡直瘋狂。

「我聽他說他想當記者？」那晚，準備上床時，我對莎蒂說道。

「那你怎麼回他？」她看著鏡子，專心把一綹頭髮固定在捲髮筒上。

「他不是剛剛還肯在外頭挖牛糞嗎？結果呢，現在竟然說他想當記者。」

「他終於跟你說了。我還在想不知道他要什麼時候告訴你？」

「他是從什麼時候開始有這打算的？」

「唉，莫里斯，你也知道他從小就愛讀書寫字。」

「知道是知道，可是拿這個來當工作，行嗎？真有這種工作？」

「老師不是一直告訴他們，現在不論哪一行都沒有工作機會，只能移民了。莫里斯，你能想像這是什麼狀況嗎？」她一臉害怕地轉頭，面對坐在床上的我。「我們的小傢伙可能得離鄉背井呢。」

「他幹那一行哪能賺得到錢？」

「你都沒把我的話聽進去。莫里斯，錢不是重點，重點是我們會失去他，他可能會移民去英國或是美國。」

她不耐煩地嘆了口氣，又轉身背對我。

你離家去讀大學時，我們難過了好幾個星期，即使你只是住在離家幾公里外的宿舍，每天晚上都打電話回家，每週末還會帶著滿滿一整個背包的髒衣服回來洗。還有，我不得不誇你，到了週六你照舊會起個大早，來陪我幹活。

「所以呢？」我老是問你。「你讀的那些書怎麼樣？」

「書很厚。」有一次你這麼回答。那時候離考試只剩兩週，你看上去有些煩燥。

「我就說吧，讀書這檔子事麻煩得緊。」

你開始忙考試時，我只能自己幹活，那時候我就很想念你了。我從沒跟你說過，但我眞的是很想你。一九八九年你一畢業，就跟好幾千人一樣也決定要搬去美國，當時我還以爲莎蒂會就此一蹶不振。

「可是莫里斯，」你已經訂了機票、預定要出發前的某個晚上，她邊吃晚餐邊對我說，「你在都柏林不是認識一些人嗎？應該有人能幫他找到工作吧？你不是老愛說自己的人脈有多廣嗎？」

「莎蒂，如果他想買一群牛，那當然沒問題。至於那些在都柏林或倫敦開報社的大富豪，我可是一個都不認識。」

其實我還眞問過幾個涉獵廣泛的人，問問他們有沒有新聞界的人脈關係，最後卻是徒勞無功。我從沒對你媽提起這件事，免得她空歡喜一場。

畢業過後沒幾天，你就離開了我們。畢業典禮全程和那之後的每一晚，你媽都哭得很慘，一直到你離開的那一天。在機場和你道別時，她的模樣有點兒嚇人，還記得嗎？我們站在安檢門前，她一直緊緊抱著你，你得拉開她抱著你脖子的雙手。

「媽，我會回來的，又不是再也不回家了。」你拍著她的背說。我必須說，你這句話說得好，我要是你也會對她撒謊。

我們看著你站在一排年輕人當中，一步一步遠離我們，其他人有幾個還沒二十歲呢。你不停對我們揮手，直到消失在一道玻璃隔板另一頭，但是無論我怎麼勸，無論停車費有多貴，她就是不肯馬上離開。

「莫里斯，再等一分鐘就好，」她說道。「免得他有什麼東西忘了帶。」於是我們站在那兒等，應該等了十五分鐘吧。說實話，我知道她滿心希望你回心轉意。

你就這麼在美國久住了下來，既然你不會再回家住，你媽決定儘可能撥時間去看你。她愛上了旅行，就算沒辦法每年去你那邊，也會每兩年去一次。至於我呢，就只去過那麼一次。那是你婚禮過後一年的事，當時你才買了房子，空間大得不可思議，我還以為你打算生十個孩子呢。整棟屋子有五間臥房，光是地下室就和我們整個家一樣大，不過你們那邊的房子都是這樣的吧？一間房就和都柏林一棟半獨立式房屋一樣大。我個人偏好小一點的房子，比較舒服、安全，有種溫暖的感覺，而且東西都在你旁邊，方便得緊。

「爸，你有沒有想過要把廚房和起居室打通？」大概十年前，你回家的時候這樣問過。當時我們都坐在廚房餐桌旁，羅莎琳也在，我忘了亞當出生沒有？

「打通要做什麼？」

「才有空間啊。」

「你這麼認爲嗎，凱文？」莎蒂代替我回答。她看了看周圍，瞧了瞧分隔兩塊空間的牆。

「這樣才比較開闊，比較舒服嘛。」

「太有道理了。」我說道。「我跟你媽同時在起居室看電視的時候，還眞的擠到不行，我拿個遙控器就會撞到她，她端茶進來的時候我還得閃到走廊上。」兒子，我可能說得有些過分，不過你表現得很大方，至少看上去很大方。但是，話又說回來，你其實很會隱藏你對我的不滿。

我喜歡你那邊的郵局，去探望你的那段時間，我每天早上六點鐘都會散步過去。你們那兒天氣熱得像愛爾蘭的夏天，所以我出門散步時，總是沿著車道走到底，左轉順著摩爾文街到教堂、銀行與郵局，然後在郵局門外的長椅上坐一坐。郵局是木造的，漆成白色，乾淨得一塵不染。我非得拍張照片不可，等我回去就要讓拉文看看眞正的郵局是什麼樣子，藏在他那個髒兮兮報攤裡的小角落根本不配叫郵局。你們的郵局裡頭也打理得乾淨整齊，一根擦得發亮的扶桿七拐八彎地導向櫃檯。我其實只進去過一次，是爲了買明信片用的郵票而進去。我們家那邊少說也有二十幾個人想聽我們逛購物中心的故事。但是，我偏偏喜歡一大清早坐在郵局前的長椅，看著這個陌生的世界慢慢醒過來，可惜我沒法久待，因爲我都得趕回去參加你們安排的活動。我老是跟在莎蒂和你或羅莎琳身後——端看那天是誰請假陪我們——但我根本沒想要去哪，只希望買杯茶在最近的蔭涼處坐下來休息。你們那邊喝茶也麻煩得要命，排了半天隊，店員還要問一堆問題，後來我學乖了，只要說中杯、正常、牛奶另外放，就快多了。我也喜歡沿著陌生街道散步，聽聽陌生的腔調。我都不曉得自己這麼愛偷聽別人談話，要我待在街角偷聽一整個下午都不成問題。聽久了，我發現我們和這些美國同胞其實沒太大差別，不管在世界上哪個地方，我們都要面子、要錢。

你們還請我們上高級餐廳，有一次去紐約那家洛林斯基餐廳，是羅莎琳開車載我們過去和你會合的。你認識那家餐廳的老闆，他同時也是你們報社的老闆。那地方還眞是光鮮亮麗，廁所和一般人的臥房一樣大，還有擦手專用毛巾；要是在位子上隨便抓個癢，服務生就會來問你有沒有什麼問題；他們的菜單也複雜得要命，我還沒翻開就累了，根本懶得看就放了下來。

「莫里斯，你不看看菜單嗎？」羅莎琳問道。

「不用，我已經想好了。」

「你不看看嗎？他們的牛排很大喔，還有海陸雙拼，那個——」

「我吃雞胸肉配馬鈴薯泥和肉汁就好。」

你伸出了一隻手，堅定地搭在羅莎琳手上。

最後，我吃的是雞肉。

「煎雞胸佐楓糖肉汁馬鈴薯泥。」服務生邊說邊把餐盤放在我面前。

我盯著那個盤子看很久，印象中它就和車輪蓋一樣大。我知道你們都在看我傻瞪著它。終於，過了片刻，我刮去雞肉上的褐色液體，把肉挪到小盤，接著又用叉子刮去沾了醬的薯泥，把下面白色部分放到雞肉旁。我把車輪蓋推到桌子中間，開始用小盤子吃晚餐，然後硬是不肯抬眼看你們。

「餐點還合您的胃口嗎？」過一小段時間，服務生回來問我們。

「好吃得不得了。」我代表我們所有人回答。

「太好了，那我先幫您整理桌面。」他說道。服務生收走桌子中間那個孤孤單單的餐盤時，臉上一點異樣也沒有，眞是夠專業。

等到甜點吃完——記得是加了一大堆鮮奶油的東西——我只想盡快離開那地方，我需要呼吸新鮮空氣。但是你說什麼都不肯讓我出去散步。

「這不是全世界治安最好的城市之一嗎？」

「是沒錯，可是爸，今晚我們還是別冒這個險，好不好？再等一下，我們快喝完咖啡了。」

我正打算和你抗議，餐廳老闆——忘了是叫雷、雷尼，還是雷夫——過來了。他拉了張椅子坐我旁邊，像是巴不得聽聽我對這地方的看法。

「非常好。」我告訴他。我知道自己在演戲，索性對他笑了一笑。坐我另一邊的莎蒂興高采烈地聊了起來，說了兩人份的話，於是我靠著椅背坐在那裡，讓她代替我說話，手指在餐巾上敲了一下又一下。

「你們生了個好兒子，」雷夫笑吟吟地指著你說，亮出一口完美的白牙。「他以後一定會很有成就。你們記住我的話：這小子以後前途不可限量。」

莎蒂開心地拍手，你也笑得開心，羅莎琳還握住了你的手。至於我呢？我只對桌布點點頭，滿腦子想著還要在這裡待多久？唉，現在想來，眞希望那時候我也能對你笑一笑，使個眼色，像是跟你說：「他當然厲害，我家小子我還不清楚嗎？」

然後啊，你又帶我去認識查克・漢普頓，你好像提過那是雷夫出的主意，要讓我認識認識他的農夫朋友。當天大清早我們就出門，經過郵局外頭長椅時天都還沒亮，我們開了兩、三個鐘頭的車，路上一直聽些俗不可耐的新聞廣播，那些電臺好像對報新聞不怎麼感興趣，倒是比較想叫我們買各種東西。最後，我們終於到了，而我則是連我們還在不在紐澤西州都弄不清楚了。

「先生，歡迎歡迎。」

才剛下車我就感受到熱情歡迎。一名年約六十的男人從後方迎上來，還對我伸出手。我一握住那隻粗糙有力的手，就知道這裡有家鄉的氣味。他陪我們聊了一整天——

呃，其實是陪我，你則是抱著筆記型電腦坐在門廊。我忘了是什麼時候，只記得你跑到他漆成紅色的牛舍裡找我們，說要暫時離開一、兩個鐘頭，去網路連線好一些的地方。

「你得去蘇麗的咖啡廳。往北走四、五公里，看到一棵被砍斷的樹再左轉。」你帶著一臉困惑的微笑瞅著查克。

「你看到就會知道，往那邊走就是了。」

「兒子，你別擔心，」你一手提著筆記型電腦，另一隻手對我們揮了揮，快步跑遠時，我對你說道。「你慢慢來，我一點兒也不趕。」我又轉回去，聽查克介紹站在我面前的小母牛。

我們開車繞他的土地一圈，偶爾下車散散步，抓幾把土壤聞一聞。

「這兒有派克郡的陽光和雨水，還有我們的關愛，不需要殺蟲劑。」

我抓起一把土，搓了搓，這裡的土比較乾，也沒有我田裡的土壤那麼肥沃密實，不過我沒法否定這男人的用心。我們走在玉米田、麥田與草地上，遠遠眺望他的牛群。就算在美國剩下的時間都要我待在田裡，我也會開心地笑著睡在星空下。我喜歡聽這世界那些陌生聲音——這兒沒狐狸，但有郊狼；少了貓頭鷹，卻多了蟋蟀。一直逛到下午我們才回查克家，也才和他太太見到面，喝了碗美味的湯，搭配的是他們稱作「餅乾」①的玩意兒，結果那東西根本不是餅乾，而是司康，我還糾正了他們的說法。

你大概四點左右回來，一進門就忙不迭地道歉。

「我正打算叫你爸幹活呢。」查克笑著說。他從門廊走出去，和你握手。

「我本想打電話說一聲，不過這裡收不到訊號。」你高高舉起手機。

「是啊，這附近有時候沒訊號。進來吃點東西吧。」

我們又在門廊坐了半個鐘頭左右，我死纏著那個可憐的傢伙，硬要他說說價錢、合作社、播種什麼的。

「莫里斯，播種這檔子事歸大廠商管，我們非得買他們的種子，都不能用自己的種子了，一用就要吃上官司。我的好朋友柯特·勒特高本來在傳教路那附近培育種子，他們家三代都是在幹那行，結果居然被告到做不下去了。」

「漢普頓先生，你的意思是說，」你突然插嘴，還拿出你隨身攜帶的小筆記簿和原子筆。「有人**逼**你買別人的種子？」

「我沒騙你。這不是什麼祕密，你查查看就知道了，法律就是這麼寫的。」

結果兩年後，你因爲那篇「未播之種」的報導贏了大獎，你還寄了張頒獎典禮的裱

---

① **biscuit**，在英國與愛爾蘭是指餅乾，但在美國則是指比司吉小麵包，而比司吉的作法又類似司康餅。

框相片給我們。想當然耳，照片是放在電視旁邊的好位子。而你在相片背面寫上：

給爸：

謝謝你，要不是有你，我絕對不可能有這一天。

凱文，那張照片現在妥妥當當地包進箱子裡了。

「這次來度假還眞是有意思。」上了車，我們開始倒車時，我邊對查克揮手邊這麼跟你說。查克還答應我要來愛爾蘭玩，讓我作一回東道主，不過他當然沒有來，我們倒是每年互寄聖誕賀卡給對方。他太太之前去世了，比莎蒂早幾年。他還是住農場，不過現在經營農場的任務已經交給他姪子了。要是有機會可以和他敘敘舊，我倒是很想瞧瞧在太太走了之後，他是不是能繼續過活？或是跟我一樣不知所措。

那年假期結束時，我在機場安檢門前和你緊緊握手，是另一隻手握住對方手肘的那種握手。我們就那樣站在那兒，直到兩人都開始覺得尷尬。

「找時間回家玩啊。」我說道。

「當然。希望聖誕節可以回去，反正我到時候會再聯絡你們。」

「那好。」拍拍你的手之後，我轉身摟住哭哭啼啼的莎蒂，帶她走進安檢門。

莎蒂比誰都認眞讀你的新聞報導，不論你寫了什麼、說了什麼，她都要到處去告訴別人，甚至還去圖書館查資料，親眼認證你的聰明。加州森林大火、哈伯太空望遠鏡、美國買下阿拉斯加，這些她全都查過。至於我呢，我什麼都沒問過。

「是這樣啊？」每次她拿出你寫的報導，我都這麼說道。我會把報紙放在餐盤前面，讀過第一行。就算到了今天，我還能感覺到自己額頭上冒出的冷汗，還記得我曾經看著你的文章，腦子裡卻想著乳豬價錢有多簡單好懂。我從沒對你們說過我其實有失讀症——沒錯，大概差不多十年前，我終於發現自己其實不是傻子。我是在聽到廣播主持人帕特．肯尼在節目上提起這說法，便打了通電話給諮詢中心。電話那一頭的年輕人告訴我，大概有百分之十的人都有失讀症。太不可思議了，對不對？所以說，我其實不是沒法讀，要是沒人站在我後頭看，應該還是可以慢慢讀。在平常，我總是想辦法蒙混過關，我很擅長在關鍵時刻把眼鏡弄丟，抱怨報紙字太小也是我常用的一招。

「寫得眞好。」花了夠多時間看你的報導之後，我會推開報紙，這麼對莎蒂說。撒謊也是我的強項之一。

「他這麼好的頭腦到底是怎麼來的？」聽我這麼說，莎蒂也許會開心地回道。

「應該是妳遺傳給他的吧。」

「是嗎？」她總是儘量謙虛地笑著說。

你回來探望我時，還是會帶你寫的幾篇報導過來，放在沙發上我的位子旁邊，或是放在我的腳凳上，而且通常是趁我不在起居室的時候偷偷放。但是你從來不當面對我提起這事，也從不問我讀過沒有。

你媽死後，我發現你變得更常回家，一年來個兩、三次，是來確認我的近況嗎？大部分時候你都自己回來，不過有時候羅莎琳、亞當和凱翠娜也會一起來。你自己回來的話，通常只待一個週末就走。而我一定會先開啓你舊房間的暖氣，在你來之前先讓它吹一晚暖氣，浸入式電熱水器也開著，方便你隨時可以用熱水。我記得你在美國就是這樣，隨時都有熱水可用。當然，你的車一離開車道，準備回美國去，我就馬上把暖氣和熱水器切掉。

你這麼常回來，要瞞著你進行計畫實在很難，但是你偶爾看到一、兩箱東西也不會過問，或許你以爲那都是你媽的東西吧，也可能你不願去想這些事，不願想像我就這麼輕易就把她打包丟掉。我一直沒動手收拾你房裡的東西，直到我確認你在今天之前不可能再回家，才開始動手裝箱。

兒子，你平常會期待回老家嗎？不得不說，由於排檔桿這老狗始終不肯進屋陪我，所以難得家裡有活生生的人，我還是挺開心的。每一次你回來，我都會對自己發誓，這次要和以前不同，這次我要花點心思問問你最近的工作如何，問問你最近忙什麼。我每次都跟自己保證，一定要全心全意認眞聽你說話，一字不漏地全部聽進去，甚至再往下多追問一點。但是每當你一走進門，我的嘴好像就上了鎖。你提著大包小包進來，像是剛從巴哈馬度假回來似的，笑嘻嘻地一屁股坐在沙發上。你會把一瓶威士忌交給我，然後雙手交握、手肘靠上膝蓋，仔細地到處看看，然後看著我說什麼：

「所以呢，最近有什麼新聞嗎？」

「沒什麼大事。」

「決賽不是輸得很慘嗎？那場比賽太精采了。那個前鋒——是不是叫克爾萬？這傢伙眞是了不起。」

「不賴的球隊。」

「農園還好嗎？你還在到處做買賣嗎？」

「我這邊還不錯。」

「你不是要在利斯曼買地嗎？後來談成了沒？」

「什麼？」

「我記得上次你請代理人去殺價。」

「噢，那個啊，談成了。」

「和布萊迪家的買賣也談成了嗎？」

「都沒問題。」

「湯米・布萊迪去澳洲了是不是？」

「是嗎？」

「我在臉書上看到的，附近很多年輕人都去了那邊，簡直是開同鄉會一樣。時代眞是變了，我那個時候大家都往美國跑，現在人人都要去澳洲了。」

「是啊，時代變了。」

我看著你指尖碰到指尖。

「羅莎琳和孩子們都好嗎？」我會勉強擠出這一句。

「很好。亞當愛上了英式橄欖球，現在美國流行橄欖球，他每個星期三和星期六都會打球。來，我給你看照片。」

你碰了碰手機，過來蹲在我身旁用手指滑過螢幕，讓我看亞當跳到半空、一臉認眞地打球的模樣。你還給我看了其他照片，一張是羅莎琳和凱翠娜母女倆坐在你家後門門廊吃冰淇淋，凱翠娜閉著眼睛、伸出舌頭，笑著要舔掉鼻子上的冰淇淋。「這是勞動節假期拍的。」

我點點頭，笑了笑。我想多看一會兒照片，不過我不想拿你的手機。給我看完照片後，你又坐下來東看西看，想辦法再擠幾個問題。但是，當你問起拉文的時候，我就知道你實在是沒話題了。

「我去田裡散個步好了。」不管夜多深，你都會站起來這麼說。排檔桿還在的時候，如果外頭天色還亮，我會在廚房窗邊看你們玩耍。排檔桿跟在你旁邊，跑得那麼快、那麼遠，興奮得要命。你丟樹枝牠就蹦蹦跳跳去撿，能和年輕版的我玩耍，牠開心得緊。可憐的排檔桿，我們最後相處的那陣子，牠走不了幾步就得停下來等我。

你回來的時候，我們會一起出去吃飯，最後父子倆一定要爭著買單。

「爸，你上次付過了。」

「付過才怪。」

「有啊，你不記得嗎？我們昨天才來，也是你付的帳。我問小姐，她一定記得。」

「你要是付錢，我就再也不跟你出來吃飯了。」

「讓我請你吃一次飯嘛。」

「你不能明天再請嗎？」

「等明天再來了，你又會說輪到你付帳。」

「我是你爸，我請兒子吃飯錯了嗎？」

下午茶我們通常在家吃，多半是喝湯。記得有一次你從超值超市買了什麼手作的東西，味道是還行，不過我還是喜歡濃湯包。

你每次回來都要在屋子裡巡一輪，檢查各個房間有沒有潮溼、漏水或堵塞，我最怕你搞這些了。上帝是很愛你沒錯，但他沒有給你ＤＩＹ的天分。你總是要花好幾天修東西，咒罵和手指受傷的次數比郡內決賽還要多，我每次都看不下去。一看見你拿著我的工具箱走進房間，我就不得不出去找事做，免得被你搞得精神崩潰。

「你拿那個做什麼？」第一次看到你拿工具箱，從後門走進來時，我這麼問道。

「浴室的櫃子有點鬆。」

「從以前就是那樣啊。」

「要是垮下來，倒在你身上就不好了。」

「會這樣嗎？」

「我都來了，乾脆做一點有用的事嘛。」

「你這樣叫『有用』嗎？」我看著你走出廚房，暗自嘀咕道。

你這個人很愛列清單，離去之前還會把你完成的工作清單拿給我看，說：「我知道這些事情都處理好了，才能放得下心。」然後，你另外又列了張清單，說要我「找個人來幫忙做」，說得好像我這輩子都沒自己做過這些事，但是我也沒回嘴。等你回去後，又會打電話回來問我，找人處理了沒？花了多少時間？費用很貴嗎？有時候我會把壞掉的東西修好，有時候我乾脆騙你說做了，其實是放著不管它，等到你下次回老家之前我再趕緊處理。要是我自己忙不過來，再去找法蘭希來幫忙。可是儘管我們到處都修修補補了一番，你一進門就可以列一張新的清單。

過了這些年，你覺得我們的關係有沒有變好一些？我實在是說不準。

你回家的時候，一次也沒提起你的工作，只會不停地用筆記型電腦工作，你說那叫「遠距離上班」。還記得你幫屋子安裝網路那一次嗎？

「這是什麼？」我一直問個不停。

「爸，你等一下，等一下啦。」你邊說邊從走廊上那個閃著小燈的盒子旁邊退開。

眞是神奇的玩意兒，按個按鈕就能找到全世界。我的動作沒有你快，按鍵盤也沒有你靈活，不過我慢慢學會用電腦了。我通常會燒一壺熱水泡茶，把眼鏡什麼的都準備好，然後才開始上網。但你完全是專業架勢，除了打字聲音，整個人安靜無聲，微微駝著背，把那顆聰明的腦袋嚴肅地對準螢幕。你盯著筆記型電腦的模樣很像是著了魔，不過，這畫面我可以坐在廚房扶手椅上看一整天也不膩。我敢發誓，我甚至能看到你頭頂冒出來的蒸汽，你一定燒了不少腦細胞。

假如你和我一樣沒法看書，我可能會開心一些，也許那種情況下我才有辦法跟你說說話。眞慘呀，兒子，有我這個沒法讀書、脾氣又糟的父親，你眞是倒了三輩子的楣。

兩年前，這個計畫冒出頭來，我也學你用清單列出該做事項，分成我可以當天做、下週做、下個月做……等等好幾類。安排這些的時候，我全身充滿了幹勁，差點隔天一早就穿著睡衣跑出屋子。要是我眞的穿著鄧恩超市買的睡衣走上大街，那不是很棒嗎？在你媽喪禮結束後那幾個月，要不是走廊小桌上那面鏡子照出我的德性，我可能眞的就穿睡衣直接走出門。那一天我趕忙停下了腳步，回去換一身衣服，還泡杯茶、烤半片吐司，到廚房餐桌邊吃早餐邊看我的清單。

那一天我的清單上寫著：

□房地產仲介

□艾米莉／金幣

一個鐘頭之後，我走進旅館大廳，一隻手插在口袋裡一次又一次翻弄金幣。雖然早在六年前茉莉就堅持要我把那玩意兒還回去，我卻一直沒有做，所以我下定決心要在那一天完成「艾米莉／金幣」這件待辦事項。可是走進大廳的那一刻，我突然想轉身逃跑，看來我心裡還是有一小部分不想把那東西還回去。這枚錢幣雖然在放棄王位的國王、休．多拉德與托瑪斯生命中占據了不小的份量，但不知道爲何，它似乎也成了我這個人的一部分，畢竟它在我身邊待得最久。

「想知道那是誰嗎？」艾米莉的問題嚇了我一跳，也讓我愣了一下。我都沒發現自己在一張相片前停下了腳步。相片裡是舊時的蘭斯福老宅，還有那一個我認不出來的男人。

我轉頭看她，視線短暫停留在她的側臉，再爲自己多爭取一點時間。

「我知道是你們多拉德家的人，看那個鼻子和長馬臉就知道了。」最後，我懶洋洋地往相片指了指，對她說。

「那是托瑪斯的父親，我的外曾祖父。」

「是嗎？我覺得這人看上去比休·多拉德胖一些，臉比較豐滿。」她沒回應，只別開了視線，像是懊惱自己不該對我提起這事兒。

「漢尼根先生，今天是什麼風把你吹來了？你不怎麼常來吃早餐吧。」她笑吟吟地說。「你看起來氣色不錯啊。」

艾米莉招呼我去大廳的座位，我卻直接朝酒吧走去，到角落一張桌子坐下。我當然要小心，就算是一大早，也可能有人在旁邊偷聽。坐下之後，我摸了摸下巴，想著該從哪裡說起才好。

「我跟妳，還有一些帳沒算清。」我說道。「呃，應該說是我和你們家族的帳。」

「聽起來不太妙，是要我們還你錢嗎？」她坐在我對面，一臉憂心地問。

「不是這個，是更久以前發生的事。」

我儘量把腦子裡的字句排列整齊，但它們卻像嚇壞的羊到處亂跑，沒有一隻有種打頭陣。我瞧了瞧櫃子上的波希米爾，不曉得大清早請她幫我倒一杯會不會太失禮，最後還是作罷。我聽到自己的手指敲著桌子，還有吧檯後面的廚房傳出鍋碗瓢盆碰撞聲，偶爾有人影映在廚房門的毛玻璃上。我又看了艾米莉一眼，她在座位上動了動，雙手交扣靠在下巴底下，手肘抵著餐桌，忐忑不安地等我開口。最後，我乾脆直接把手伸進口袋，放那枚金幣自由。愛德華八世國王就躺在她面前的桌上。

我看著她，又沒有看她——你應該懂我說的意思吧。我半瞅著她，視線不時掃向沉默的她，她的視線則是在金幣跟我之間來回擺盪。我的手在口袋與桌緣之間蹦跳著，嘴唇也噘起，還發出詭異的口哨聲。那感覺就像是當初金幣弄丟時，我被農場大總管柏克叫去排隊搜身一樣，整個人緊張得快要瘋了。艾米莉終於拿起金幣，仔細瞧了瞧。

「這……這個是……」

她對上我的眼睛。

「對，這是原本那一枚。托瑪斯弄丟的那枚。」

「我的老天！」她手一滑，金幣落下，彈到桌子底，艾米莉觸電似的跳起來，盯著剛才放金幣的位置，一步步退開。她摀著嘴，眼神渙散對著我。當時我很樂意直接走出去，再也不回來。但你知道，這地方就是古怪，對吧？這個該死的鬼地方，每次都要把我拉回來，而我竟也每次都讓它給拉住。過了半晌，她上前一小步，又退後一步，像在跳一個人的華爾滋。

我彎腰撿起金幣。這不是多拉德家的人第一次掉金幣，不過這次我撿金幣的動作就沒那麼快了。我一隻手扶著桌，另一隻手伸出去，張開手指到處摸索。我知道自己要是跪下去找，很可能再也站不起來了，就算真起得了身肯定也面子不保。膝關節炎，能怎麼辦呢？指尖觸擊到金屬，我趕忙握住，又把它放回餐桌正中央。

「是我拿的。這些年，它一直在我這裡。艾米莉，我不是故意要偷這東西，」我的眸子在她臉上搜尋，卻看不到一點反應。「我連這個鬼東西是什麼都不知道，也不曉得它值錢，就只是小孩子幼稚的報復罷了。」我等她回應，見她什麼都不說，我又繼續下去，「托瑪斯以前實在不能算是個好人……」

我摸了摸臉上的疤痕，咳嗽一聲，我自己聽了都覺得這幼稚的藉口實在丟臉。我起身到吧檯後頭給自己倒了杯水，畢竟這時候開波希米爾還是太誇張了。我大口喝下冷冰冰的水，直喝到一滴不剩，才慢慢回座位，每走幾步還偷看她一眼。我拿著滿滿兩杯水回去，放在桌上。

她還是動也不動。

「喝水。」我命令道。

她瞅了我一眼，然後才回到椅子上。她的腳縮進桌子底下消失了，我始終沒法看她的眼睛，所以轉去望向酒吧另一頭的落地窗，看窗外的小鎮慢慢醒過來。送報人的卡車噴著黑煙沿大街駛來，拉文站在敞開的報攤前，對他揮了揮手。

「可是都這麼久了，漢尼根先生，」她開了口，把我召喚回來。「這麼久的時間，我們開了旅館，你還認識了我，它就一直在你那邊，你卻什麼都不說。」她一直瞪著我，那眼神彷彿在說她對我失望透頂了。我啜著水，又轉頭去看忙著把報紙搬進店裡的拉文。「後來我還把那個鬼東西的故事告訴你，讓你知道我們跟托瑪斯被它整得有多慘，你卻還是什麼都不說？就這樣一聲不吭，放我像傻瓜一樣說個不停。」

她別開了臉，不想再看我。

「艾米莉，我沒當妳是傻瓜，我是打從心底尊……」

「在你眼裡，我們多拉德家的人全都是傻子吧？你利用我們，就只是爲了滿足你的貪欲。」

我盯著桌子，火也冒上來了。貪？我聽得很清楚，她說我貪。那枚金幣現在看起來好小。過去幾十年，一直沉甸甸掛在我心頭的金幣，如今看來卻像是無害的半分小錢。我端起水杯，輕敲桌子，腳也以相同節奏一下下踏在地板上，震得杯裡頭的水溢到杯緣。我想到將死的東尼躺在床上，金幣藏在被他汗水浸溼的枕頭下。東尼的喪禮。母親、父親，他們生怕失去所擁有的一切。我受過的每一拳、每一腳。茉莉和你。還有莎蒂──老天，莎蒂。失去的一切瞬間全湧上我心頭，化成了仇恨與傷痛的海嘯。我覺得自己眞是悲慘。大廳傳來接待人員的招呼聲，邀請客人前往餐廳用早餐。培根的香氣飄來，惹得我肚子咕嚕咕嚕直叫，但我還是敲個不停，假牙緊咬著下唇，努力想把這一切吞下去。

「就因爲這東西，就因爲你，我們都快被搞瘋了。」

艾米莉把金幣往我的方向一推，我看著沒人要的金幣旋轉著滑過來，碰到我的手肘後彈開，停在桌子邊緣。這該死的不存在的金幣──就在那一刻，我打從心底希望它眞的從來不曾存在過。

接下來發生的事，我現在想起來還是深感慚愧，不過當時我實在是氣瘋了。我抓起那個鬼東西，拋了一下之後用力扔向酒吧另一頭，它撞到吧檯後彈到實木地板上。

「不好意思，艾米莉，還請見諒。」我邊喊邊撐起身子，拳頭敲在桌面上。「我前陣子忙著給太太辦喪事，難得這輩子就這麼一次，少放了點心思在你們多拉德家！」

我隔著桌子湊近她面前，恨恨地吐出一字一句。血流轟轟加速，血管像是隨時要迸裂，我幾乎氣炸，但萬萬想不到的是，炸開的竟是淚，大滴大滴的淚水。我抓住桌子兩側，以防摔倒，然後隔著眼裡的淚，我看著她，心裡的牆就這麼垮下，徒留一個無助的傻子。

吧檯後頭的門開了。

「布魯頓小姐，不好意思，克利根打電話來想確認訂單。」一個年輕女孩說道。克利根個大頭啦。那位來解救老闆的小英雄杵在那兒，等待回應。我伸手儘量把臉抹乾淨，腦子轟轟作響，活像是裡頭有人要鑿洞鑽出來。我往後倒在椅子上。

「唐娜，我晚點再回電話。」艾米莉看著地板說，完全沒回頭看那個女孩。

「這邊都還好嗎？」年輕的唐娜低聲問。她看了看老闆的後腦杓，又瞅了瞅我。艾米莉也往我這邊看來。她就和我最後一次看見的茉莉一樣，那雙眼睛同樣漂亮、同樣善良、同樣睿智。

「唐娜，我們沒事。」艾米莉起身對女孩子說，朝吧檯走去時順道撿起金幣。「沒什麼好擔心的。去忙妳的吧，在我們談完之前，先別轉電話給我。」

她靜靜回到我對面，把金幣放在桌上。我們沉默了一、兩分鐘，我儘量閉緊眼睛，把自己和莎蒂一塊兒鎖在眼皮下。

「莎蒂的事，眞的很遺憾。」我聽到她這麼說。那是茉莉甜美的嗓音。「她的喪禮，我其實也有去。當時我沒說什麼，因為不想打擾你們。我不是很會安慰人，不過我有寄卡片給你們。」

我以手肘撐在桌上，思緒飄向了你媽。要是看到我現在這副模樣，看到我拿她的事來當擋箭牌，她會怎麼想？想到這裡，一聲嘆息像是從腳底直穿過全身湧了上來，瘋狂跳動的心臟也靜了下來。

「是啊，艾米莉。我有收到卡片。」

我盯著她放在桌面的手指，看了一、兩分鐘。

「咖啡。我覺得我需要喝杯咖啡。」最後，她打破了沉默。

我從不喝那東西，不過當時沒心情說這個，就讓她在那邊用鍋碗瓢盆叮叮噹噹地燒開水。煮咖啡那段時間，我一次也沒有抬頭，眼睛一直盯著自己在桃花心木桌上畫圈的手指頭，腦子裡滿是你媽的名字。

她把咖啡放我面前，茶托上的小湯匙震了震。

「啊，糟糕，忘了拿牛奶。」艾米莉轉身要回去。

「不用幫我拿牛奶，」我告訴她。「我都喝黑咖啡。」

我想到你喝咖啡的習慣，輕輕笑了兩聲。

她又坐了下來。

「我們從頭來，好不好？」她問道，看著我的眼神，像是一個剛剛撞到頭的小孩。

我點了點頭，等她先說，暫時還不想費神去打開話題。

「爲什麼現在來把它還給我們？」

她的聲音輕柔得像是在我耳邊低語。

我咳嗽一聲，頓了片刻，然後說：

「直到昨晚整理莎蒂的東西，我才又看到這東西。之前都忘了這玩意兒在我手上，不過今天總算是帶來了。」我必須用謊話滿足她想要的合理解釋。

「可是這麼多年來，是你一直問起錢幣的事啊。」

我看著她，想像她在我臉上瞧見我的罪惡感，但我還是沒給她任何進一步的解釋，足以爭取她的諒解。她繼續看著，滿懷希望我給個好說法。

「那我現在該拿它怎麼辦？」她終於發現我沒有繼續說下去的意思。「你有什麼打算？我要自己留著嗎，還是……」她拿起那東西，看著我問。「我要告訴他？」

我啜了口咖啡，忍不住皺起眉頭。這種東西你到底是怎麼喝下去的？這麼苦澀的泥水，虧你吞得進去。話雖如此，我還是喝了，讓它帶來的折磨暫時分散我的注意力。我這麼說可能有點兒怪，不過這有點像是你的一部分來陪著我，多了個盟友之類的感覺。

「交給妳決定。」我說道。「我和它再也沒關係了。」

她露出哀傷又擔憂的表情。

「他現在病得很重——托瑪斯舅公得了肺炎，住進醫院，我和媽咪晚點會去探望他。我是可以帶去給他。」她看著我的表情，好像把我當我們倆之中的智者，好像我腦子裡所有問題的答案。她難道不知道我會讓她失望嗎？

「妳覺得怎麼做比較好，就直接去做吧。」我自私地放下心頭的重擔，現在終於能繼續照自己的計畫走了。我一時沉浸在自己的計畫中，繼續喝到杯子裡只剩半杯黑咖啡，我才勉強把很久以前就該說的話說出來。

「對不起，我不該拿那東西，也不該留著它。惹出這麼多事，我眞的很抱歉。」

她沒說話，只點了點頭，垂下眼睛看著那個已退位的國王。我也再看了那東西最後一眼，然後起身默默走了。

那之後過了幾週，我一直沒從艾米莉那兒聽到什麼消息。一天晚上，我的手機響了，本以爲是最近找來的房地產仲介安東尼，所以按下接聽鍵時，滿心以爲會聽到他報告賣土地的進度。

「漢尼根先生，他死了。托瑪斯舅公死了。」她簡短地說道。「可以麻煩你來一趟嗎？」

我把吉普車停在旅館外頭。我的停車技術眞是每況愈下，近來連空間遠近都抓不準，有幾次差點撞到東西，不過我打算等眞的撞了車再說。那晚，我的車停得更歪。走進旅館時，上次那個年輕女孩，唐娜，領著我穿過接待室，走過許多複雜的走廊，直到我再也分不清東南西北。我跟著她進到一個由檯燈照亮的房間，裡頭的擺設挺舒適的。

我在一張椅子上坐下。這椅子應該是以前就在宅子裡的東西，還留有一點兒奢華氣味，椅面的紅花襯著奶油白底色還是鮮豔得很，只是經過多年使用，扶手的布料快破了，手指一碰稀疏的纖維就滑動。我挪開手，為了不加速椅子的破損，我姿勢彆扭地慢慢站起身，離開舒服到幾乎要把人吞進去的低矮坐墊。我實在猜不出這房間在宅子的哪個位置，所以我走到窗前，想看看外頭風景，但是如果不關上檯燈，外頭有什麼東西我也看不見。

「這是老儲藏室，後來又稍稍改建。」艾米莉走進來，看到我試著用手擋住旁邊的光線，湊到窗前往外望。「爹地重新裝潢過。房間是很小沒錯，不過我覺得它很適合我。這裡以前也是他的辦公室。」

蒼白又疲憊的艾米莉站在房間中央，手裡拿著兩個平底玻璃杯。

「我們會需要這個。」她把酒放在一張矮桌上，隔著桌子的那張椅子，就跟我坐的一模一樣。我走過去，拿起我那杯波希米爾。

「我不怎麼記得儲藏室，」我環顧小房間說，想盡量推遲避無可避的對話。「不過我母親以前應該常來這裡。她以前也在莊園工作，妳知道嗎？」

我疲憊地坐了下來。

「我知道，你以前說過。」

「是啊。老了就是這樣，同一個故事都不知道重複說了幾遍。」

我喝了一大口，威士忌讓身體暖了起來，我舒暢地嘆了口氣。

「艾米莉，最後是金幣送他上路的嗎？」最後，我終於單刀直入地問出來。

她低頭看著自己的酒，在椅子上調了一下姿勢，房裡的空氣似乎也隨之微微攪動。

她把手肘靠上椅子扶手，另一手舉到嘴邊，輕拉嘴唇。

「一開始，他根本沒看到金幣。」她開口說話，但沒看我，只盯著腳下的花紋小地毯。小地毯蓋住的是經歷過不少歲月的粉紅色地毯。「他躺在病床上，我把那東西拿在手上，想要給他看，可是他就是不看。我還得喊他，說：『舅公，舅公你看，你看看我們找到的東西。』但他不看，只是一直盯著媽咪。最後，我只好拉住他的手，把金幣放在他掌心。他立刻認出那東西——真的是立刻。他變得好激動，開始掙扎，頭一直扭來扭去，還像嬰兒一樣嗚嗚咽咽哭起來。媽咪也很激動，她一直問我：『艾米莉，那是什麼？妳拿了什麼給他？他在找什麼？艾米莉，這是怎麼回事？』我這才想到，他是想確認我沒有騙他，他想把藏在枕頭下的那枚金幣拿出來。我把另外一枚金幣從黑色天鵝絨盒子裡拿出來，讓他把兩個金幣並排放在一起。他哭了，我就在一旁這麼看著。本來以爲他會開心的，誰知他整張臉是痛苦地皺起，沒有寬心也沒有高興，就只有痛苦。他握住那兩枚金幣，把手放在心口，一直大聲哭泣，直到……」

她晃了晃酒杯，看著酒在裡頭盪了一圈又一圈，然後喝下一口。在沉默的間隙，我自己也喝了口酒。杯中液體不再晃動時，她接著說道：

「直到最後，沒有眼淚、沒有痛苦，也沒了呼吸。他就那麼走了。死了，當場就死了。他們說是心臟病發。我們一直都知道那東西會殺了他，這下他眞的死了。我不曉得該怎麼辦才好，媽咪不停在我耳朵旁邊哭喊，我只好跑出去找人，希望誰能來救救他，讓他活過來，反正只要不是我把他害死的就好。我一直天眞地以爲只要找回金幣，他就能安心了。」

她諷刺地笑了笑，嘆了口氣說：「誰知道，那東西最後竟然把他給折磨死了。」

她拿出黑色盒子，放在我們倆之間的桌子上。我瞟了它一眼，知道裡頭裝的是什麼，但我不想看。她放下酒杯，打開盒子，我很想阻止，卻沒有出聲。放棄王位的國王躺在那兒，用雙倍的倔強面對我。

我不曉得該說什麼才好。艾米莉找我去，是要我爲托瑪斯的死接受審判嗎？我承認，我這輩子有好幾次暗暗詛咒那男人去死，而且我要他死得很慘、死得很痛苦。但是當我坐在那裡，看艾米莉的淚水像斷線的珍珠般落下，看她愧疚又傷心地顫抖著，我實在無法開心，也毫不覺得寬慰，即便他終於走了。

兒子，大約是一年前，我在往我們家的路上，尾隨一輛都柏林來的福斯Golf車。當時天色已晚，大概七點左右。經過我們大門時，那傢伙踩了煞車，慢吞吞地開過去，然後又加速離去。我有種糟糕的預感。兒子，聽說都柏林一些幫派會去郊區搶劫，還特別鎖定獨居老人，專搶老人家裡的現金——這眞是太過分了。第二天，我一隻手拿著一杯濃湯，另一隻手拿著一片麵包，站在起居室準備吃午餐時，又看到那輛車經過。明明是大白天，它還大咧咧地開在前面那條路上。我馬上就撥了通電話給希金斯，結果當然沒人接，他們最近缺人手，他可能在敦卡舍爾警局值班。我打給羅伯特的時候，那輛該死的車又開了過去，這次開得更慢，直接在大門外面停下來。那傢伙沒熄火，就坐在那兒看我的屋子。

「有都柏林來的混蛋在外頭，想打我這棟屋子的壞主意。」我對羅伯特的語音信箱說。「我聯絡不上希金斯。你聽到留言趕快回電話給我。」

我隔著蕾絲窗簾看到他慢慢往前開，開到對面那片田的鐵門前，緊貼著鐵門停了下來。車門打開，那人下車過了馬路，一隻手拍了拍左邊口袋，然後從另一邊口袋拿出手機。他跨過牛欄，沿著車道走過來，還停下來轉了一、兩圈，看看四周。我從窗邊退開，拿起獵槍，直接往後門走去。我在排檔桿身邊蹲了下來，筆直看著牠的眼睛，握住牠的嘴讓牠知道要安靜。接著，我們從後門出去往右繞過屋子側面。我緊抓著獵槍，排檔桿跟在我旁邊。一直來到屋子轉角才停下腳步，我緊貼著外牆，排檔桿在我腳邊，心臟像是要追逐開往都柏林的一〇九號火車似的，撲通撲通狂跳。我快快探出頭。

「對啊，就是這地方。」我聽到那傢伙的聲音，他在門口摸來摸去。「好像沒什麼動靜。我等等再打給你。」

我看著他把臉湊到起居室窗前，手擋住上頭的陽光，仔細往屋裡瞧了瞧。他又走去看看臥房的窗戶，朝我這邊走來，還每經過一扇窗就往裡頭看一看。我把頭縮回來，慢慢開了保險，把槍舉高。排檔桿快速喘氣的身子靠在我腳邊，我想像牠豎起耳朵聽前頭的聲音。腳步聲逼近，我猜應該只剩三步了，便把槍拖抵在肩窩。三、二、一：

「你他媽想幹什麼？」我的手和磐石一樣穩。

「老天！」他大喊一聲往後跳。

排檔桿全力對他狂吠，逼得那個混蛋連連往後退，然後一個踉蹌摔倒在地上。排檔桿站在他面前，露出一口獠牙，準備等我一個下令就撲上去。

「不准動。」我看他的手往口袋伸，趕緊對他大叫道。

「兄弟，你誤會了，沒事的。」

「你少跟我稱兄道弟。」

「兄弟，你聽我說——呃，不對不對，我是說，先生，你誤會了。我是敦卡舍爾老人俱樂部的大衛．福林，我身上有身分證明和傳單。」

我口袋裡的手機響了。「總算打來了，」我把電話夾在耳朵和肩膀之間，大聲對羅伯特說道。「你再慢一點，我搞不好已經死了。這小子說他叫大衛．福林，是敦卡舍爾什麼老人什麼的工作人員，你幫我查查看，再打電話告訴我。你動作可能要快一點，我按在扳機上的手指流了好多汗，很滑呢。」

我看著那個大男孩，現在仔細一瞧，他就只是個嚇壞了的大男孩。我稍微垂下了獵槍，看樣子排檔桿也沒興趣繼續嚇唬這傢伙了，牠開始聞他的鞋子。

「你那個什麼老人俱樂部是幹什麼的？」等羅伯特回電的空檔，我問他。

「我們會辦團體活動。」

「團體活動？」

「類似社團活動。我們會安排一些人定期來了解你的近況，呃，不過你可能對這個沒興趣。」他盯著我的槍說道。「我們還有玩賓果，還會練瑜伽，也會安排出門踏青，還有……」

手機響了，又是羅伯特。

「是，好。」他把倒在地上這傢伙的事情全都告訴我之後，我這麼對他說。我按下紅色按鈕，結束了通話。

「那我請問你，敦卡舍爾那邊沒告訴你這麼做會嚇死潛在客戶嗎？」我放下獵槍，排檔桿嗚嗚叫著舔了舔大衛的耳朵，他往後一倒，直接癱在地上。我坐在那兒，看著大男孩伸出手摸摸排檔桿。

「我是新來的。」我拉他起來時，他告訴我。

要不是我覺得有點兒對不起他，是絕對不可能答應去敦卡舍爾的老人中心參觀的。不過，我決定不要冒險，只選了玩賓果。雖然他們說可以派公車來接我，不過我覺得還是自己開車比較保險，想走隨時可以跑路。我在老人中心外頭停了車，在車上又待了好一陣子，怎麼也想不通自己在搞什麼鬼，來這裡幹什麼。我一定是孤單到腦子都壞了，你媽死前我絕不可能做這種事，也不可能讀超值超市布告欄上貼的宣傳：

老人橋牌活動：週四早上十點，敦卡舍爾文化中心
喪親互助團體：週五晚上七點，長老教會教堂
聯絡人：安娜

默主哥耶朝聖之旅——二〇一四年八月

就算是在收銀臺後頭的布告欄停下來也很危險，隨便什麼人都有可能看到我。爲了保險起見，我還一直假裝看旁邊的商品。兒子，我曾經想像自己參加那些該死的活動，想像自己和一群陌生人坐在一塊兒，一面點頭一面聊天氣、討論物價和咒罵電腦，甚至是在他們面前號啕大哭。我對你發誓，我眞的下定了決心要繼續過我這破破爛爛的生活，甚至還打了電話給那個安娜，她鼓勵我說：「就算只參加一次聚會也好，要不要下週五來試試看？」我對她說：「我會考慮考慮。」隔週週五，我盯著壁爐臺上的時鐘猛瞧，看著指針從六點半轉到六點三十五，然後到六點四十。我的心臟用力跳個不停，我的手不停揉著額頭，指針轉到六點四十五時，我幾乎要在額頭揉出新的皺紋。電視上的氣象播報員說今晚可能會下大雪，路面可能會結冰。**啊，沒錯**，我告訴自己。**果然還是不要冒險開車來得好**。

但是後來我坐在吉普車上，等著進去和大衛與敦卡舍爾老人俱樂部玩賓果，我不禁心想，這回我是不是眞的會進去？都已經活了這麼大把年紀，世界才給了我一丁點希望，這次我是不是有辦法鼓起勇氣踏出去呢？那時候，我忽然想到，說不定大衛是上天派來的使者，說不定是你媽幫我做的安排，也許是她派那小子來逼我好好活下去。等我回過神來，我已經推開門走了進去，手掌平貼著門上用蓋爾語、英語和法語寫的「歡迎」門牌。

「莫里斯！兄弟，你能來眞是太好了。」大衛走過來和我握手。

「大衛，」我回道。「上次的事沒把你嚇壞吧？」

「什麼？啊，對啊，兄弟你不用操心。我把那件事告訴我爸的時候，他笑彎了腰，說一定要找機會跟你喝一杯。」

「是嗎？」我從沒來過長老教會的教堂，進到裡頭就開始到處瞧——四扇長型格子窗戶面對面，中間相隔的是刮痕累累的木地板，看樣子是年年都舉辦過不少節慶。每扇窗都左右各掛一道紅色天鵝絨窗簾，布料邊緣都磨損，還褪成了橘色。臺上的白色賓果機後面擺了一大堆沒人用的椅子和長凳，感覺隨時可能山崩。

「你不是這裡人？」我問道。印象中我們第一次見面那天，我就過問這個問題了，但我還是再問了一次。

「我嗎？對啊，我是芬格拉斯人，三年前我媽去世後我們才搬過來。我爸說少了她，芬格拉斯就是和以前不一樣了，所以他想換換風景。」

排在前頭的是二十多張黑色塑膠椅——很難坐的那種，我的人生希望三三兩兩站在那幾排椅子的前面與旁邊，這些人會是我的同儕，是能把我拼回原樣的人。那一晚，我的胃翻攪個不停，心跳也拖慢了我試圖做出的社交努力。

「你爲什麼來這裡工作？」我勉強問道。我吸了口滯悶的空氣，一股氣哽在喉頭。

「是爸叫我來的。他在《敦卡舍爾話題報》看到這個俱樂部。起先他是每個星期四都要來，後來連星期二也固定來。他那麼常來的結果是，乾脆直接住進俱樂部。我之前會開車載他，偶爾進來幫忙準備，跟大家聊聊天。這邊的老闆，費德瑪，一個月前在工作橋介紹網找上我，我就來了。」

「你父親今天也在這兒嗎？」

「我爸嗎？沒有，他去年過世了。我猜他是放棄了，可能難以適應失去媽之後的生活。」

他怯怯地瞅著我，不知道我值不值得信任。「其實我常常在心中和他說話，我知道這樣很蠢，可是就⋯⋯」

兒子啊，我對天發誓，那個當下我看著他，差點就抱了上去。這人竟然也明白和鬼魂說話是什麼感覺。

「這就是你說的荒野一匹狼啊。」一個身高不過一百五十幾公分，身體也是差不多等寬的女人從教堂前面直直朝我走來，地板似乎隨她的踩踏震個不停。

「漢尼根先生，你好，我是費德瑪．莫爾。你今天應該沒帶槍吧？」我沒要和她握手的意思，不過她還是握住了我的手。「聽到那個故事的時候，我們都在辦公室裡笑瘋了。你那時候到底在想些什麼啊？」

我盯著她，打量她這個人。我聽到大衛不安地在一旁挪動身子的聲音，於是我看了看大衛，又看了看她。

「看來妳不是獨居，」我說道。「不是住在荒郊野外，不會遇到把妳打得半死、把妳少少幾個錢全部搶走的流氓，當然也就不需要用槍保護自己囉？」

她沒說話，而是用一隻手按在胸口，眉毛往上揚，額頭像手風琴似的皺了起來。

「啊，這個，我沒有要冒犯你的意思……」

「是啊。」我彎下腰對她說。「可是妳冒犯了我。」

說罷，我轉身看房間另一頭正在準備道具的賓果主持人把玩數字球，讓那個女人自己想想該拿我怎麼辦。我的身子前後搖晃，心中逐漸有了定論：就算是我太太的靈魂引我來此，但他們最終決定趕我走，我也無所謂。

「他們準備開始了。」最後，她開了口，語氣少了先前的自信。「大衛，你帶漢尼根先生過去吧。」

我知道她一直看著我走到最後一排，在椅子邊緣坐下來。兒子啊，那天我真覺得自己老了，身邊盡是群滿頭白髮、乾乾皺皺、眼睛溼潤、穿著褪色衣服的老人，每個人都拿著螢光筆，坐在那兒消磨一個下午的時光。我不曉得自己怎麼能夠在位子上坐那麼久，我連數字都懶得標，只有偶爾做做樣子。大衛應該注意到了，他在旁邊跑上跑下，幫那些喊「賓果」、揮紙卡揮得活像溺水喊救命的人檢查數字。大部分時間，我都在用鞋底摩蹭地板。

中場休息前，他走了過來，湊到我耳邊說：

「莫里斯先生，我要去準備茶點，等等就回來。我等下來坐你旁邊。我覺得只要我們選對數字，那盒玫瑰巧克力就歸我們了，榛果旋風這款應該不錯吃。」他拍拍我的肩膀說。我點了點頭。

賓果主持人宣布中場休息，其他老年人從旁邊走過去，每個人都想好好瞧一瞧我這個新來的，有些人還對我微笑。我忍不住撇過臉，我實在沒辦法為了加入他們、融入群體、成為一份子，而當個虛假的男人。兒子啊，我這輩子就只歸屬於那一個人，而她已不在這裡了。我心裡也很清楚，就算我可以自在地跟人閒聊談天，從此展開新生活，我也不要。我就是不要那種新生活。

我拿出手機，裝作在看不存在的訊息。其他人在桌子旁邊晃來晃去，大衛也在那兒和他們談笑，不時搔搔頭，幫大家倒茶、倒牛奶、送餅乾。我確認他忙到無暇旁顧的時候，便自個兒走了。我上了吉普車，直接開回家，然後鎖上門、拉上窗簾。

那之後，大衛又來找我幾次，那傢伙還眞是會說，他把自己一生的故事都說給了我聽，連他在都柏林的三個好朋友——伊莫、戴可和吉佐的事情也說了。

「毒品。」他說道。「他們現在都只想賣毒品，可是我不想啊，兄弟，所以我只好離開他們。」

我對他說了些關於你的事，說得不多，他聽到後來甚至管你叫「阿凱」了。

「阿凱最近有沒有回老家的打算？」「阿凱有幾個小孩啊？我忘了。」

「兩個。」我對他說。「阿凱有兩個小孩。」

但是過了一陣子，我不再應門，我沒辦法再面對他了。我知道他拚命想讓我和世界保持聯繫，可是我已經不想和外頭的世界扯上關係。從那時候起，我就知道自己已經別無選擇，只能去找你媽了。

第六章

晚間十點十分
最後一杯酒：敬莎蒂
米爾頓威士忌

我把最好的留到了最後，不管怎麼看都是如此。

絲薇拉娜把我點的最後一杯酒送上來，是杯無可挑剔的米爾頓威士忌。眞是好東西，我看那杯酒的眼神，就像是她剛遞來的是新收割機的鑰匙。米爾頓富含秋日色彩的調性令我著迷，泥土、樹木、落葉和秋晚天色全在裡面了，它的香氣也生機飽滿，還沒碰到唇就先潤了喉，打從脊椎深處滲出一陣顫抖。

你知道嗎？每次喝這酒，我的肩膀都會麻麻的。很怪吧。我總覺得這酒不是沿著喉嚨溜下，而是順著頸子的肌肉流過肩膀，讓肩膀變得麻麻的。別牌的威士忌都沒這個效果，顯然我的肩膀也懂得品酒。我問過醫生——叫泰勒的新醫生，他說他不知道要怎麼治好我的肩膀，只叫我少喝一些。

「我又沒要你治肩膀。」我告訴他。

「漢尼根先生，喝酒不是處理傷痛的方法呀。」他這樣回答。

傷痛咧……我問你，他哪懂什麼叫傷痛？老天，那小子根本乳臭未乾，了不起只體驗過破處的傷痛吧，說不定連那個都還嫌太早。在失去所愛的人之前，沒人能眞正明白傷痛的意義。那是打從骨子裡發出的深愛，就跟長年卡在指縫的汙垢一樣，是你怎麼也弄不掉的那種愛，一旦你失去這樣愛著的人……就好像有什麼從你身上硬扯了下來，只能赤裸裸地站在該死的地毯上淌血，一半像人、一半像鬼，一隻腳還踏進了棺材。

耶穌看了都要哭。

莎蒂也喜歡喝上一、兩口好酒。她不太常喝，不過聖誕節的米爾頓是例外。有哪個腦筋正常的人，不想在聖誕節來一杯米爾頓？

所以，兒子啊，你想知道眞相嗎？我今天會坐在這裡自言自語，就是因爲她，怎麼可能不爲了她。我想要你媽回到我身邊，就這麼簡單。我自己一個人撐不下去了。我做夢也沒想到，和她初見面的那一天竟會種下日後我難以呼吸的苦果，而這一切就只因爲浴室洗手臺我的牙刷旁少了她的那抹綠色——不，是酪梨色才對，我每次都搞錯；又或者只因爲少了她無奈的聲音來糾正我壁爐生火的方法不對；再或者就只因爲沒有了——我一早醒來伸手摸向她躺的那側，已沒了她的呼吸、沒了她的心跳。總之，我不行了，眞的不行。現在，是時候整理整理過去兩年的混亂，出發去尋找那個當初偷走我靈魂的女人。

問題是，兒子啊，我擔心她不要我了。

她以前在敦卡舍爾的大銀行上班。想當年，你走進銀行還有個活人可以互動，這年頭我都不想去銀行浪費我的時間了，不然就是一進去直接無視機器，隨便抓到個員工，就叫他們請經理過來。

「您有預約嗎？」新人會這樣問。

「叫法蘭克看看我的戶頭裡有多少錢，讓他自己決定想要我在這兒等多久？」我喜歡在坐下來等的同時這麼回答。

我當然沒告訴他，他們巴不得我們用的什麼「網路銀行」，我其實用得挺開心。是你幫我設定的，剛開始幾次我還不怎麼熟悉，每次都要巴著你、要你幫忙，當我看到戶頭裡的數字黑白分明地列在螢幕上，我都覺得不可思議。等你回美國那時，我已經用得很順手，當然無法跟鎮上那些拿著手機滑來滑去的年輕人相提並論，但也夠熟練了。有空的時候，我還是喜歡去銀行看看法蘭克，有時候則是沒事找事做，讓他弄點像是支票兌現這種簡單活兒。有一回我拿了張五百歐元的支票請他兌現，等點完現金後又改變主意，要他幫我存進戶頭。你不用可憐他，我的銀行手續費可不便宜。

老實說，你媽還在銀行上班那個年代，敦卡舍爾銀行的排隊可要等上大半天，好在每五、六步就有一根柱子讓人靠，然後一堆人會排在你後面等，直到你離開柱子往前走，後面的傢伙才能靠上柱子休息。那棟建築真是壯觀，不過你應該不記得，你學會走路的時候，他們就把老建築拆掉重建了。以前的門又厚又重，得用全身重量去頂才推得開，還有那片高聳的天花板、帶紅點的大理石櫃檯，比起教堂更宏偉得多。

和她相遇那天，我站在排隊人群中，和平時一樣數著黑白地板的黑色瓷磚，想把視線所及的地方都數過。這時候，前頭櫃檯突然傳來動聽的多尼戈爾口音，那之後我沒再靠著柱子，也不再數瓷磚，而是饒富興致地站好，想辦法隔著一堆人頭尋找那個聲音的來源。我清楚瞧見她的頸子，真是漂亮的頸子，像是鐮刀的弧線，優雅地彎曲和伸展，而且還強而有力。我等不及站到她面前，展現我的魅力。當時我還不太清楚自己魅力何在，但我深信它一定就藏在我體內某處。我奮力往前擠，撞到排在前頭的幾個人，希望能在她喊「下一位」的時候站第一個。她旁邊那個辦事員喊人時，我甚至讓南希．里根先去那個櫃檯辦事。從隊伍走向櫃檯的最後一小段路，我儘量露出最帥氣的笑容，走向她甜美的嗓音、完美的肌膚……還有她糟糕的脾氣。

「銀行匯票？」她說得好像我是拿出一罐零錢要她數。「我們三點以後不處理匯票。」

就算脾氣壞了些，她還是美得不得了，淺棕色鬈髮有幾絲和口紅相配的紅色，肌膚白得像牛奶，皺起來的鼻梁灑了星星點點的巧克力色雀斑，彷彿她早上站在鏡子前，先在自己臉上畫了幅完美的畫。那對眸子藍得像米斯郡夏天清朗明澈的天空。

「那我來得剛剛好，」我朝她背後的牆點頭說道。「看看你們的時鐘，還差一分鐘呢。」

「時鐘慢了。」她連看也不看一眼。

「妳是新來的？」我試著搭話。

她的視線在我臉上停留片刻，然後低頭瞅了我的表格和存摺一眼，水靈靈的紅唇噘了起來。她皺著眉頭拿起表格，又放了下去，每放到新的角度，眉頭就皺得更深。我動了動身子，很怕是匯票上又拼錯了什麼字。

「這個是康，還是唐？」她把表格推到我面前，粉紅色指甲指著害她皺眉的字。她皺著的鼻子，看上去有點兒像看過之後被母親捲起來點火燒飯的週日報紙。

「康。康．多蘭，這是給康．多蘭的匯票。」

「確定是康？」她似乎不信，語調越來越高。「看起來比較像唐。」

「『唐』是康的兄弟，但我可沒欠他錢。」

我的努力終於有了收穫，她露出很小很小的微笑。我得意地摸了摸我當時的滿頭頭髮，露出最大的笑容，滿心希望她注意到我，可惜她又低下了頭，繼續辦公。

她幫我改過我手寫的表格後，嘆了一大口氣，站起來幫我處理匯票。

「我得先看看經理還在不在。」

她轉身走了。我看著她纖細的腰，看著裙子在她漂亮的腿旁邊搖擺。「要追漂亮女孩爲什麼這麼難？」我心裡納悶，活像自己有多經驗老到似的，但我其實嫩得很。接下來五分鐘，我就手肘抵著冷冰冰大理石櫃檯在那兒等著，偶爾往後一瞥，看看還有誰來銀行辦事。

「他是不是去哈提甘酒吧了？」她終於回來時，我這麼問。「他最愛去那間酒吧了。」

又是一個小小的微笑，但這次她沒了剛才的凶猛，反而顯得有些難過，好像受了什麼傷。我試著直視她的眼睛，想看看她到底怎麼了，但她就是不肯抬頭看我。她又開始處理文件，然後才停下手上的動作，吸了口氣對我說：

「葛里森先生要我告訴你，我們三點前才能處理銀行匯票。他這次幫你簽了名，可是下次就不行囉。」

我張大了嘴，絞盡腦汁想找一些話安慰她。可恨那傢伙自己沒種來跟我說這番話，就只會嚇唬我面前這個美人，實在太過分了。

「那我可能要一點鐘就來排隊了。」說罷，我笑了一聲。但笑聲一出口，我就發現那聲音沒我想像中歡快，反而像是個諷刺。

她忙著把匯票和我的存摺放進信封，從櫃檯另一邊把信封滑到我面前，這時候燈光照進她眼裡，我看見她眼裡的淚珠。那一瞬間，我難以動彈。應付惱怒的銀行經理不成問題，但是面對哭泣的美女完全是另一回事了。這真的不是我擅長的領域啊。

「呃，對不起，」我從青銅橫桿下朝她伸出手，儘量伸長手指頭。「眞的很對不起，我不是……有時候我的嘴巴就是這麼壞。」

她試著用手背擋住眼中的淚水，卻徒勞無功。

「沒事，我沒事，不是你的錯。」她抬起頭，努力擠出微笑說。「我只是還沒適應這些……跟……」她的臉又皺了起來。

我沒法有紳士風度地遞出手帕——我是有手帕，不過已經好幾天沒洗了，拿出來恐怕只會讓事態變得更嚴重。我左顧右盼，看看有誰注意到我們。南希，該死的南希．里根，她看得津津有味，恨不得馬上跑出去跟全世界說莫里斯．漢尼根在騷擾良家婦女。

「妳聽我說，我不能就這樣走人。」我說道。「我先在這兒頂著，妳去補個妝什麼的再回來吧。」

「那怎麼行，我肯定要被炒魷魚的。」

「他哪知道？就跟他說是我請妳拿一些資料什麼的。」

她咬住嘴唇，考慮了片刻。

「那我一下下就回來。」說罷，她轉身走了。

南希離開櫃檯時，我對她笑笑，她盯著我瞟了一眼，然後便踩著那雙高跟鞋，搖搖晃晃地走出去。

回神時，莎蒂已經捏著面紙走回來，臉色比剛才好多了。

「謝謝你。」她跳上高腳椅說道。

「是不是好些了？妳準備好要面對這群人了嗎？」我歪頭示意在後面排隊的人群。

「我可不保證他們跟我一樣迷人。」

她點點頭，給了我一個脆弱的小笑容。在我離開銀行櫃檯、回田裡幹活之後，那個笑容還一直印在我眼前。當晚，我和兩個姊姊打牌，珍妮發給我的牌我每一張都打錯，惹得她們倆用看病人的眼神瞅著我。她們擔心歸擔心，還是樂呵呵地收下了我的零錢。隔天，我什麼事也做不好，茶加太多牛奶，打我出生就一直在門口的臺階，竟然也絆了我一跤，我甚至把爐灶當成廚房餐桌，不小心燙到了手。到了星期天，我知道自己除了回去之外沒得選，所以吃完飯後，我便對家人宣布下週四要跑一趟銀行，請他們花點時間整理零錢，讓我一併帶去。

星期四，我口袋裡裝著乾淨手帕，手裡拿著五本存摺，又站到了她面前。

「你好啊。」她小聲說，認出我是誰的時候，她臉上還浮現了害羞的小小微笑。兒子啊，你也知道我這個人不太會感情用事，不過我對天發誓，那女人真的讓我神魂顛倒、氣息紊亂。我是指，她雖然和我第一次見她時看起來差不多，只是少了眼淚，但是這次，她好像又美了十倍。我努力鎮定心神，往內搜尋，終於給我找回了嗓子。

「妳也好啊。外頭天氣真不錯，陽光從樹上灑下，這麼漂亮的日子還要待在室內工作，眞是太可惜了。」

「是啊，要是現在能出去散步該有多好。」她笑著快快地瞟了我一眼，接過我遞給她的存摺，立刻開始記帳。我則用手指梳了梳被壓平的頭髮。

「莫里斯。」我說道。「我叫莫里斯．漢尼根。」

「莫里斯，」她抬頭對我說。「你們漢尼根家的人都很愛存錢呢。」

她又低下頭，繼續寫字。然後，我第一次聽到她的名字：

「莎蒂．麥唐納夫。」她說道，那張漂亮的臉一瞬間抬起來看我。

「今天狀況好像比較好啊……莎蒂。我是說，妳今天看起來比較好……我是說……今天好像比較不忙。」

她抬起頭來，又笑了，那笑聲無論是音準或音色都完美到不行。她辦完我交代的事項，俐落地把五本存摺在櫃檯上敲一敲排整齊，遞還給了我。

「謝謝你啊，莫里斯，我今天狀況是比較好。」

我接過存摺，稍微頓了頓，不曉得這是不是我進一步行動的機會。我的視線好像黏在地板的黑色瓷磚上，怎麼也沒法看她的臉，我那該死的魅力到底跑哪兒去了？我把那五本存摺舉到額頭前，算是打了招呼，正要離開時，她說道：

「那我們下星期四再見囉？」

「是啊，」我邊說邊走回去，直接和她面對面。「除非妳晚點想和我去散散步，或是吃點東西？」自信先生又回來了，時機抓得剛剛好。

「呃，我……」她一時說不出話來。我站在那兒等她回話，擦得雪亮的鞋子裡，腳趾交叉著祈禱好運降臨。「我很樂意。我六點下班。」

「那就六點吧，我會在外頭等妳。」

印象中，我離開她的櫃檯時還眨了眨眼。但後來我幾乎是用跑的逃出銀行，我打從心底認定自己絕不可能這麼幸運，她隨時會把我喊回去，說她改變了主意。直到出了銀行我才靠著牆喘口氣，剛才那是怎麼辦到的，連我自己也搞不清楚。

「在銀行找到工作真的很不容易。」那天晚上，我們在敦卡舍爾鎮中心餐廳點了菜，把菜單還給服務生之後，她用那動聽的多尼戈爾口音告訴我。

「我都不敢相信自己考過了，媽咪和爹地也是。這麼好的工作機會，總不能拒絕吧？又是固定的工作，以後還有退休金之類的福利。」她邊說邊挪動桌上的鹽罐和胡椒罐。「我知道這樣說聽起來有點不知好歹，可是……我覺得這份工作不適合我，我一點興趣也沒有。金錢這東西其實挺骯髒的。」她又補充一句。她把調味料移到了滿意的位置，才不再動它們。

是嗎？我心想。

「妳還大老遠從多尼戈爾過來工作呢。」我這麼回道。

「這也是一個因素。我比較想住在家附近，多多回家幫忙。」

「你們是農家嗎？」

「不是，父親在當警察。我只是……」她好像想說些什麼，卻沒有說出口，現在想來，她那時候腦子裡想的應該是諾琳吧。「這個嘛……你也知道，家裡就算不種田，也還是有很多事情要忙。」

「是啊，是啊。」我應道，心裡想著才剛認識，還是別多問來得好。「那妳打算回北部了嗎？我們沒法把妳留下來？」我自己也開始玩弄桌上的調味罐。

「這個嘛……」她羞怯地對我微笑，那副模樣眞是美得不得了。

「什麼？」我積極地問她。

「這就說不準了。」

我們一瞬間四目相對，然後又紅著臉往旁邊看。餐廳裡有各式各樣的人在吃飯：一個單身漢看著派崔克街上來來往往的行人，安靜地吃薯條；對面是一對比我們有經驗的情侶，男的舉著報紙看內頁，女的在讀報紙這一面的廣告；有一家人穿得整整齊齊來吃週四晚餐，孩子們的襪子拉得很高，男孩抹了髮油，女孩用綠色圓點緞帶綁著雙馬尾，父親母親聊天的同時，母親還一直注意孩子們的表現。那個父親不時會發出馬叫般的大笑，手掌拍拍桌面，把桌上的餐具震得叮咚作響，他還會到處看看有沒有其他人聽到他的笑話。

「你常來這裡吃飯嗎？」莎蒂問道。

「只要是女朋友，我就會帶來這兒吃飯。」

她也笑了，不過她的笑聲像是脆弱又珍貴的寶貝，不像那個和我們隔了兩個位子的父親。她對上了我的視線，沒有久到讓人害臊，不過她算是承認了：這是我們倆的開端。那時候，我和她坐在紅色塑膠桌兩側，調味罐完美地擺在桌上正確的位置……那時候我就知道，我準備愛這個女人，而且到死前都會一直愛著她。

我沒想在第一次約會就親她，就只想牽牽她的手，不過離開敦卡舍爾鎮中心餐廳時，我決定還是別太大膽，謹愼爲上。我送她回租屋處，還爲著她住在小鎮另一頭而開心了一陣。那一路上我們聊得挺自在，到了她家門口我們還站著繼續聊。不曉得我們聊了多久，感覺超過一個鐘頭，不過實際上應該只聊了幾分鐘，她就要打開包包找鑰匙了。我完全失去時間概念，就算那時是凌晨五點，該去擠牛奶了，我也會開開心心地幹活去。她給我就是這種感覺，和她在一塊兒，我能用快樂的眼光看世界、看自己。

「進屋裡去吧。」我忍住了想再和她多說一些話的欲望。「德爾金太太拉著窗簾站在那兒，手應該瘦了吧。她還以爲我們看不到呢。」

「噓！你別以爲她不知道，她肯定知道你看得到她，她就是想讓你看到。你這種人，她看得可多呢。」她笑了，我也露出笑容，接受了她話中的挑戰。她一隻手拿鑰匙開鎖時，我握住了她的另一隻手，看著那隻手問道：

「妳週六有沒有空和我去舞會呢？在歐萊利廳那邊，離這兒有點遠，不過我可以騎腳踏車來接妳──載女朋友當然要用最高級的交通工具。」

「你老愛說什麼女朋友、女朋友的，我猜我是第一個答應你的女生。」

「這是答應囉，那就週六晚上，七點？我會去購物中心接妳。要是再來這邊，德爾金太太就要通知妳爸媽了，我還不想這麼早讓妳爸媽知道呢。」

「晚安啊。」對我這個開心到隨時可能昏倒的男孩，她故意擺出無奈的樣子。我等到她關上門，才蹦蹦跳跳沿著街道跑走，回去牽了腳踏車，像要代表愛爾蘭參加奧運似的瘋狂踩踏板，飛掠過田野，還對草地上的牛隻歡呼。但是等那些牛抬起頭來，應該只看到我帽子的殘影從旁邊飛過吧。

我滿心期盼週六到來，而且才兩天不見莎蒂，卻像是分開了一年似的。我很早就到購物中心等她，人斜靠腳踏車站著，擺出一個米斯郡農夫所能做出最帥氣威風的姿態。我的胃翻騰起來，只好在人行道來回踱步，又在人行道跳上跳下，想盡法子讓自己分心，直到我終於看見了她。她穿著印了紅玫瑰的白洋裝走來，我這才發現，我這是要求一個打扮得漂漂亮亮的美女坐在冰冷又不舒服的腳踏車架上，一路坐上三公里。等她來到我面前，應該也聞得到我身上的焦慮了。

「你覺得呢？我打扮得還可以吧？」她問道。

「我現在就可以告訴妳，路上每一個男人都會嫉妒我。」

「那這是我的馬車嗎？應該還算堪用吧。」

我用力吞了口口水，感覺到腋下又冒出了汗。

「我告訴妳，這也是會讓路上每一個男人嫉妒的好車。」

「那我們去炫耀吧。」

我脫下了外套，鋪在腳踏車橫架上，她毫不猶豫地跳了上去。看著她那身白洋裝和白色高跟鞋，我只能暗暗祈禱車子不要掉鏈。就這樣我們出發了。平常載珍妮或梅伊我都不會幫她們鋪外套，所以剛開始稍稍有點晃，不過莎蒂完全沒晃，我們像一對社交舞專家似的，平穩地騎過派崔克街，沿著通往蘭斯福的馬路騎去。一路上我們都順著風，我這輩子就那一段路笑得最開心。她有一半的時候都戴著我的帽子，她是在經過敦卡舍爾警隊時一把搶過去的。那雙眼裡的機伶慧黠，我怎麼都看不膩，而且我也老猜不透她接下來會做什麼。我在此聲明，腳踏車在舞廳外煞車時，她身上一點兒油漬污跡也沒有。

之後，我們靠著舞廳後面的外牆休息時，我親了親她的臉頰。之後我還握了她的手，她也用拇指摸摸我的拇指。雖然夏夜的熱意纏著我們不放，但眞正的接吻還要再等一個星期——兒子，你還想聽嗎？如果不想就別聽，我說完的時候，再告訴你。

我是永遠忘不了那一刻，她嘴唇碰到我的嘴唇時，好像有人在我肚子裡點了把火。那天我們在她的租屋處門口，德爾金太太出門玩賓果去，我原本只打算像上次那樣親親她的臉頰，沒想到她的頭轉了過來，嘴唇對上了我的嘴唇。我的老天，我簡直像是升了天，我當然想繼續，老實說，我想做的遠遠不只這樣。但是啊，她退開的時候，我忍住了把她拉回來的衝動，她抬頭看著我，笑了。

「一個多尼戈爾郡，安娜莫村來的女孩子，是去哪兒學會這樣親人的？」我問道。

「接吻的祕密怎麼能告訴你。」

接下來幾週，我們又接吻了更多次，每一次都更久一些、更深一些，不過我總是會退開，不讓自己——可能還有她，跨越那條界線。不管我有多想做那種事，那樣就是不對。這年頭當然和以前不一樣了，但是如果可以重來，我還是會照之前的路去走，等待的渴望一直累積在我體內，直到我們正式結了婚。

三個月後，她邀我跟她回家見父母，一想到要見她父親，我就著急得像熱鍋上的螞蟻，說「緊張」實在太客氣了。我父親老是斥責可憐的姊姊們，說有男人對她們「不懷好意」，不過那些可憐的小伙子也沒比我危險多少，而父親所謂的「不懷好意」也只是一些農家男孩在路上遇見，或從我們家門前的路走過時，對姊姊們脫帽子打招呼。要是他們那叫不懷好意，我一進到多尼戈爾郡，肯定就會被莎蒂的父親報警抓走。

「莎蒂，妳確定要現在去見他們嗎？再等一、兩個月不行嗎？我沒存什麼錢，戒指什麼的也沒準備。」

「是嗎？漢尼根先生，你可別忘了，我看過你的銀行存摺喔。」我被她這句話堵住了嘴。我存的錢雖然不多，倒是很穩定地成長。「還有，你這話該不會是在跟我求婚吧？」

這女人還眞是小看不得。

「我說的是什麼意思，妳也懂吧。我不想讓妳父親把我當成隨便的男人，以爲我是想占妳便宜。」

「哎呀，你該不會是看中了我的財富和地位吧？」

「這麼說吧，莎蒂，妳在銀行工作，又長得這麼漂亮，像妳這樣的女人可不多呢。」

「莫里斯，眞的不會有事的，你的事情我都對他們說過了。他們知道你是正經男人，不會占了我便宜就跑。」

「莎蒂！」

「好啦，別這樣。我想讓你認識媽咪、爹地和諾琳，看看我的家庭和我的家鄉——就算是讓你看清楚了再做決定。」

「可是我已經清楚啦，我對妳的感情無論如何都不會變，就算妳的家人都是神經病也一樣。」

「莫里斯，別開這種玩笑！」她怒罵，說翻臉就翻臉。

別忘了，當時我完全不了解諾琳的情況，所以當場嚇了一大跳，完全不曉得自己踩了地雷。我們倆之間的沉默慢慢沉澱，我在旁看著她粗暴地翻雜誌，紙張「唰啦、唰啦」地響。

「他不會咬人的，莫里斯。但是，你要是在他面前說那種話，我就沒法保證了。」

「莎蒂，我沒那個意思，只是開個玩笑。」

唰啦、唰啦、唰啦、唰啦，一頁又一頁，眞是本可憐的雜誌。她一直不肯看我，我一直害怕地偷覷她。最後，她還是解凍了，翻頁的速度緩下來，疲累不堪的雜誌趴在她腿上休息。我斜睨了她一眼，評估這場爭執的嚴重性，看到她直直瞪著前方，不曉得在想什麼，也許是後悔當初答應和我約會吧。她又那樣坐了半晌，我則是坐在旁邊直冒汗，最後她嘆了口氣——那聲嘆息也是動聽的多尼戈爾口音。

「唉，莫里斯，」她轉頭面對我。「我跟你保證，他心很軟的，他一定會愛死你。哪有人不愛你這傢伙？」

「好吧，就讓我見見這個『心很軟』的男人。」

她笑著點了點頭，我親了她一口，那次去安娜莫發生了什麼事，你也知道了。

但是今天，我要彌補那個美好開端過後，我從你媽美麗臉上偷走的笑容。我要彌補自己沒做的事、沒認真去做的事，還有那些沒有實現的承諾。

像是蜜月套房，今晚我這身老骨頭就要躺在蜜月套房。還記得嗎？你結婚那晚，我答應要帶她來住蜜月套房，結果一直沒帶她來。還有我今天去河口餐廳吃了午餐——沒錯，我今天像國王一樣，吃了頓豪華午餐。我跑去敦卡舍爾那間得過獎的餐廳，壯著膽子、搔著頭上稀疏白髮站到「請在此候位」的牌子前等著。我掃視一輪鋪上白布的一張張桌子、每個位子上放置的閃亮刀叉，還有站得筆直、像是要揪出擅入者的百合花。我站在那裡等到菲利斯過來，帶我遠離自己的過去和罪惡感，走向我用電話訂位時指定的那個位子。以前我們開車經過餐廳時，你媽看見那張桌子就說她想坐那兒吃飯。

然後呢，還有「茶」這件事。

我不想在餐廳點茶喝，這你應該懂吧。家裡明明有好端端的熱水壺，何必出來浪費錢呢？那麼多年來，我們幾乎每週日都在外面吃烤肉，莎蒂也都和我一樣沒有點茶，我甚至可以說她是全心全意支持我的看法。但是現在想來，她可能只是不想和我爭，而是把戰力集中在別的地方——畢竟她在一九九〇年代發動了我們家有史以來最大的政變。我已經不記得她是在什麼時候說了那句意義重大的話：「我不烤肉了。」只記得自己當場驚呆了，但是我沒和她爭，就每週日乖乖付餐費。但是在她死前不久，她終於對我說出了內心眞正的想法。

那天我們坐在莫爾塔餐廳裡頭，吃得乾乾淨淨的餐盤擺在面前，我正靠過去要拿放在莎蒂旁邊的外套，她意外地堅定伸手阻止了我。我一臉困惑盯著她的手指猛瞧，看著那幾根因爲關節炎而扭曲的手指——你知道嗎，她走之前戒指都拔不下來了，無名指就這麼被我們的愛鎖住。現在想來，我買給她的首飾也就只有那幾枚戒指，過生日或聖誕節的時候我都是直接給她錢，讓她自己決定要買什麼，這樣大家都開心。

「茶。」那個週日，她直直看著前頭，清清楚楚地對我說。「伯爵茶。」

她很愛喝伯爵茶，不過那不是家庭的影響，我知道麥唐納夫家就和我們其他人一樣，喝的是Lyons的茶。「要怪就只能怪都柏林了。」她在好幾年前對我說過。那一次她是去格拉夫頓街的一間茶館，但服務生送錯了茶——那間茶館叫什麼名字我不記得了，等等說不定會想起來。「它就像舌頭上一種刺激的感覺，」她曾這麼形容給我聽。

「從那之後，我就改喝伯爵茶了。」你應該記得吧，我們家總是放一盒伯爵茶。一開始是茶葉，然後隨著工業進步，盒子裡裝的變成了茶包。伯爵茶比較貴，所以她只有在上午吃小點心時喝一杯，剩下時間都和我們其他人一樣喝普通一點的茶。

「老婆，把外套給我，」我還在想辦法讓她放開抓著外套的手。「我們回家泡茶。」

「我要在這裡喝，不管多貴，不管要等多久，我就是要在這裡，讓別人幫我泡茶。而且，我還要吃甜點，太妃香蕉派。」

我瞅著她，不曉得她跟我說這些幹什麼，我們尷尬地沉默了半晌，然後我才意識到她是要我去找服務生。我站了起來，我當然知道那個時間要在莫爾塔餐廳攔下服務生根本就不可能，因爲所有人在上午十二點的彌撒之後，全都跑來這裡吃烤肉了。於是，我只能再去櫃檯排隊買。我一臉煩躁地拖著腳步走去，直到我站在甜點冰櫃前。

「我要點一份這個。」我指著玻璃櫃裡頭那盤太妃香蕉派說道。

「先生，請問要搭配冰淇淋嗎？」那個小伙子問道。莎蒂最愛吃冰淇淋了。我盯著他瞧了好一會兒，考慮要不要加冰淇淋。

他端著莎蒂的太妃香蕉派和叮咚作響的茶杯，跟著我來到我們的座位。我則是站到餐桌邊，把甜點端到她面前。

「沒有加冰淇淋嗎？」她看著盤子問道。

「沒有。」我告訴她。「他們賣完了。」

我知道那個小伙子緊盯著我的後腦杓，但是我轉身拿茶杯的時候連眉頭也沒皺一下，他和忍了我多年的太太怎麼看我，我完全不在乎。我自顧自坐了下來，不看慢慢吃甜點的莎蒂，而是轉臉看著隔壁桌年輕夫妻餵小孩吃胡蘿蔔。我從眼角看到莎蒂每一口都仔細量過，鮮奶油、焦糖和香蕉的比例抓得正正好，像在吃薄荷糖似的放在嘴裡回味。每吞下一口派，她就伸手拿起茶杯，動作簡直像捧在手中的是聖杯。她舒舒服服地坐在沙發椅上，看著餐廳裡其他客人，完全不在乎週日球賽馬上就要開播了，我急著回去聽電視球評麥克·歐莫拉赫提超高速講解那些年輕小伙子的球賽。我沒被她激怒，而是繼續看隔壁的夫妻和小傢伙的嘴巴纏鬥。

「馬克，一小口就好，你吃一口就可以吃果凍了。」

「我們的凱文現在應該也在餵小孩吧。」莎蒂把茶杯放在茶托上，手肘抵著桌子，頭靠在手上，看隔壁桌的媽媽想盡辦法讓兒子吃點健康食物。

「妳可以試著把青菜打成泥，這樣他就看不出來了。」

隔壁的母親抿著嘴唇，微微一笑。

「我以前還會把蔬菜泥混進蛋奶凍呢，凱文最愛吃蛋奶凍了。」

已經切成兩半的胡蘿蔔又再對切，舉到馬克面前晃著，試圖塞到他緊閉的嘴裡。

「寶貝，吃一點點就好嘛。」

「妳可以用果汁機把它絞碎。」

馬克開始戳果凍，開心地舔著手指，他母親一副快哭出來的模樣，靠著椅背坐在那兒。

「凱文現在也得想辦法騙自己的孩子吃青菜了，我就跟他說，該來的報應總是會來的。」

「老天。」我嘀咕道，但她就是不肯往我這兒看。「我在車上等，妳把養小孩的方法說完了再出來。」說罷，我起身走了出去，留她自己在那兒。

回到家的時候，她沒有窩進房間裡，卻是一個字都不跟我說，當我不存在似的自己忙進忙出，整天在起居室走來走去。我也不曉得她在忙什麼，只知道我在廚房餐桌前坐著喝下午茶時，她沒幫我拿茶杯和茶托。我看著她幫自己倒一杯茶，倒完就把茶壺放在隔熱墊上，過程中一次也沒抬頭。最後，我拿了自己的杯子，又找了十分鐘之後，才翻出另外一個茶壺。那天我們就在一片死寂中吃完下午茶，兩個人用各自的茶壺添熱水，兩個茶壺像是隔著一條界線對準敵軍的兩口大砲。

今天下午，我吃了這一餐的前四道菜後——他們居然不是在甜點後上冰沙，而是前菜吃完就端上來了——我揮揮手把菲利斯招呼了過來。

「伯爵茶。」我對他說道。「幫我泡一壺伯爵茶。」

喝下第一口的時候，我的上顎簡直要被燙傷了。她彷彿就坐在旁邊，在我喝茶時惡狠狠地瞪著我，像是要告訴我：現在贖罪已經太遲了。

是凱希茶館——都柏林格拉夫頓街的那一間是凱希茶館。

在金錢方面，我和她向來意見不合。我們倆的看法十分清楚：我愛錢，她不屑那幾個臭錢，所以爲了維繫婚姻，我們幾乎不討論錢的事。我總覺得自己用錢污辱了她。她則是從來不曉得我們銀行戶頭裡存了多少錢，也不知道我們到底有多少土地，就算見著了相關的文件，她也是直接拿給我，好像那是我落在地毯上的臭襪子。

每週五我會在喝下午茶時，把一整週買菜和買其他雜七雜八東西的錢放在茶壺邊。我從來沒看過她拿那個錢，每次都是過一段時間再抬起頭，錢就拿走了，跑進她的圍裙口袋。好笑的是，她過世之後，我開始清理她的東西——我的「清理」其實也只是翻一翻她的東西，畢竟我連她留下的一根毛線都不想丟。三不五時我會在那些東西裡找到錢，我給的錢她好像都沒用完，也懶得存進銀行或信用社，而是塞進舊毛衣和睡衣的口袋，或是放在裝你小時候畫的圖的盒子裡。她應該是想留著以備急用吧，我總共找到了七千塊。兒子你別問我，我是眞不曉得她腦子裡裝了些什麼？

這麼多年來，我對她的渴望一刻也沒停過，一刻也沒有，一秒也沒有。我看著她柔軟的肌膚隨著歲月皺了起來，但我還是常常摸摸她，我還是無可救藥地愛著她的全部，她身上每一條皺紋、每一個永久印在肌膚上的記號，我全都愛。我們和其他夫妻一樣，經歷過艱難的時光，但我從不曾用過這樣的眼光看別人，也從沒渴望過別人。

兒子啊，現在想起這些，我的手開始發抖了。我能否摸著良心，誠實地說我盡力給了她最好的一生？

後來那幾年她老愛叫我「抱怨鬼莫里斯」，但我必須說，少了她，我肯定更糟糕千百倍。每次走進家門，就在她或幫我脫外套，或親親我的臉頰，或是邊準備我的晚餐邊摸摸我的背，那一刻我幾乎能感覺到身上的盔甲悄悄脫落。天啊，兒子，她是我生命中的奇蹟，我應該在她還活著的時候天天告訴她的。

不知道有沒有告訴過你，我最近幾乎沒怎麼睡了，一次頂多睡兩小時，幸運的話可以睡上三個鐘頭才醒。我會躺在那兒，盯著天花板，一次又一次想著這個該死的計畫。兒子啊，我雖然知道是時候該走了，但做這個決定還是不容易，就算到了現在，我心裡還是有一小部分在懷疑自己，懷疑這不是正確的選擇。聽說英國有個八十多歲的女人，她寂寞到有天在廚房餐桌前坐下，把一包冷凍菠菜的塑膠袋套在頭上，就這麼窒息死了。聽到那個新聞時，我腦子裡想的是：我也是這樣嗎？我也變成這樣了嗎？

我下了高腳椅，把這兩隻皺巴巴、不停發抖的手深深插進口袋。我需要活動活動筋骨，甩掉這種感覺。

「你在這兒等著。」我對又添滿的酒杯說完，才往走廊過去。我低頭計算，數了地毯上的二十七朵花、經過身邊的六雙鞋、掉在地上沒人管的一張餐巾。興奮的高音和長及女人腳邊的搖晃裙襬從我身旁經過，但我沒留下什麼特別的印象。現在就算這地方燒起來，我也不在乎了。

我的尿和平時一樣難以預測。它近來變得相當不穩定，一下準備潰堤，一下又一滴都擠不出來，我只能站在小便斗前，等它自己拿定主意。

「該死的東西，還不快出來。」我氣憤憤說道。它難得聽我的話，像香農河一樣瞬間氾濫，這應該是好兆頭吧。

我低頭盯著阿爾米泰·珊克牌的洗手臺，讓水一直流，我眞的很不想抬頭看鏡子。最後，我還是抬起長滿鬆軟白髮的頭，但在鏡子裡和我打招呼的，是我父親。在鏡子裡看到父親，已經不只一次、兩次了，隨著時間一年又一年過去，我注意到他悄悄溜上我的臉，看到他出現在我凹陷的臉頰和越來越高的額頭上。不過主要還是在眼睛裡，在這雙充滿智慧的灰色眼珠裡。我儘量站直，對鏡子笑了笑，然後伸手摸摸冰冷鏡面。

「兒子，你做得很好。」鏡中的他告訴我。「非常好。」

我吃了一驚，眼睛都發酸了，要是不小心很可能會讓淚水溢出來，給別人看笑話。我心裡想著：夠了。我搖了搖頭，朝廁所大門走去。

沿著走廊往大廳走時，我好奇地想，要是把我的計畫大聲說給全世界聽，會發生什麼事？到了雙開門，我跳了幾個滑步，閃過從另一個方向走來的一對男女。看來我的腳步還算靈活。倘若我湊身過去，在他們耳邊說出我的計畫，你覺得會發生什麼事？他們會把我的話當眞嗎？會拿出手機，馬上撥給一一九嗎？還是他們會敷衍地笑笑，遠離我這個胡言亂語的醉鬼？

我繼續往前走，一個不留神就錯過了回酒吧的轉角，兩隻腳再次帶我走進大廳，來到那張休．多拉德的相片前。他還是和我印象中的那個男人很不一樣。他要是知道，今晚我會睡在他從前的臥房，不知道會怎麼說？還有他要是知道，從前自己所珍愛的一切，現在都是我的了，不知道又會怎麼說？我雙手插在口袋，站在那張相片前搖搖擺擺，回味我的勝利。

「你認識提姆西叔公嗎？」一個聲音問道，打斷了我簡單的快樂。我轉過身，看到一張好幾年沒見的臉。

「希拉瑞？」我問道。「希拉瑞．多拉德？」

「就算是還沒嫁給傑森之前，我也不姓多拉德。我現在姓布魯頓。」她緊緊抿著嘴唇對我微笑，看樣子還算友善，不過我還是小心為上。她的眼睛和女兒一模一樣——正確來說，是艾米莉的眼睛和她一模一樣，都是柔和的棕色。時間和世代將多拉德家的稜角磨得柔和了些，但是她的嘴和顴骨還是看得到多拉德家的印子——愛蜜莉亞、瑞秋、休和托瑪斯，這些過往的鬼影稀釋過後，在她身上變得……溫和了些。稀疏灰髮垂在她臉邊，讓她更顯得柔弱。

「漢尼根先生，我們沒正式見過面吧。」

她朝我伸出手來，我從前拒絕和她先生握手，今天卻握住她的手。過了片刻，她抽回手，到沙發上坐下，看著身穿西裝和靴子的男人一個個走過，對那些和她打招呼的人點點頭，一副蘭斯福女王的模樣。想一想，從某方面來說，她還真是這地方的女王。

「我是想來看看這地方熱鬧的樣子。」她對我露出看上去挺真誠的笑容，拍了拍身旁的座位。

我走過去，但沒坐下，她必須抬起頭看我。

「漢尼根先生，我不會咬人的。」

「我很久以前就不怕你們多拉德家的人了。」

「是嗎？」她笑了聲說。「我還想在噩夢裡糾纏你呢。」

我看著她，忍不住露出微笑。我可以想像傑森．布魯頓愛上她的理由。

「如果能安穩睡著，要我作什麼噩夢都行。我最近連睡都睡不著。」我終於在她身旁坐下來，對她說道。

她瞅了我一眼，用看同伴的表情對我笑笑，然後低頭看著手，臉色正經了起來。

「從傑森去世那天開始，如果不吃藥，我根本沒法安安穩穩睡一晚。一開始，我常在半夜驚醒，想著一定是我做錯了什麼，才害他病得那麼厲害。」

我看著她，但是她沒轉過來看我，我們尷尬地靜靜坐了一會兒，聽著四周吵雜聲響。一個男人抬著電子琴從前門進來，要朝後頭的走廊去，我考慮起來幫他開門，不過這雙老膝蓋不可能讓我及時趕過去幫忙，所以我就坐在那兒，看著他轉身用背頂開門，差點撞倒一個手上香菸還沒點燃的年輕女孩。他倆都笑了，女孩蹦蹦跳跳地和他擦身而過，笑吟吟看著他和他的電子琴卡在門前。我看著男人慢下動作，欣賞女孩的背影。

「這年頭女孩子都變漂亮了，你說是不是啊？」希拉瑞說道。「她們好像比我們以前那個年代的女孩子更漂亮，而且還比較高，肯定比我們以前的女孩子高。」

我笑了。她當我們年紀差不多，這算是誇獎吧，實際上我比她老了二十幾歲。

「妳剛剛說那人是提姆西？」我說道。

「什麼？」

「提姆西。妳剛剛說照片裡那人是『提姆西叔公』，可是我聽艾米莉說那是托瑪斯的父親，休．多拉德。」我的嘴開始渴了，想起那杯在吧檯上等著我的威士忌。希望我的酒還在，別等我回去發現酒已經被絲薇拉娜清掉了。

「不，那人是休的弟弟，提姆西。我從沒見過他，看你站在那裡瞧了那麼久，我想說你會不會在他離開蘭斯福之前和他見過面。」

她若有所思地抬頭瞧了瞧相片裡的男人，我則是盯著她，努力想理清楚她說的是什麼意思。

「等等，」我說道。「艾米莉說過，『那是托瑪斯的父親。』可是妳卻說那人是提姆西．多拉德？」

「沒錯，」她答道，擱在腿上的兩隻手不安地動來動去。「漢尼根先生，這下我們的土地、我們的旅館，還有我們丟人的祕密，全都是你的了。我的外公——休．多拉德，並**不是**托瑪斯的親生父親。托瑪斯是我外婆外遇生的，而且外遇對象還是她的小叔。」

她這話真把我嚇呆了，我想都沒想過她會說出這些話來。我呼出一口氣，搖了搖頭。

「托瑪斯一直不知道休並不是他眞正的父親，」過了半晌，她順著我的視線看向相片裡的男人，接著繼續說，「他死時還一直以爲他父親恨他，但實際上，他根本就不認識自己的父親。我外婆是在還沒嫁給休的時候，和提姆西好上的，他們是在外婆來蘭斯福訂婚那天相遇，聽說外婆對他一見鍾情。提姆西長得挺英俊的，不是嗎？」

我實在不會看男人的長相，所以沒接話。

「可惜他年輕時不了解自己，他是同性戀，但以前連他自己都搞不清楚。他們的關係一直持續到外公外婆剛結婚那幾週，直到有一天，提姆西寫了張字條給愛蜜莉亞，說要去倫敦堂堂正正地做自己。休回家看到太太喝醉了酒倒在床上，手裡拿著那張字條。她一下子全都招了，連懷孕的事也說了——那時候休跟她還沒同房。休以爲太太不想行房是因爲太害羞，心裡想著她很快就不會那麼害臊了，結果發現眞相後，他大老遠衝去找提姆西，把他狠揍了一頓，叫他再也別踏進蘭斯福莊園。托瑪斯出生時，外公看了他就火大，一輩子都把托瑪斯當傻子看待。這個該死的家庭發生的每一件破事，外公都當是托瑪斯惹起的。托瑪斯眞的很可憐。漢尼根先生啊，不管是怎樣的孩子，都不該遭受那種對待。」

我讓走廊另一頭的掌聲分散我的注意力，暫時不給自己機會可憐那傢伙，但是她的故事就像門縫吹進來的冷風，呼嘯著鑽進我皮膚的縫隙。

「無論過了多少年，他們的情況都沒有好轉。」希拉瑞接著說。「這棟屋子充滿了仇恨，母親之所以出生，完全是因爲外公喝醉了，然後……」她環顧大廳，皺了皺眉頭，抬手摀住了嘴。「母親打從心底恨這個地方，要不是她和父親都沒錢，她絕不可能回來。他們倆就這麼喝酒把自己喝死了。漢尼根先生，後來是傑森救了我。」

我閉上眼，試圖把這一家子的痛苦拒之門外，不讓那些陳年傷痛堆在我已經滿載的心頭。扛著這份重量實在太累人，我需要消失——但是我看著她看我，總覺得她還有話沒說完。

「我沒想要冒犯妳的意思，」我好奇地說。「不過我……我有點兒好奇，妳爲什麼要對我說這些？妳讓我知道這些事情，有什麼目的嗎？」很好，說得沒錯。我心想，咱們就直話直說吧。

她想了片刻，然後說：

「我應該是想對你解釋事情的來龍去脈。我知道當初是你拿了金幣。」

「聽著，這件事我已經和艾米莉說過了，我……」

「不是的，漢尼根先生，我沒要指控你的意思。我這樣拐彎抹角地說了老半天，就是想改正過去的錯誤，別再讓曾經住在這裡或在這裡工作過的人——包括漢尼根先生你在內——繼續孤單下去了。」

猛瞧。

她羞澀地對我笑笑。我不知道該做什麼、該看哪裡、該說什麼，只好盯著自己的手

「傑森走了之後，我心裡就只剩一個怎麼塡也塡不滿的大洞，一直以來我都只是在騙自己。托瑪斯死後，我發現該是時候放下這個家族悲哀的歷史，讓別人來接下衣缽了。」

又是該死的孤獨，搞得我們凡人沒有一個活得快樂。它比所有疾病都要可怕，趁我們睡覺時啃噬我們的骨頭，在我們醒時進我們腦子肆虐。

「漢尼根先生，你怎麼了？」她問，顯然是發現了寫在我臉上的孤單與絕望。她也懂，她和我一樣很清楚孤單的感受、它的質地、它的氣味。她搭住我的手，我只能愣愣盯著看，詫異地發現自己很想用另一隻手握住她的手，但我的另一隻手就是不肯動。

「妳是怎麼撐下去的？」我沒有動作，而是拋個問題問她。「他死了，留下妳一個人，妳是怎麼繼續走下去的？」

「啊，這個啊。問題是，我們眞的繼續走下去了嗎？我們眞的撐下去了嗎？在我看來，我沒有走下去，我猜沒有人失去另一半之後還能眞的走下去。你太太也在不久前去世了，對吧？」

「對。她叫莎蒂。」

「是啊，那你應該也知道，少了另一半的生活就像人間地獄，你可以選擇痛苦地活著，也可以選擇逃避。他死後，我決定整天用藥物逃避痛苦，這棟屋子裡到處都是他的影子，我就透過藥物幻想他還在身邊。這樣能幫到我、幫到艾米莉嗎？完全沒有。」我感覺到她的手稍微加重力道，按住我的手。「還有你，既然你還在，就表示你也選了痛苦地活下去吧？」

我用眼角餘光瞥看她的臉，看她的嘴唇。

「妳都沒想過要放棄嗎？」我問道，聲音輕得幾乎聽不見。我睨著她的嘴，等她回答。

「我不夠堅強。」她微笑著回答，那張臉一瞬間變得美麗動人。「要離開這世界，是要有決心的。」她頓了頓，轉頭看我。「你還沒回答我的問題呢。你是怎麼撐下去的？你的祕訣是什麼？」

「威士忌。」

她笑了，笑得很大聲、笑了很久。我不曉得她在笑什麼，我沒想要說笑話的意思，我只不過是說了實話。但是，看著她的笑臉，我自己的唇角也忍不住咧了開來，五臟六腑都把笑聲給吐了出來。我們對著大廳、對著大廳裡來來往往的年輕人哈哈大笑，把我們的絕望都給笑出來，笑到呼吸困難，笑到不得不緊閉著眼睛把淚水擠回去，笑到不得不扶著沙發，免得摔到地上。當笑聲終於消退，我們癱在天鵝絨沙發上，慢慢靜下心來，恢復正經。

「我最想念傑森的不是他說過、做過什麼。」她說。她的手早已從我手上挪開，平貼在胸前。「而是他的呼吸，就在我身邊，在同一間房，或是屋裡哪個地方都好。我不在乎，只要知道他在某處就好，那是最最重要的。我不需要他做什麼，我只要他活著。你也是嗎？」

我看著她，說不出一句話，生怕眼淚就要迸出來。我以點頭作答，猛點頭就像隻瘋得錯亂的傻狗，頭都墜到膝蓋了，沉到我抖著如打鼓般的指間，沉到我的靈魂裡。我閉上眼，試圖止住內心的翻騰，再次點了點頭。

我們再次陷入沉默。但我腦子裡浮現了莎蒂的模樣：她在屋子後頭，跪在她那堆庭園山石之間，那可是她的驕傲，也是她的樂趣。她想站起身，可是她也和我一樣得了關節炎，膝蓋不好使。她先是扶著一塊大石頭，想撐起來，可是不成，她又等了一、兩分鐘，再試一次。她回頭看看屋子，但是沒看到我站在廚房窗前，揮著手要她等我一下。我對她揮手，是想告訴她：妳等著，我馬上就來。可是我還沒離開窗戶，她就又試了一次，這回她成功站起來了。

「其實啊，你出錢投資這間旅館的事，艾米莉從來沒提過。」希拉瑞說。「她是個好孩子，但她是不可能把祕密說給我聽的，不過我從一開始就知道了，就是你說願意出錢救下這地方那一天。我在辦公室裡，聽到了你們的談話。」

她往我這兒靠過來，笑咪咪的模樣像極了終於說出深藏心底祕密的小女孩。我說不出話來，而且就算喉嚨和嘴巴讓我說話，我也不曉得該說什麼才好。

「所以，其實是我讓你救我的。」她笑吟吟地低聲告訴我。「漢尼根先生，這是不是很棒啊？**你**救了**我**——救了你所謂『多拉德家的人』。」她笑著仰頭看天花板，又低頭看看自己的手。「他去世以後，我就離不開這裡了。我說自己離不開『這裡』，其實是離不開他，離不開傑森。他是我的全世界。這棟屋子的每一面牆似乎都透著他的氣息，他愛死這個破破爛爛的地方了，他堅持要把這裡改建成旅館，沒有任何人勸得了他，我自然也說不動他。」

希拉瑞露出哀傷的微笑，看了看周遭。

「她本想把屋子賣了的——傑森病危的時候，艾米莉回來幫忙，那時候她想賣掉這棟屋子。我知道她打算賣房子，但是我沒法放開傑森一輩子的努力。這時候，你騎著白馬來救我們了。是不是很諷刺啊？你好不容易再也不用見到我們多拉德家的人，結果你卻是幫助我們留了下來。」

她笑得更燦爛了。

「我差點就笑了出來。你該不會以爲我忘了吧？那一晚，傑森到你家苦苦哀求你施捨一點錢給我們，你是怎麼對待他的？你該不會以爲我把那件事給忘了吧？他一直對那晚的事耿耿於懷，怎麼也放不下。」

她沉下了臉，嚴肅地搖了搖頭，對我的同情心消失殆盡。

「漢尼根先生，你羞辱了一個好男人，一個光明磊落的好男人。我的男人。也是你害艾米莉困在這地方的，你知道嗎？我可憐的女兒，永遠離不開這個服務別人的人生，永遠離不開我、離不開這些人。」她朝那些從旁經過，準備去抽根菸的人一揮手，又再吞了口口水之後，補充道：「然而，這一切是我造成的。」

她開始顫抖、開始抽氣。老天，我沒法再看她哭了。她在我身旁顫抖著，而我不自在地挪了挪身子，看看有沒有人注意到我們。不過看樣子大家都忙著參加今晚的活動，無暇顧及兩個老傢伙。

「希拉瑞，我從很久以前就受夠了多拉德家的責罰，這些話妳還是去說給別人聽吧。」

「不是的，你誤會了。該受責罰的人是我。讓女兒犧牲她的人生，我這算哪門子的母親？」她哭著問道，說得好像我知道答案似的。我難道像是教養孩子的專家？

我的手開始在裝得滿滿的口袋裡翻找，最後終於解開包著那一小包藥丸的手帕，勉強把手帕抽出來，放在她手裡。

「來。」我靜靜地說完，就別過頭，儘量給她一些隱私。

希拉瑞擤了擤鼻子，轉頭看我。

「漢尼根先生，我想請你幫我做一件事。」最後，她用令我憂心的急促語氣說。「請你把這個地方買下來，全買下來。強迫艾米莉把它賣給你或賣給別人，給誰都沒關係。你不是很冷酷無情嗎？那就逼她離開這裡，這地方對我們造成的傷害已經太深了。」她湊到我身旁，直湊到我的臉前面，仔仔細細盯著我，她還把手搭在我的手上。我細看她央求我幫忙的嘴角，看到擴散開來的扇形皺紋，和從她眼角延伸出去的皺紋重疊。她近到我能感覺到她的呼吸，聽得到她呼吸加速。「漢尼根先生，拜託你，放她自由吧。」

我很想離開，很想回酒吧把吧檯上的威士忌喝下肚，很想安安靜靜地自己待著。我可不想處理別人的問題。臉上的疤痕開始發癢了，我想伸手揉它，但是希拉瑞離我太近了。雖然這麼做相當失禮，我還是站了起來，讓她的手又落回自己腿上。我用力搓揉皮膚，聞到手上的泥土味兒，看著樂團其他團員穿黑西裝、繫白領結、戴著牛仔帽從我身旁經過，他們或抱著擴音器，或拿著形形色色的器材。我退開一小步禮讓他們，等到他們進了大廳另一頭的雙開門，才說：

「妳要我當壞人就是了?」

我低頭瞅著她滿懷期望的臉。

「你要這麼說，也沒錯，我就是要你當壞人。」她莊重地站起身，握住我的手。「漢尼根先生，拜託，拜託你了。再爲我們多拉德家扮最後一次壞人。」

我沒法回應她，他們家錯綜複雜的歷史實在太難懂，我的腦子再也承受不了。我能做的，就只是站在大廳握住她的手，靜靜待上一會兒。我已經沒法再給出什麼了。我再看了她那雙哀傷眸子最後一眼，然後轉身離開。

我回到酒吧，看樣子不喜歡那個樂團的人又都回來喝酒了。

「你還在啊。」艾米莉從廚房走出來說。「抱歉，我剛才太忙了，都沒空來陪你喝酒。那邊眞是忙得不可開交，還好現在都結束了，起碼演講什麼的結束了。現在換樂團表演。我必須說，目前爲止活動進行得很順利，不過爲了拍照我必須一直微笑，笑得我臉都僵了。」

她在我身旁的高腳椅上坐下，雖然一臉疲憊，卻還是對我露出很小的微笑。

「所以呢?你**到底**是來做什麼的?」

老天，她眞的很美。

「來，」我對絲薇拉娜說道。「櫃子裡有瓶寫上這位小姐名字的香檳，妳能不能幫我開瓶，倒一杯給她，順便再幫我倒一杯米爾頓？」

我把酒杯往她的方向一推。

「香檳？」艾米莉用看瘋子的眼神看著我問道。

「羅伯特說妳最愛喝香檳。」

絲薇拉娜拔開軟木塞，我們看著她倒出泡沫。那玩意兒看上去挺美，味道卻是難喝得要命。

「漢尼根先生，我們是要慶祝什麼嗎？」

「算是吧。我們來敬我太太一杯，兩年前，她覺得該是時候離開我了。」我對她微微一笑，看著她稍微垂下閃亮的眸子。「妳可能不知道，她很會種花的呢。」我試著緩解凝重的氣氛，「到處都是她種的花，粉紅色、紫色、黃色和橘色都有，特別是我們家後面那塊小小的庭園山石，被她種滿了鳶尾花、矮牽牛、秋海棠、金蓮花什麼的。其實我一直都分不清哪種花叫什麼名字，不過一回家就會聞到院子裡的花香，車門一開那個味道就撲鼻而來。那不是蜂蜜，也不是茉莉花的味道，是她，是莎蒂的味道。我已經兩年沒聞到那個香味了，現在院子裡只剩雜草，勉強活下來的花也都被雜草蓋住了。」

艾米莉看上去像是隨時會過來抱抱我，我趕緊舉起酒杯，免得她真的抱上來。

「敬莎蒂。」我說道。

「敬莎蒂。」

兩只酒杯碰在一起，發出清脆聲響。

「我剛才和妳母親聊了一會兒。」沉默變得有些尷尬時，我靜靜地說著。越來越多人湧進酒吧，也許是急著逃離樂團，唉，如果這裡能和剛才一樣安靜該有多好，真是群煩人的傢伙。

「我母親？我母親！」

「對啊，妳母親。」我看了看四周有沒有人聽到我們的對話。

「你一定是認錯人了，母親從來不出來，特別是這麼熱鬧的日子，她肯定躲著不出來。她對蓋爾運動協會一點興趣也沒有。」

「那應該是我認錯人了。」我沒力氣和她爭論，繼續盯著前頭，幾乎能想像她瞇著眼睛轉向我。

「她對你說了什麼？」

「噢？妳願意相信我？」我朝她的方向瞅了一眼。「她沒說什麼，只跟我說托瑪斯的父親不是休．多拉德，還說她老早就知道我投資你們這間旅館的事。」

我又喝了口酒，想像她驚慌的模樣。

「她知道了？你說她老早就知道，那是什麼意思？」

「就是字面上的意思。她說她從一開始就知道了。」

「可是……可是她從來……」艾米莉沒有說完那句話，而是盯著杯子裡的泡沫看了一會兒。

「問妳一個問題。」給她一些時間消化之後，我開口說道。「假如我那時候沒有投資這間旅館，妳會把宅子賣了嗎？」我的手試著比一下這個房間，結果揮到一半就放棄了。她抬手摸了摸額頭，困惑地瞅著我，我突然後悔自己問了這個問題。

「我……呃……我不知道。」

「那妳現在願意賣嗎？」

「怎麼，你想買嗎？」她語帶諷刺地笑了。「你不是完全不在乎這地方嗎？」

「妳回答我的問題就是了。」

但是她沒有回答，而是盯著我猛瞧，試著看透我的心思。

「算了，這不重要，現在怎麼樣都沒差了。」我邊說邊摸下巴的鬍碴，又想起刮鬍刀已經被裝進箱子送到都柏林，不禁有些後悔起來。不過想到這兒，我又笑了——傻兄弟，你要去的地方可用不上刮鬍刀。

「你的意思是，如果我可以改變過去，我還會拿你的錢嗎？」她看著我，又把視線轉回吧檯，想著要怎麼回答問題。「我不知道。」最後，她這麼回答。「是這間旅館讓我變成了今天的我，剛開始在這裡工作時，我還只是個小女生，現在我已經是籌辦愛爾蘭最盛大體育頒獎典禮的女人了。說實話，我覺得我自己和父親都該感到驕傲。沒錯，漢尼根先生，就連那些陰險的多拉德家人也都該為我驕傲。」

我看著她，微微一笑。

「是啊，艾米莉，妳做得非常好。」

我感覺自己快睡著了，而且可能一睡就是一千年。今晚發生的一切和還沒發生的一切，全壓在我沉重的眼皮上。

「漢尼根先生，你還好嗎？」她又瞇起眼睛看我。「我剛才遇到羅伯特，他說很擔心你的狀況，但他不肯告訴我為什麼，只叫我多注意你。」

該死的羅伯特。艾米莉拿出手機，像是要威脅我，然後把它放在酒杯旁邊。我隨便揮了揮手，表示我沒事。

「是酒的關係，酒啦。妳別為我瞎操心，我一點事都沒有。」

我別過頭，看向絲薇拉娜。她倒是比剛才開心了不少，像酒吧女王似的幫那些逃離樂團的客人倒酒，在老闆面前展現她高超的技術。艾米莉啜了口酒，我則是納悶自己岔開話題的努力是否做足了？

「她還挺不錯的嘛，那個年輕女孩做事很認眞。」我舉杯往絲薇拉娜的方向指了指，又試著分散艾米莉的注意力。

「你別管絲薇拉娜了。母親說她知道你『介入』旅館的事？她是怎麼說的？」眞該死。

「她覺得妳非常了不起，說妳很有成就，把這間旅館救了回來。」

「眞的？她沒對我說過這些，從以前她就對這地方和我的經營方式不感興趣。」

「父母都是這樣的，我這可是經驗談。我告訴妳，妳做的事情她都知道，她都看在眼裡，而且啊，她覺得妳做得很好。」我拍了拍她握著杯子的手。

「所以她沒生氣嗎？」

「這個嗎，就算生氣也是好幾年前的事，氣早消了。」我笑著說道。「況且她根本沒生氣，至少沒生妳的氣。好孩子，妳要更有自信一些，是妳復興了多拉德家。妳聽我說，我建議妳去跟她談談，談開了才好。」

「她把托瑪斯和他父親的事也告訴你了？」

「是啊。」

「很悲慘吧。」

我又啜了口米爾頓，然後問道：

「我問妳，如果他把錢幣丟出窗戶的那一天，我就把那玩意兒還回去，他的人生會變得不一樣嗎？」

她看著前頭，眉毛抬得老高，嘴唇也噘了起來，很用力思考我的問題。

「這個嘛，」過了半晌，她開口說道，「除了他喊『父親』的那個人之外，沒有人救得了他。漢尼根先生，就算你想救他，應該也做不到吧。」

她說得沒錯——父親就是該對兒子負責。

兒子啊，我得承認，我實在是累了，這一天實在是太漫長。現在，我做好展開行動的準備了。我又拍拍她的手，不過這次她反握住我的手，握得很緊，好像我的手對她來說很重要似的。我看看我們的手，又瞧了瞧她的臉，最後一次了，我在她臉上又看到勇氣。然後，我做了一件連我自己也意想不到的事兒：我靠過去親了她臉頰一下，然後不情願地放開她的手，扶著吧檯起身。站穩腳步後，我朝她舉起幾乎空了的酒杯。這是最後一次了。

「敬清除雜草這份偉大的工作。」說罷，我一口吞下最後一滴酒，從她身後經過時拍了拍她的肩膀。「艾米莉，晚安，我今天聊得很愉快。」我朝大廳走去，不用回頭看也知道她拿著該死的手機跟在後頭。

「可是，漢尼根先生……等一等，莫里斯。」她聽上去相當擔心，讓我很不自在。

「你確定你沒事嗎？你該不會要開車回家吧？至少讓我幫你叫一輛計程車吧。」

「我有這玩意兒，還要計程車做什麼？」

我從口袋拿出蜜月套房的鑰匙，轉身把鑰匙舉起來讓她瞧個清楚。

她看了一秒，才發現那是什麼東西。

「神祕嘉賓就是**你**？」

「沒錯。」我的語氣裡多了一絲得意。「不過我想先呼吸呼吸米斯郡的新鮮空氣再上樓。」

我留下目瞪口呆的艾米莉站在那邊，任由她那雙憂心忡忡的眸子緊盯著我的背。我知道她還是有可能打電話給羅伯特，不過也只能冒險了。我走向大門，途經相片時，對著裡頭的男人脫帽打招呼，然後再一次轉向艾米莉，指著相片說：

「提姆西外曾叔公。」說完，我對她笑了笑，還眨了眨眼，才走出敞開的大門。

說來奇怪，東尼和茉莉動不動就來陪我說話，你媽卻從不來找我，這點我實在想不通。她可能都探望你去了吧，兒子，她或許跟你比較有話聊。我可以想像你邊過著日子，邊和她討論接下來要寫的報導、聽聽她的意見，她肯定愛死這樣了。

現在正下著雨，是七月常見的豪雨——以前下起這種雨，你都會擔心牛棚屋頂撐不住。如今我不必再為這種事情擔心了，牛棚屋頂已經是別人該煩惱的事，和我無關了。今晚想了那麼多讓我傷心的事，這其中還完全不包括牛棚太破爛這一項。但是，今晚河水一定會暴漲，畜牲應該也會大受驚嚇吧。

一個穿著高跟鞋、把包包舉到頭頂擋雨的女人，大呼小叫地踩著溼滑地面，躲進我這兒的遮雨棚下。我讓了些空間給她，不過其實也沒那個必要，這裡只有我一個人——那些抽菸的傢伙老早彈掉菸蒂，回室內躲雨了。

「我全身都溼透了。」女人氣喘吁吁地說，好像剛在利菲河游完泳。她看了看自己光著的手臂和雙腿，又摸了摸頭髮。「媽的。」

我往她塗得亮晶晶的腳趾看去，笑了笑。

「是啊，天上應該是有什麼人在發火吧。」我邊說邊往小鎮望過去，心裡暗暗希望在上頭發火的不是我太太。

「我現在很想把那個人掐死。」她說，邊從我身旁走過，進了旅館大門。進去後，她像老狗排檔桿一樣抖了抖身體，甩掉身上的雨水。倘若能讓別人的手掐住我的頸子，這樣我就什麼都不用做，可以悄悄地走了，那一定會更輕鬆吧？到了天堂門前，我還可以坦蕩蕩地告訴聖彼得：大人，那不是我做的，是那個頭髮淋溼了、妝都糊掉的女人下的手。

比小鎮更遠的地方閃過一道光，我在腦子裡數數，等著上帝搬家具。從那個響亮的吼聲聽來，祂搬的應該是他媽的大衣櫥吧。六，我數到六，雷聲才從天上轟下來。

我踏了出去，閉上眼，抬起頭迎向雷聲雨聲。大雨把我全身上下都打溼，這感覺好極了，好像我心裡的擔憂和疑慮都給洗淨了。我像是接上電似的，突然有了精神，開始跳舞。我不騙你，我的腳在雨中「啪、啪」踩踏著，甚至學歌舞劇裡的演員踢起腿。附近沒人，沒人會看到我像傻子一樣抬起膝蓋亂踢。當然，也可能有人從窗戶往外看，不過我不去多想，就自顧自地跳起來讓腳跟在空中相碰，實際上我應該是像在牛欄裡吃草的老牛一樣，兩腳根本沒離開地面。不過，在我腦子裡，我做到了，我和歌舞明星金．凱利一樣輕快地碰了碰腳跟，在那兒轉了一圈又一圈，讓每一滴雨滲進皮膚裡，直到骨頭都溼透了，才被地心引力拉得往牆邊撲過去。我喘著氣大笑，努力緩過一口氣，扶著膝蓋，身體彎了下去。

雨勢漸小，乍然就停了，像是上頭的人發現搞錯下雨的地方，趕緊去攻擊正確的目標。片刻的寧靜罩著我，像是下雪時的寧靜。我站得直挺挺，一隻手扶著牆，閉上眼讓寧靜環繞我周身。我試著把平靜的空氣吸進肺裡，讓它溜進我抖動的骨頭和躁動的肌肉裡。這一瞬間，像是熨斗燙過的衣服，我整個人都靜了下來。前頭的街上，有幾間酒吧傳出人聲，人們說了晚安之後發動汽車引擎，週六晚上的狂歡，讓小鎮又活了、醒了。

車子喇叭聲響起，一條條手臂在溼悶的夜裡揮動。

好了，你都知道了，我該做的算是都做完了。我的人生就這麼整整齊齊地裝進箱子裡，分門歸類，貼妥標籤。這一晚的慶祝結束了。我還眞是的，一旦下定決心要做什麼，就鐵了心要做到底。

走廊另一頭，樂團還在賣力演唱。就算站這麼遠，我也能聽見他們模糊的聲音。那首歌的旋律我沒聽過，不過我在自己的腦袋瓜裡編了段旋律和歌詞，還哼了起來：**半夜十一點，萬事都平安。要說的話太多，現在卻已到離別時間**。我還眞有寫歌的天分，想到這兒，我忍不住微微一笑。門開了，那些淋到幾滴雨就落荒而逃的懦夫又全出來了，我在人潮裡逆流而上，回到旅館內，在前檯停下腳步，手插口袋，眼看著左手邊那扇門，通向我等會兒不得不進去的房間。

「啊，漢尼根先生，總算找到你了。」絲薇拉娜喊道。她來到我身邊，嚇了我一跳。「我以為你走了，還到處找你。你忘記拿這個了。」

我看著她手裡那瓶傑佛遜。

「唉呀，妳記性眞好。」

「我不想讓艾米莉看到，我可不想被開除——至少，不能因為你被開除。」

我笑著接過酒瓶。

「你現在要去哪裡？去跳舞嗎？」她俏皮地笑著問我。

「不去，今天已經跳夠了。我跟這小子要去找命運約會了。」我舉起酒瓶說。

「不去是對的。那個樂團啊，」她靠過來，在我耳朵旁邊說道。「他們叫『節奏王』，可是我眞的搞不懂，他們又沒什麼節奏，都是表演鄉村歌曲。我最討厭鄉村歌曲了。」

她說話時，喉音好像都從喉嚨深處冒上來，在喉頭停留片刻後才吐出來，聽得我耳朵有點兒發癢。我爲她笑了最後一聲，準備繼續走下去，不過在推開左手邊那扇門之前，我回頭喊道：

「絲薇拉娜，謝謝妳。」我舉起酒瓶。

她笑了。「下次就喝只健力士啤酒，不倒出來？」

「對，不倒出來。妳還學得眞快。」我邊說邊用肩膀推開門，到了門的另一側。我停下腳步，聽那扇門關上，然後轉身隔著玻璃看她消失在酒吧裡。

我都不搭電梯，所以找到樓梯就開始往上爬。

「你和電梯有仇嗎？」莎蒂老是不把我對電梯的疑慮當一回事。

「妳先別急著講我，這跟《火燒摩天樓》那部電影沒半點關係。」我老是瞅著她噘起的嘴唇，這麼應道。「眞的半點關係也沒有。我是聽說默胡達特那邊有個男人……」

鈕。

「哼，又是默胡達特的男人。」她總是一面回話，一面像在打遊戲機似的按電梯按鈕。

「眞的有啊！默胡達特有個男人就是因爲電梯掉下去，害他的腿給摔殘了。」她每次都拒絕認可我或是默胡達特那個可憐人，我也每次都對著她的側臉抗議。「而且妳按那麼多次，它也不會來得比較快。」我一面一步步爬上樓一面提高音量說話，確保她聽得見我搭配每一次抬腳丟出的抱怨。

默胡達特那個天殺的傢伙！

爲了那個我們倆都不認識的男人，我們到底吵了多少次？其實啊，現在想起那些蠢到家的爭執，我還有些懷念呢。

我浸了雨水的衣服沉甸甸的，讓我的腿越走越累，只能慢吞吞地前進。明明是那麼近的地方，卻感覺遠得要命。每爬一段樓梯，我就靠著上頭的扶手，恨不得就站在那兒睡著。可是每當我快睡著，腦子就會用長了疙瘩的手指敲敲我的頭殼。

「還不行。」它告訴我，「還不行。」

第七章

晚間十一點零五分

蘭斯福旅館，蜜月套房

我今晚就會死。好了，我說出來了，你也總算明白了。我不想把這句話說出來，甚至連想都不願去想，並不是因爲我不想死，而是爲了我會留下的人——凱文，是因爲我會離開你。那份罪惡感太沉重了。身爲父親，我實在配不上你這個兒子。

我站在房門外，上下打量它。這是一扇非常棒的門，值得好好瞧上一瞧，我說這裡很棒，是想強調它有多壯觀，而不是某些愛爾蘭老鄉口裡掛著的「好棒，好棒」，那完全失去了意義。寬大結實的紅木，讓我忍不住伸手摸了摸上過亮光漆的光滑門板，還帶著敬意拍了兩下。一整晚都和父親的菸斗在我口袋裡碰碰撞撞的房間鑰匙也一樣，巨大又份量十足。用卡片開門的感覺完全比不上。老派作風的美感，不管過了多久，都絲毫不減。

我轉動鑰匙，打開房門，聞到剛洗好的被單氣味。我閉上眼在門口站一站，儘管那股味道沒幾秒就散去，我還是想專心留住這一刻。而後，我終於踏進門，環顧這間完美的臥房。

床上鋪著沒半點摺痕的白床單，四柱床掛著的簾幔和窗簾同一款式，奢華的深紫色布料沉沉垂到地面，一看就是高級貨。床上擺了三排枕頭，都套著印了紫花的奶油白枕套，紅木衣櫥立在床尾，它左側靠窗那邊則是放了一張寫字桌，上面還擺一瓶水和一只玻璃杯。我開了檯燈，發現這裡的家具雖然相當老舊，卻是經過精心保養，一件件都擦得雪亮。一張背對我的椅子被人推到寫字桌下，表面的綠皮革是用青銅釘固定，右手邊的角落也有一張扶手椅，它那高高的椅背和舒服的扶手，像是在此等了我八十四年。

我把威士忌瓶重重地放上床頭櫃。我不是故意的，只是沒抓準距離，敲到桌面的聲音連我自己都嚇了一跳。

「噓，」我自言自語道。「他們搞不好馬上要來了，說不定羅伯特正要跑上樓來救人，把你從我身邊搶走呢。安靜點啊。」

我脫下溼答答的外套，丟到床上。我到處看看，試著找回你結婚那一晚，我留在心中的老舊回憶。你回想婚禮那天的事，還能清楚看到每一個細節嗎？或者，你對那天的印象也和我一樣模糊了？那晚，這個房間跟現在一樣寬敞、豪華、奢侈嗎？我繞過床走到窗邊，兩隻腳踩著厚厚的地毯。這地毯不怎麼適合跳舞，但我還是站穩腳步，開始和她跳華爾滋。我感覺到她在我的引導下拱起背來，感覺到她隨著我的步伐跳起舞來。

「晚安，莎蒂。晚安，莎蒂，我們在夢裡相會。」我疲累的嗓子唱道。

「是艾琳，」我能想像她這麼告訴我。「那首歌叫〈晚安，艾琳〉，又不是〈晚安，莎蒂〉。」

但是我不聽，我們倆繼續跳人生的華爾滋。忘了歌詞我就哼「一、二、三、一、二、三」，帶她繼續跳下去，這舞有我們的人生高峰與低潮，還有這中間組成我們人生的各樣節奏。我像個傻小子一樣笑得樂呵呵，身子越轉越快，擦過窗簾和布幔、繞過床腳、撞到椅子，飛快舞過我記憶中無數個片段。我轉了一圈又一圈，一圈又一圈，直到最後，我癱倒在床上柔軟的羽絨被上，累得上氣不接下氣，頭頂的天花板還轉個不停。我緊緊閉上眼，什麼都不看。床上柔軟絲滑的被單包裹住我，怎麼也不肯放。這感覺太好，沒多久，意識便開始漂移。

但我的腦子咚咚敲了敲頭殼，即便我呻吟著抱怨，腦子也不顧，只是一逕用罪惡感逼我動起來。我只好翻身趴在床上，口水都滴上了潔白的被單。我的手臂把身子往上撐，這一刻我只覺得自己重得要命，簡直像頭小母牛。

我拿出之前留下來的東西，從外套口袋掏出了照片，有我和東尼的，還有你和莎蒂的；接著拿出父親的菸斗，又一次摸了摸它令人心安的光滑表面；然後是莎蒂的髮夾包，舉在鼻子前聞了聞，然後才把它和我的眼鏡、我的手機一塊兒放下來。

我在褲子口袋裡翻找手帕，跑哪兒去了呢？他媽的跑哪兒去了？我的手四處摸索、翻來找去，卻怎麼也找不著。會不會弄掉了？掉在哪？放在酒吧？還是掉在廁所？我拍拍身上的衣服、摸了摸外套口袋，逐步回想今晚發生的事——啊，想起來了，是給希拉瑞了。幸好手指摸到躲在口袋角落的塑膠袋，就卡在邊角上，差點從我指尖溜走。三十顆小小藥丸。我把手指伸進小塑膠袋，一顆顆挖出來，最後還反轉小袋把藥丸倒到床上。黃、藍和粉紅色的小小藥丸。我一顆顆數過，從一數到了三十，接著起身從浴室拿了條毛巾回來，平攤在寫字桌上，小心翼翼地推開水瓶和水杯。我把床上的藥丸用毛巾裹起來，然後拿水瓶當杵來壓碎藥丸。我用身體的力量，每壓下去一次，眼淚也跟著流下，淌過頸子，滴到胸口，這哭法讓我自己都感到驚訝。隨便了，愛流到哪就流去吧，我不會再把淚水吞回了。搗完藥後，我把毛巾上的粉末全抖到桌上，用手把彩色藥粉推到桌邊，掃進水杯裡頭。眼淚、藥粉，全都進去了。啪嗒、啪嗒。我坐在那兒盯著它瞧，我以愛調製的混合物，像是也為我在哭泣。我如此不捨這個我急於離開的世界。

藥丸是在都柏林買的。我之前想騙醫生開藥給我，但是他說什麼也不肯，還說我應該去看心理諮商師。什麼該死的諮商師。

我沒花太多時間，就在都柏林找到了吉佐，那傢伙個子和長頸鹿差不多，左手上的刺青是吉他手吉米．罕醉克斯的肖像。大衛那個小伙子，應該直到今天都不曉得我為什麼一直問他小時候在都柏林瞎搞的事吧。一走進軍艦酒吧，我就看見坐在角落雅座的吉佐。那天我穿了件被蟲咬出破洞的舊外套，衣襬長到足以遮住綁在皮帶上的短獵槍，我就只差再配上牛仔帽和一匹馬了。

「我聽說你什麼都賣。」我對他說道。他身旁坐了另一個小伙子，可能是戴可或伊莫吧。我們沒有自我介紹。轉眼間吉佐就帶著我離開了那地方，一隻手架著我腋窩，把我給推了出門。

「你他媽在搞什麼啊？你不能在酒吧裡說那種話，到時候他們就再也不會讓我進去了。」他邊說邊架著我走到酒吧後頭的巷子。我的心臟跳得飛快，腦子直繞著一個想法轉：他能對我做什麼？朝我開槍？那我豈不是死得更痛快？

「我是大衛的朋友。大衛．福林。」我只想得到這句。我祈禱那傢伙永遠不會發現這件事。

「大衛？幹，我好幾年沒聽到他的消息了，之前聽說他老爸死了。」

這個年輕人挺有禮貌的嘛，還會關心人家老爸。

「老哥，你要什麼我都可以賣你，」我把我的情況說給他聽以後，他這麼告訴我。

「但你得付一大『鼻』錢就是了。」他被自己的冷笑話逗樂了。我當然不知道要買什麼，只知道我想要的結果。我在巷子裡等了半個鐘頭，跟垃圾和用過亂丟的保險套待在一起，直到他如他所言的回來找我。

「老兄弟，我這邊有胺碘酮、地高辛跟Zep，你把它們壓碎以後混在一起，配一點酒喝下去，就可以跟世界掰掰了。」我接過他給我的小袋子，默默走了。如果有人要我幫他填滿意度問卷，我一定會給五顆星。

我搖了搖杯子裡的藥粉，到現在還是對它們、對整件事、對自己感到不可思議。

凱文，我不會留遺書給你，寫信大概要花上我一整晚。我想讓你聽到我的聲音，讓你知道這是我自己選的。我的聲音——我有沒有告訴過你，你媽愛上的就是這個聲音？「這麼低沉、滑順。」我們結婚後不久，她對我說道。「和你第一次見面那天，我就好想閉上眼睛，聽你說一整天的話。」那還得了。

我把你的照片、我的手機和眼鏡從床上移到寫字桌上，也把毛巾摺好推到桌子另一頭。傑佛遜、藥粉、手機和照片，全一字排開在我面前。我戴上眼鏡，終於準備好了。

我按下紅色「錄音」鍵，疲憊卻又平穩的聲音就這麼傾瀉而出：

「兒子，是我，是你爸爸。你聽到這個的時候，我應該已經，呃……走了。你也知道，我這個人不愛寫信，這麼多年來，你從沒收過我的信吧？是啊，那是你和你媽才會做的事兒，你們倆就是懂得寫文章，你那麼會寫新聞，應該是從她那兒遺傳來的吧。

「兒子，我想跟你說，我很抱歉，不是因爲我要死了，要走了，不過……我知道對你來說這很不容易。但我想說對不起，是因爲我這個父親當得太糟了。我打從心底知道自己可以做得更好，我應該花更多時間聽你說話，應該更高興地接受你和你選的人生。老實說，我很佩服你，佩服你的爲人、你的善良，還有你的聰明與樂觀。我看著你從小長大，長成現在這個識字懂事的大塊頭，現在我站你身旁，總覺得自己不如你。

「我想告訴你，你寫的文章我每一篇都看了。我不得不承認，那些文章花了我很久的時間才看完，不過這兩年來我每一篇都有看。我甚至還學你媽，文章裡提到的事我都去查，連你也查了。沒錯，我Google**過**你。你就在那裡頭，資料多得不可思議，到處都有你。我也用Google查過自己，卻什麼都沒找到。所以啊，某方面來說，我是找到了你沒錯。在紙上、在螢幕上和你見了面。眞的很抱歉，到現在我才把這事告訴你，但我是眞的看到了。我看到你的聰明和善良，你的一切我都看在眼裡，也愛在心底。是的，兒子，我愛你。

「凱文，有些事我至今都深感懊悔，像是你以前每週六都陪我幹活，雖然你討厭那些工作，卻還是做了，而我卻沒有和你握手道謝。還有你媽過世的時候，我竟然對你緊閉起心扉，那眞的……眞的是很不應該。

「天啊，我本來不想讓你聽到我哭的，結果還是……咳，咳……抱歉。

「今晚我喝了你送的傑佛遜，眞的是太美味了。我敬了你一杯，也敬了你媽、你的諾諾阿姨、小茉莉，還有你的東尼伯伯。

「你要知道，凱文，這是我自己選的走法。我這輩子過得挺好，所以這不是悲劇。你也知道我不想生病、不想進安養院，凱文，在我看來我們所有人終有一天都會變成那副德性，但那不是我想走的路。老實說，我就這樣做，還比較好。

「記得你媽喪禮那天，羅莎琳一直握著你的手。羅莎琳眞是個好女人，我知道這些年來我都沒好好誇過她。你告訴她，我想請她現在好好握住你的手。

「至於我的小亞當和小凱翠娜，我把我最深最深的愛給他們。我知道在他們兩個孩子眼中，我把壞脾氣祖父這個角色扮演得很好。你替我親他們倆一下，跟他們說爺爺奶奶會在天上照看著他們。

「遺囑已經準備好了，到時候羅伯特會交給你，其他的事兒也都打理好了。土地和房子都賣了，我經手的生意和投資也都處理了，錢都轉到你幾個銀行帳戶裡，還有亞當和凱翠娜名下的戶頭。我不想讓你煩惱，所以事情都幫你處理妥當了，你就去過你的人生吧。

「當然，還有旅館——這間旅館的事。這間旅館一半歸我，事情說來話長，相信艾米莉會解釋給你聽。你還記得幫你籌辦婚禮的艾米莉吧，很和善的那位。凱文，我想把旅館交給她，所有權都還給她，她母親會怎麼說我就不曉得了。到時候，她想拿這地方做什麼，由她自己選擇。這樣最好。現在沒必要把細節全說給你聽，到時她會再跟你說明。還有，羅莎琳不是有個兄弟嗎，之前當你的伴郎那位，叫什麼名字我不記得了——我覺得他和艾米莉應該挺合得來的，你可以找機會介紹他們認識認識。對了，我留了些小東西給一個叫大衛的年輕人，這個羅伯特會再跟你解釋。

「我準備好要去見你媽了，準備好要回到她身邊。我知道這是在冒險，搞不好根本就沒有所謂的天堂，她根本就不會張著手臂等我，但是不管怎樣，一定比沒有她的生活好太多太多。過去這兩年實在太慘，我的每一根骨頭都能感受到失去她的痛楚。每一個早晨、每一天的每一時刻，我都拖著失去她的痛苦過活。我好害怕哪天早上醒過來，她完全從我的腦子裡消失了——兒子，那情況我眞的受不了。少了她，我整個人都不對勁。我已經做好準備，我不要再想像自己握住她的手，我想要眞眞正正的握住她的手。

「好啦，兒子，我就是這麼樣的一個人，那些好的、壞的，我都說了。兒子，祝你一生幸福快樂，繼續努力耕耘，你以後一定會有成就，非常有成就。還有，凱文，我要謝謝你，謝謝你這麼多年來一直讓我做我自己。

「還有你要記住，如果哪時候需要我，我一定會在你身邊聽你說話。凱文，我愛你。握住你妻子的手吧，兒子。我先說再見了。」

手指頭按下「結束」之後，周遭只剩寂靜。我把你的照片翻過來放在手機上，照片背面是我之前寫的一句話：

給凱文——按「播放」。

現在，是時候該睡了。我和我的藥粉和你的威士忌一塊到了床上，坐在我遠遠配不上的高級被單上。

先喝威士忌。

我轉開瓶蓋，水杯被我在床上的動靜搖得斜斜靠在我腿邊。我嘆了口氣，這是最後的機會了，我可以現在就衝出房間，或是立刻把這些漂亮的小藥丸沖進馬桶。

不要？

我的手摸到了水杯，舉起來開始喝。一口酒，一口藥，又一口酒，又一口藥，再一口酒。再倒一點酒，吞下肚。最後我躺了下來，手裡的杯子終於空了。

我最後一次閉上眼睛，呼喚她：

「莎蒂，妳在嗎？準備好了嗎？是我，莫里斯，我可以回家了嗎？」

致謝

感謝所有和我分享故事，幫助我創造這本書的親友：湯姆．伯恩、瑪莉．達利、傑利．海瑞、瑪瑞絲．貝爾、謝莫斯．歐德里斯歐、布萊恩．麥勾文、麥可．瓦爾許、老安東尼．勞瑞、喬．布萊迪、唐納．西尼，尤其要特別感謝我父母——詹姆斯與布莉吉．格里芬。謝謝布莉吉、派崔克和金恩持續支持我寫作，尤其是在創作這本書的最後階段持續鼓勵我。

感謝兩隻同樣叫丁吉的狗，一隻來自韋斯特米斯郡，另一隻來自韋克斯福德，牠們是書中小狗角色的靈感來源。

感謝蘿希．比斯特與愛爾蘭失讀症協會的各位——受到協會幫助的人們也給了我許多啓發，並且對莫里斯．漢尼根的人生造成了重大的影響。

感謝莫林加羅瑞托學院的所有人，讓我將時間用於修改書稿。感謝都柏林大學創意寫作課程二〇一五到一六年的師生，在我不同的創作階段，你們提供了無價的意見與回饋：喬．克羅提、芬巴爾．霍威爾、羅拉布蕾絲．麥多維、羅爾娜．麥瑪轟、愛達瑪爾・基蘭、羅爾坎・伯恩、羅瑞・基博德、迪沙利・伯斯、寇姆・麥德莫特、伊門・麥金奈斯、菲爾・基爾尼・伯恩、詹姆斯・萊恩、埃利斯・尼・杜伯尼、法蘭克・麥金奈斯、麗亞・米爾斯、安・恩萊特與保囉・培利，感謝你們。

感謝艾莉森・瓦爾許與比利・多蘭提供時間與智慧，幫助我催生這本書。感謝路易絲・布克利對這本書有信心，你大大改變了我的世界。感謝愛瑪・赫德曼幫助我讓這本書變得更好。

感謝約翰・柏因從一開始鼓勵我寫作，到現在持續支持我走下去。

最後，感謝詹姆斯和亞當在我跌倒時拉一把，並一直一直握著我的手。

國家圖書館出版品預行編目資料

五杯酒／安・葛里芬（Anne Griffin）著；朱崇旻 譯.
-- 初版. -- 臺北市：寂寞，2019.12
320 面；14.8×20.8公分. --（Soul；35）
譯自：When all is said

ISBN 978-986-97522-3-7（平裝）

884.157 108017926

Eurasian Publishing Group
圓神出版事業機構
用心與你對話・網野無限寬廣
寂寞出版社
Solo Press

www.booklife.com.tw reader@mail.eurasian.com.tw

Soul 035

五杯酒

作　　者／安・格里芬（Anne Griffin）
譯　　者／朱崇旻
發 行 人／簡志忠
出 版 者／寂寞出版社有限公司
地　　址／台北市南京東路四段50號6樓之1
電　　話／（02）2579-6600・2579-8800・2570-3939
傳　　真／（02）2579-0338・2577-3220・2570-3636
總 編 輯／陳秋月
資深主編／李宛蓁
責任編輯／朱玉立
校　　對／周婉菁・李宛蓁・朱玉立
美術編輯／潘大智
行銷企畫／詹怡慧・朱智琳
印務統籌／劉鳳剛・高榮祥
監　　印／高榮祥
排　　版／陳采淇
經 銷 商／叩應股份有限公司
郵撥帳號／18707239
法律顧問／圓神出版事業機構法律顧問　蕭雄淋律師
印　　刷／祥峰印刷廠
2019 年 12 月 初版

定價 360 元 ISBN 978-986-97522-3-7